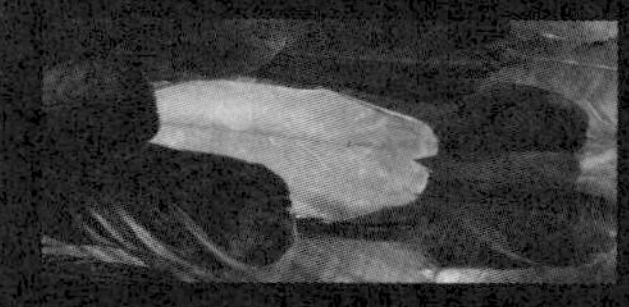

새들은 페루에 가서 죽다

Romain Gary : Les oiseaux vont mourir au Pérou

새들은 페루에 가서 죽다

로맹 가리 소설

김남주 옮김

문학동네

일러두기

1. 번역 대본으로는 *Les oiseaux vont mourir au Pérou*(Romain Gary, Éditions Gallimard, 1962)를 사용했다.
2. 주석은 모두 옮긴이주다.
3. 본문의 고딕체는 원서에서 이탤릭체 등으로 강조한 부분이다.
4. 프랑스어 외 다른 언어는 번역하거나 음차해 이탤릭체로 처리했고, 경우에 따라 원어를 병기하거나 주석을 달았다.
5. 장편 문학작품 및 기타 단행본은 『 』, 단편 문학작품은 「 」, 영화·음악·미술작품·연속간행물 등은 〈 〉로 구분했다.

차례 ▌

새들은 페루에 가서 죽다　009

류트　033

어떤 휴머니스트　059

몰락　069

가짜　095

본능의 기쁨　115

고상함과 위대함　131

비둘기 시민　145

역사의 한 페이지　155

벽―짤막한 크리스마스 이야기　173

킬리만자로에서는 모든 게 순조롭다　181

영웅적 행위에 대해 말하자면　189

지상의 주민들　199

도대체 순수는 어디에　217

세상에서 가장 오래된 이야기　229

우리 고매한 선구자들에게 영광 있으라　245

해설 | 영원히 소설적인 것이 우리를 구원한다(이광진)　267

로맹 가리 연보　279

인간이라—우리로서는 물론 이의가 전혀 없고말고. 언젠가는 인간이 될 게 아닌가! 좀더 참고 좀더 버텨야 해. 일만 년 정도밖에 남지 않았잖아. 이 친구들아, 기다릴 줄 알아야 해. 뭐니 뭐니 해도 크게 보고, 지질학적 시대 단위로 시간을 헤아리는 법을 배우고, 상상력을 가져야 한다네. 그러면 인간이 될 가능성이 높다고 할 수 있지. 인간의 시대가 올 때 그 자리에 남아 있기만 하면 되는 거야. 지금으로서는 자취와 몽상과 예감뿐이지만…… 지금으로서는 인간은 그 자신의 선구자일 뿐. 우리 고매한 선구자들에게 영광 있으라!

—사샤 치포츠킨[*], 「달빛 아래 감성 산책」에서

---

[*] 로맹 가리가 작품 속에서 만들어낸 가상의 인물. 이 소설집의 또다른 제목인 '우리 고매한 선구자들에게 영광 있으라'를 그에게서 인용했다.

새들은 페루에 가서 죽다

그는 테라스로 나와 다시 고독에 잠겼다. 물가로 밀려온 한 마리 고래의 잔해, 사람의 발자국, 조분석鳥糞石으로 이루어진 섬들이 하늘과 흰빛을 다투고 있는 먼바다에 고깃배 같은 것들이 이따금 새롭게 눈에 띌 뿐, 모래언덕, 바다, 모래 위에 죽어 있는 수천 마리 새들, 배 한 척, 녹슨 그물은 언제나 똑같았다. 카페는 모래언덕 한가운데 말뚝을 박고 세워져 있었다. 도로는 그곳으로부터 백 미터 남짓 떨어져 있었으므로, 차 소리는 들리지 않았다. 계단형 트랩이 해변을 향해 내려가고 있었다. 리마 감옥에서 탈옥한 두 명의 강도에게 자다가 병으로 얻어맞은 날 이후, 그는 저녁이면 트랩을 끌어올려놓곤 했다. 아침에 보니 그 강도들은 바에서 만취해 있지 않았던가. 그는 난간에 팔꿈치를 괴고 그날의 첫 담배를 피우면서 모래 위에 떨어져 있는 새들을 바라보았다. 개중엔 아직 살아서 파득거리는 것들도 있었다. 새들이 왜 먼 바다의 섬들을 떠나 리마에서 북쪽으로 십 킬로미터나 떨어진 이 해변에 와서 죽는지 아무도 그에게 설명해주지 못했다. 새들은 더 북쪽도 더 남쪽도 아닌 바로 이곳, 길이 삼 킬로미터의 좁은 모래사장 위에 정확히 떨어졌다. 새들에게는 이곳이 믿는 이들이 영혼을 반환하러 간다는 인도의 성지 바라나시 같은 곳일 수도 있었다. 새들은 진짜 비상을 위해 이곳으로 와서 자신들의 몸뚱이를 던져버리는 것일까. 혹은 피가 식기 시작해 이곳까지 날아올 힘밖에 남아 있지 않게 되면, 차갑고 헐벗은 바위뿐인 조분석 섬을 떠나 부드럽고 따뜻한 모래가 있는 이곳을 향해 곧장 날아오는 것뿐인지도 몰랐다. 그런 설명들로 만족해야 하리라. 모든 것에는 항상 과학적인 설명이 있기 마련이다. 시詩에서 설명을 구할 수도 있고, 바다와 우정을 맺어 바다의 목소리에 귀를 기울일 수도, 자연의 신비를 줄곧 믿을 수도 있다. 조금 시적이고, 조금 몽상적이지만…… 스페인 내전에서, 프랑스 레지스탕스에서, 쿠바에서 전투를 치른 다음, 모든 것이 종말을 고하는 안데스산맥 발치의 페루 해변으로 몸을 피한다. 마흔일곱이란 알아야 할 것은 모두 알아버린 나이, 고매한 명분이든 여자든 더이상 아무것도 기대하지 않는 나이니까. 자연은 사람을 배신하는 일이 거의 없으므로, 다만 아름다운 자연에서 위안을 구할 뿐. 조금 시적이고, 조금 몽상적이지만…… 하지만 시도 언젠가는 과학적으로 설명되고, 단순한 생리적 분비 현상으로 연구되리라. 과학은 모든 면에서 인간을 제압한다. 오직 바다만을 친구로 삼고, 페루 해변의 모래언덕 위에 있는 카페의 주인이 되는 데에도 설명이 있을 수 있다. 바다란 영생의 이미지, 궁극적인 위안과 내세의 약속이 아니던가? 조금 시적이긴 하지만…… 영혼이 존재하지 않기를 바라야 할 터. 그것이야말로 영혼이 과학에 당하지 않을 수 있는 유일한 방법이니까. 머잖아 학자들은 영혼의 정확한 부피와 밀도와 비상 속도를 계산해낼 것이다…… 유사 이래 하늘로 올라간 모든 수많은 영혼들을 생각하면 울어 마땅하다. 얼마나 막대한 에너지원이 낭비된 것일까. 영혼이 승천하는 순간 그 에너지를 잡아둘 수 있는 댐을 건설했다면, 지구 전체를 밝힐 만한 에너지를 얻을 수도 있었으리라. 머잖아 인간은 송두리째 활용되리라. 인간의 가장 아름다운 꿈들이 전쟁과 감옥을 만드는 데 이미 쓰이지 않았던가. 어떤 새들은 아직 모래 위에 살아 있었다. 새로 도착한 새들이었다. 그들은 섬들을 바라보고 있었다. 먼바다의 섬들은 조분석으로 덮여 있었다. 가마우지 한 마리가 평생 만들어내는 조분석으로 같은 기간 동안 사람의 일가 전체를 먹여살릴 수 있으니 수지맞는 사업이다. 그렇게 지상에서의 임무를 마치고 새들은 이곳에 와서 죽는다. 생각해보면 그 역시 자신의 임무를 다했다고 할 수 있었다. 마지막 임무는 시에라마드레산에서 피델 카스트로와 함께였다. 고매한 영혼 하나가 이상주의에 헌신함으로써 같은 기간 동안 한 나라의 경찰을 먹여살릴 수 있는 법. 조금 시적으로 해석한 것뿐이다. 인간은 곧 달에 갈 테고, 그러면 달도 끝장이 나겠지. 그는 피우던 담배를 모래 위로 던졌다. 물론 이 모든 걸 위대한 사랑이 해결할 수 있을 테지, 하고 그는 냉소적으로 생각하며 죽고 싶다는 만만찮은 욕구를 느꼈다. 때때로 고독이, 고약한 고독이 아침이면 그렇게 그를 엄습하곤 했다. 사람을 숨쉬게 해주기보다는 짓눌러버리는 고독이. 그는 도르래 쪽으로 몸을 기울여 밧줄을 잡아 트랩을 내려놓은 다음, 돌아와 면도를 했다. 아침이면 언제나 그러듯이 거울 속 자신의 얼굴을 놀란 눈길로 바라보면서. "이런 얼굴이 되고 싶진 않았는데!" 그는 희극적인 말투로 중얼거렸다. 희끗희끗한 머리카락과 주름들이 일이 년 뒤면 그 얼굴이 어떨지 여실히 말해주고 있었다. 품위 있게 처신하는 것 외에 다른 방법이 없을 터였다. 길고 여윈 얼굴에 피로한 눈빛과 애써 지은 냉소가 어려 있었다. 그는 이제 아무에게도 편지를 쓰지 않았고, 누구에게서도 편지가 오지 않았으며, 알고 지내는 사람도 없었다. 자기 자신과 관계를 끊으려는 그 불가능한 일을 하려 할 때 사람들이 으레 그러듯, 그 역시 다른 이들과의 관계를 끊어버렸던 것이다.

바닷새들의 울음소리가 들려왔다. 물고기떼가 해변 가까이 지나가는 모양이었다. 하늘은 새하얬고, 먼바다의 섬들은 햇빛에 노래지기 시작했고, 바다는 다양한 농담의 우윳빛으로부터 모습을 드러내고 있었으며, 모래언덕 뒤 무너진 낡은 방파제 근처에서는 바다표범들이 울고 있었다.

그는 커피를 데우고 테라스로 다시 나왔다. 모래언덕 오른쪽 발치에 모로 누워 얼굴을 모래에 묻고 손에는 병을 든 채 잠들어 있는 해골 사내가 처음으로 그의 눈에 들어오고, 그 옆에 머리부터 발끝까지 푸른색과 붉은색과 노란색을 칠하고서 팬티만 입고 웅크리고 있는 사람의 몸뚱이, 그리고 그 옆으로 루이 15세 시대풍의 하얀 가발, 푸른색 궁정 의상, 하얀 실크 반바지에 맨발인 채 반듯이 누워 있는 거구의 흑인 사내가 눈에 띄었다. 사육제의 마지막 물결이 이곳 모래 위까지 밀려온 모양이었다. 배우들이군, 하고 그는 결론지었다. 시 당국에서 그들에게 의상을 제공하고 수고비로 하룻밤에 50솔을 지불했겠지. 그는 가마우지들이 흰색과 회색의 연기 기둥처럼 물고기떼 위를 선회하는 왼쪽으로 고개를 돌렸다가, 여자를 발견했다. 여자는 에메랄드빛 원피스 차림에 초록색 스카프를 손에 들고, 고개를 뒤로 젖혀 맨어깨 위에 머리카락을 늘어뜨린 채 물속에 잠긴 스카프를 끌며 암초를 향해 걷고 있었다. 물이 그녀의 허리까지 찼다. 물살이 너무 가까이 다가올 때면 그녀는 비틀거렸다. 채 이십 미터도 떨어지지 않은 곳에서 파도가 부서지고 있었으므로, 그 장난은 위험해지기 시작했다. 그는 잠시 더 지켜보았다. 하지만 여자는 걸음을 멈추지 않고 계속 앞으로 나아갔다. 바다는 이미 고양이처럼 묵직하면서도 유연한 동작으로 서서히 몸을 일으키고 있었다. 파도가 한번 솟구쳐오르면 끝장이리라. 그는 계단을 내려가 그녀를 향해 달렸다. 이따금 발밑으로 새의 몸뚱이들이 느껴졌지만 대부분 이미 죽은 것들이었다. 새들은 언제나 밤에 죽어갔다. 너무 늦었다는 생각이 들었다. 더 센 파도가 일고 나면 또다른 귀찮은 일이 시작될 터였다. 경찰서에 전화를 걸어야 하고, 질문에 답해야 할 것이다. 마침내 그는 여자를 따라잡아 팔을 잡아챘다. 그녀가 그를 향해 얼굴을 돌렸다. 물결이 한순간 두 사람을 덮쳤다. 그는 여자의 팔을 단단히 쥐고 해변 쪽으로 끌어당기기 시작했다. 그녀는 저항하지 않았다. 돌아보지도 않고 모래 위를 걷던 그는 이윽고 걸음을 멈추었다. 그는 여자의 얼굴을 바라보기 전에 잠시 망설였다. 때때로 다른 사람의 얼굴에서 기습적인 불쾌감을 느끼기도 했으니까. 하지만 그의 기대는 어긋나지 않았다. 극도로 섬세한 창백한 얼굴, 눈과 잘 어울리는 물방울들 가운데 자리잡은 아주 진지하고 커다란 두 눈. 그녀는 다이아몬드 목걸이와 귀고리와 반지와 팔찌를 하고 있었다. 손에는 줄곧 초록색 스카프가 쥐여 있었다. 그는 궁금했다. 금과 다이아몬드와 에메랄드로 치장한 채, 새벽 여섯시에 죽은 새들로 뒤덮인 이 후미진 해변에서서, 이 여자는 무엇을 하고 있었던 것일까, 어디서 온 것일까.

"날 내버려뒀어야 했어요." 그녀가 영어로 말했다.

그녀의 목은 놀랄 만큼 가냘프고 청순해서 다이아몬드 목걸이가 돌처럼 무거워 보이고 그 빛이 퇴색했다. 그는 여전히 그녀의 손목을 쥐고 있었다.

"내 말 알아들으시겠어요? 난 스페인어를 할 줄 몰라요."

"몇 미터만 더 갔으면 물결에 휩쓸려갔을 거요. 이곳 파도는 몹시 사납소."

그녀는 어깨를 으쓱했다. 두 눈이 얼굴을 차지하다시피 하는, 어린아이 같은 얼굴이었다. 사랑의 슬픔이군, 하고 그는 결론을 내렸다. 언제나 문제는 실연의 아픔이지.

"이 새들은 모두 어디서 오는 건가요?" 그녀가 물었다.

"먼바다에 섬들이 있소. 조분석 섬들이오. 새들은 그곳에서 살다가 이곳에 와서 죽소."

"왜요?"

"모르겠소. 갖가지 설명이 있을 수 있겠지요."

"그럼 당신은요? 당신은 왜 여기로 왔죠?"

"저 카페를 운영하고 있소. 여기 살아요."

그녀는 자기 발치께에 죽어 있는 새들을 바라보았다.

울고 있는지, 아니면 그녀의 뺨에 흘러내리는 것이 물방울인지 그는 알 수 없었다. 그녀는 여전히 모래 위의 새들을 내려다보고 있었다.

“어쨌든 한 가지 설명은 있을 거요. 언제나 한 가지 기유는 있는 법이니까.”

그녀는 해골 사내와 몸에 울긋불긋 색칠을 한 사내와 가발에 궁중복을 입은 흑인이 모래 속에서 자고 있는 모래언덕 쪽으로 시선을 돌렸다.

“사육제라오.” 그가 말했다.

“알아요.”

“신발은 어디다 뒀소?”

그녀는 시선을 떨구었다.

“생각이 나질 않아요…… 생각하고 싶지 않아…… 왜 날 구했어요?”

“당연한 일이잖소. 이리 와요.”

그는 그녀를 잠시 테라스에 혼자 남겨두었다가, 뜨거운 커피 한 잔과 코냑을 들고 이내 돌아왔다. 그녀는 맞은편에 앉아 매우 주의깊게 그의 이목구비를 하나하나 찬찬히 뜯어보았다. 그는 그녀에게 미소를 지어 보이며 말했다.

“어쨌든 한 가지 설명은 있을 거요.”

“날 내버려뒀어야 했어요.” 그녀가 말했다.

그녀는 울기 시작했다. 그는 그녀의 어깨에 손을 얹었다. 그녀를 위로하기 위해서라기보다는 자신이 기운을 차리기 위해서였다.

“잘될 거요, 두고 봐요.”

“때때로 진절머리가 나요. 지겹다고요. 더이상 이렇게 살 순 없어……”

"춥지 않소? 옷을 갈아입고 싶지 않소?"

"고맙지만 괜찮아요."

바다가 소란스러워지기 시작했다. 조수는 없었지만 이 시간쯤이면 파도는 더욱 집요해지곤 했다. 그녀는 시선을 들었다.

"혼자 사시나요?"

"혼자요."

"이곳에 있어도 될까요?"

"원하는 만큼 있어도 좋소."

"더이상 힘이 없어요. 뭘 해야 할지 더는 알 수가……"

그녀는 흐느꼈다. 그가 대책 없는 어리석음이라고 스스로 이름 붙인 것에 다시 점령당하고 만 것은 바로 그 순간이었다. 전적으로 의식하고 있었고, 자신의 손안에서 모든 것이 부서지는 걸 목격하는 일에 익숙해졌음에도, 늘 이런 식이었으므로 속수무책이었다. 그의 내면에는 체념을 거부하고 줄곧 희망이라는 미끼를 물어채는 무언가가 있었다. 그는 삶 깊숙이 숨겨져 있는, 황혼의 순간에 문득 다가와 모든 것을 환하게 밝혀줄 그런 행복의 가능성을 은근히 믿고 있었다. 대책 없는 어리석음 같은 것이 그의 안에 자리잡고 있었다. 어떤 실패로도, 어떤 냉소주의로도 결코 없앨 수 없는 무구함이, 스페인 전장에서 베르코르의 레지스탕스로, 쿠바의 시에라마드레산으로, 그리고 마침내 모든 것을 잃은 듯한 결정적인 체념의 순간에 다가와 또다시 유혹하는 두세 명의 여자들에게로 그를 밀어붙인 환상의 힘이. 다른 사람들이 트라피스트 회 수도원으로 들어가거나 히말라야의 동굴에서 생을 마치듯이, 그는 이곳 페루의 해변까지 도망쳐오지 않았던가. 다른 이들이 하늘가에서 살듯, 그는 바닷가에서 살고 있었다. 바다란 소란스러우면서도 고요한 살아 있는 형이상학, 바라볼 때마다 자신을 잊게 해주고 가라앉혀주는 광막함, 다가와 상처를 핥아주고 체념을 부추기는 닿을 수 있는 무한이었다. 여자는 너무나 젊었고, 너무나 막막해하며, 믿음에 찬 눈길로 그를 바라보고 있었다. 그는 너무나 많은 새들이 그 모래언덕으로 와서 숨을 거두는 것을 지켜봐오지 않았던가. 그중 가장 아름다운 새 한 마리를 구하고 보호해 여기 세상 끝에 자신과 더불어 머물게 함으로써, 종착점에 이른 자신의 삶을 성공적인 것으로 만들고 싶다는 생각에 한순간 그의 얼굴에 맑은 표정이 떠올랐다. 하지만 그의 냉소와 환멸에 찬 태도는 여전히 그것을 애써 감추려 했다. 아무것도 아닌 일로 이렇게 되고 말다니. 그녀는 그를 향해 눈을 들고 어린아이 같은 목소리로 말했다. 마지막 남은 눈물로 더욱 맑아진, 애원하는 듯한 눈빛으로.

"이곳에 머물게 해주세요, 제발요."

하지만 그는 익숙해져 있었다. 사람을 쓰러뜨리고 뒤엎고 바닥으로 내던졌다가, 두 팔을 뻗고 두 손을 쳐든 채 물위로 다시 올라가 지푸라기가 눈에 띄는 순간 매달릴 시간만 남겨놓고 갑작스레 놓아버리는, 먼바다에서 밀려오는 강렬하기 짝이 없는 고독의 아홉번째 파도에. 그 누구도 극복할 수 없는 단 한 가지 유혹이 있다면, 그것은 희망의 유혹일 것이다. 그는 자기 안에 있는 젊음의 그런 유별난 집요함에 얼떨떨해진 채 고개를 내저었다. 쉰을 바라보는 나이에도 그런 자신이 정말이지 절망적으로 여겨졌다.

"그렇게 하시오."

그는 그녀의 손을 잡았다. 그는 그제야 그녀가 원피스 안에 아무것도 입고 있지 않음을 알았다. 그녀가 어디에서 왔는지, 누구인지, 거기서 무엇을 하고 있었는지, 어째서 죽으려고 했는지, 왜 야회복 속에 아무것도 입지 않고 목에는 다이아몬드 목걸이를 걸고 두 손에는 금붙이와 에메랄드를 주렁주렁 달고 슬프게 웃고 있는지 묻기 위해 그는 입을 열었다. 그녀야말로 왜 이곳 모래언덕까지 와서 죽으려는 것인지 그에게 말해줄 수 있는 유일한 새일 터였다. 한 가지 설명은 있어야 하고, 언제나 있을 테지만, 모른들 무슨 상관이랴. 과학은 우주를 설명하고, 심리학은 살아 있는 존재를 설명한다. 하지만 스스로를 방어하고, 되는대로 이끌리지 않고, 마지막 남은 환상의 조각들을 빼앗기지 않는 법을 배워야 한다. 약동하는 바다와 땅의 색조만을 가늠하게 해줄 뿐인 보이지 않는 태양빛과 주위로 번진 빛을 받아, 해변과 바다와 하얀 하늘이 순간적으로 모습을 드러냈다. 젖은 원피스 안쪽으로 그녀의 가슴이 고스란히 비쳐 보였다. 그녀에게서는 어떤 연약함이 느껴졌다. 조금 커진 채 고정된 맑은 눈과, 주위의 세상이 갑자기 한결 가벼워지고 한결 짊어지기 편한 것처럼 느껴지게 하는, 마침내 세상을 품에 안아 더 나은 운명으로 이끌어갈 수 있게 해주는 부드러운 어깻짓에는 어떤 무구함이 서려 있었다. 자크 레니에, 넌 결코 달라지지 않을 거야, 하는 냉소적인 생각으로 그는 자신의 팔과 어깨와 손에 매달려 있는 여자를 보호해주고 싶은 욕구에 애써 저항했다.

"아, 추워서 죽을 것 같아요." 그녀가 말했다.

"이리 오시오."

바 뒤편에 있는 그의 방의 창 역시 모래언덕과 바다를 향해 나 있었다. 그녀는 유리문 앞에서 한순간 걸음을 멈추었다. 그녀가 오른쪽으로 힐끗 시선을 던지는 것을 보고 그도 같은 쪽으로 고개를 돌렸다. 해골 사내는 모래언덕 발치에 웅크리고 앉아 병나발을 불고 있었고, 궁중복을 입은 흑인은 두 눈 위로 흘러내린 하얀 가발을 쓴 채 여전히 자고 있었으며, 푸른색 붉은색 노란색을 여기저기 칠한 사내는 주저앉아 손에 들고 있던 여자의 하이힐 한 켤레를 골똘히 바라보더니 무어라 말하고는 웃기 시작했다. 해골이 마시기를 멈추고 손을 내밀더니 모래 속에서 브래지어 하나를 꺼내 입술에 댔다가는 바닷속으로 내던졌다. 이제 그는 한 손을 가슴에 올려놓고 무어라 떠들어댔다.

"날 죽게 내버려뒀어야 했어요. 정말 끔찍해요." 그녀가 말했다.

그녀는 두 손에 얼굴을 묻었다. 흐느끼고 있었다. 그는 알고 싶고 묻고 싶은 욕구를 다시 한번 억제했다.

"그 일이 어쩌다 일어났는지 도무지 알 수가 없어요. 거리의 사육제 인파 속에 있었는데, 그들이 날 차에 태워 이곳으로 데려왔어요. 그러고는…… 그러고는……"

그렇게 된 거군, 그는 생각했다. 언제나 설명이 뒤따른다. 새들조차 이유 없이 하늘에서 떨어지지는 않는 법. 됐다. 그녀가 옷을 벗는 동안 그는 목욕 가운을 가지러 갔다. 그는 유리문 너머로 모래언덕 발치의 세 사내를 바라보았다. 그의 침대 머리맡 탁자 서랍에 권총이 있었지만, 그는 즉각 그런 생각을 털어버렸다. 그들은 결국 혼자서들 죽어갈 것이고, 잘하면 그 편이 더욱 고통스러울 터였다. 몸에 색칠을 한 사내는 아직도 하이힐을 손에 든 채, 다른 이들에게 무어라 이야기를 하고 있는 듯했다. 해골이 웃었다. 궁중복을 입은 흑인은 하얀 가발을 쓴 채 자고 있었다. 그들은 모래언덕 발치로, 수천 마리 죽은 새들 가운데로 굴러내려가 바다 쪽으로 몸을 돌렸다. 그녀는 울부짖고 몸부림치고 애원하고 도움을 청했을 텐데, 그는 아무 소리도 듣지 못했다. 하지만 지붕 위에서 제비갈매기가 날개를 푸드득대는 소리에도 깰 정도로, 그는 잠귀가 밝지 않은가. 파도 소리가 그녀의 목소리를 덮어버린 모양이었다. 가마우지들이 둔탁한 소리를 내지르며 새벽 하늘을 날아가다가 물고기떼를 향해 돌멩이처럼 물속으로 돌진해 들어갔다. 먼바다의 섬들이 백묵처럼 하얗게 수평선 위에 수직으로 솟아올라 있었다. 그녀의 다이아몬드 목걸이도, 반지들도 그냥 두다니, 정말이지 물욕 없는 치들이었다. 그래도 그들이 빼앗은 그 무엇을 조금이라도 되찾기 위해서는 그들을 죽여야 할지도 몰랐다. 그녀는 몇 살일까, 스물한 살, 스물두 살? 리마에 혼자 오지는 않았을 텐데, 아버지나 남편이 있을까? 세 사내는 서둘러 그곳을 뜨려 하지 않았고, 경찰을 두려워하는 것 같지도 않았다. 그들은 바닷가에서 자신들의 느낌을, 흡족했던 사육제의 마지막 편린들을 조용히 주고받는 중이었다. 그가 돌아왔을 때, 그녀는 방 한가운데 서서 젖은 원피스를 벗으려 애쓰고 있었다. 그녀를 도와 옷을 벗겨주고 가운을 입혀준 그는 한순간 자신의 품속에서 파들거리며 떨고 있는 그녀의 몸을 느꼈다. 알몸 위로 보석들이 빛을 발했다.

"호텔 밖으로 나가지 말았어야 했어요. 방에 틀어박혀 있었어야 했는데."

"그들이 당신 보석을 빼앗진 않았군."

그는 하마터면 '운이 좋았다'고 덧붙일 뻔했지만 이렇게만 물었다.

"연락을 취하고 싶은 사람이 있소?"

그녀는 그의 말을 못 들은 것 같았다.

"이제 어떻게 해야 좋을지 모르겠어요, 정말 모르겠어요. 이제 어떻게 해야 좋을지…… 의사를 만나보는 편이 나을지도 모르죠."

"잘될 거요. 누워요. 이불을 덮고. 떨고 있잖소."

"춥지 않아요. 여기 있게 해주세요."

그녀는 침대에 누워 이불을 턱까지 끌어당겼다. 그녀는 그를 주의깊게 살폈다.

"날 원망하시는 건 아니죠?"

그는 미소를 짓고 침대에 걸터앉아 그녀의 머리카락을 쓰다듬었다.

"이것 봐요," 그는 말을 이었다. "아무리……"

그녀는 그의 손을 잡고 자신의 뺨에, 이어 입술에 갖다댔다. 그녀의 두 눈이 더 커졌다. 에메랄드빛이 감도는, 바다 같은, 약간 멍하고 맑고 깊은 눈이었다.

"무슨 일이 일어났는지……"

"이제 그 생각은 하지 마시오."

그녀는 두 눈을 감고 그의 손에 볼을 묻었다.

"끝내고 싶었어요, 끝내야 해요. 더이상 살 수 없어요. 살고 싶지 않아요. 내 몸이 혐오스러워요."

그녀는 줄곧 눈을 감고 있었다. 입술이 가늘게 떨렸다. 그는 그렇게 순수한 얼굴을 본 적이 없었다. 이윽고 그녀는 눈을 뜨고, 적선이라도 구하는 듯이 그를 바라보았다.

"내가 역겹지 않으세요?"

그는 몸을 기울여 그녀의 입술에 키스했다. 그의 가슴 아래 사로잡힌 두 마리 새가 파닥거리는 것 같았다.

그는 문득 조바심을 느꼈다. 수치심과 분노가 뒤엉킨 감정. 하지만 인간이 자신의 피에 맞서 무엇을 할 수 있을 것인가. 아이들이 모래 위를 걷다가 아직 파드득거리는 새들을 찾아내서는 신발 뒤축으로 숨을 끊어놓는 것을 본 적이 있었다. 그 아이들 몇몇을 그가 두들겨패지 않았던가. 그런데 이제 자신이 이 연약하고 상처 입은 존재의 호소에 이끌려 그것을 끝장내고 있지 않은가. 그녀의 가슴 위로 몸을 기울이고, 그녀의 입술에 자신의 입술을 부드럽게 포개놓고 있지 않은가. 그녀의 두 팔이 자신의 어깨를 감싸안는 것이 느껴졌다.

"날 역겨워하시지 않는군요." 그녀가 엄숙하게 말했다.

그는 저항하려 애썼다. 그를 무너뜨리려 고독의 아홉번째 파도가 밀려온 것뿐이었다. 그는 그것에 휩쓸리기를 거부했다. 다만 그녀의 목에 얼굴을 묻고 몇 초만 더 그 젊음을 들이마시고 싶을 뿐이었다.

"제발, 그 일을 잊게 해주세요. 도와주세요." 그녀가 말했다.

그녀는 더이상 그를 떠나려 하지 않았다. 인적이 거의 끊긴 세상 끝에 있는 이 카페에, 이 오두막에 머물기를 원했다. 그녀의 중얼거림은 너무나 절박했고, 그녀의 눈빛에는 애원이, 그의 어깨에 매달린 그녀의 연약한 두 손에는 어떤 약속이 깃들어 있었다. 그는 문득 자신의 삶이 누가 뭐라 해도 마지막 순간에 성공한 것 같은 느낌이 들었다. 그녀를 가슴에 꼭 안고, 그는 자신의 두 손에 묻고 있는 그녀의 얼굴을 이따금 살포시 들어올렸다. 불현듯 수십 년간의 고독이 한꺼번에 몰려와 그의 어깨를 짓누르고, 아홉번째 물결이 그를 쓰러뜨리고는 그녀와 함께 먼바다로 그를 휩쓸어갔다.

"원해요, 간절히 원해요." 그녀가 중얼거렸다.

물결이 물러가고 기슭으로 돌아온 그는 그녀가 울고 있음을 느꼈다. 그는 이마를 그녀의 뺨에 댄 채 눈도 뜨지 않고 그녀가 흐느끼도록 내버려두었다. 흘러내리는 그녀의 눈물과, 자신의 가슴에 닿은 채 뛰고 있는 그녀의 심장이 느껴졌다. 다음 순간 테라스에서 갈소리와 발소리가 들려왔다. 모래언덕의 세 사내를 떠올린 그는 퉁겨지듯 일어나 권총을 찾으러 갔다. 누군가 테라스에서 걷고 있었고, 멀리서 바다표범들이 소리를 지르고 있었다. 하늘과 물 사이에서 바닷새들이 울어댔고, 해변 위로 거대한 파도가 부서져 말소리를 모두 덮었다가 물러갔다. 짤막하고 서글픈 웃음소리와 영어로 이렇게 말하는 목소리만을 남긴 채.

"지옥과 저주라네. 이보게, 지옥과 저주란 말이야. 슬슬 지겨워지기 시작하는군. 그녀와 함께 세계일주를 하는 것도 이번이 마지막일세. 세상엔 정말이지 사람들이 너무 많아."

그는 살짝 문을 열어보았다. 지팡이를 짚은 턱시도 차림의 오십대 남자가 탁자 옆에 서 있었다. 그는 여자가 커피잔 옆에 놓아둔 초록색 스카프를 만지작거렸다. 짧은 잿빛 콧수염, 어깨 위에 떨어져 있는 색종이 조각들, 떨리는 두 손, 젖어 있는 푸른 눈, 술을 마신 듯한 안색, 품위가 느껴지기도 하고 퇴폐적으로 여겨지기도 하는 애매한 태도, 피로 때문에 더욱 부조화스럽게 보이는 작고 밋밋한 이목구비, 가발을 연상시키는 염색한 머리카락의 남자였다. 그는 조금 열린 문틈으로 레니에를 발견하고는 냉소를 지으며 스카프에 눈길을 주었다가 레니에를 향해 다시 시선을 들었다. 조롱과 원한에 찬 듯 서글픈 그의 미소가 뚜렷해졌다. 그의 곁에는 투우사 복장을 한 매끄러운 흑발의 잘생긴 청년이 손에 담배를 들고 도르래에 몸을 기대고 서 있었다. 조금 떨어져 있는 나무 계단에는 잿빛 유니폼에 모자를 쓰고 팔에는 여성용 외투를 걸친 운전사가 난간에 한 손을 짚고 서 있었다. 레니에는 권총을 의자 위에 내려놓고 테라스로 나갔다.

"스카치위스키 한 병 주시오, *페르 파보르*[*]……" 턱시도 차림의 남자가 스카프를 테이블 위에 놓으며 말했다.

"바는 아직 열지 않았습니다." 레니에가 영어로 대답했다.

"그렇다면 커피를 주시오. 숙녀께서 옷을 입으실 동안 커피를."

남자는 레니에에게 슬프고 우울한 눈길을 던지고는, 희미한 빛에 납빛이 된 얼굴과 무력한 원한의 표정 속에 굳어버린 이목구비로 지팡이를 짚은 채 몸을 조금 일으켰다. 밀려온 파도 때문에 말뚝 위에 세워진 오두막이 흔들렸다.

"큰 파도, 대양, 자연의 힘이라…… 당신은 프랑스인 같소만? 그렇다면 그녀는 길을 되돌아온 셈이군. 그녀와 나는 프랑스에서 이 년 가까이 머물렀는데, 실속 없는 명성뿐 아무 득이 없었소. 이탈리아로 말하자면…… 저기 있는 내 비서가 이탈리아인이오만…… 역시 아무 소용이 없었소."

투우사는 우울한 눈빛으로 자신의 발을 내려다보고 있었다. 영국인은 모래언덕 쪽으로 고개를 돌렸다. 해골은 하늘을 향해 두 팔을 벌리고 누워 있고, 푸른색 붉은색 노란색을 몸에 칠한 알몸의 사내는 모래 위에 앉아 병 주둥이를 입에 문 채 고개를 뒤로 젖히고 있었으며, 하얀

---

[*] '괜찮다면'이라는 뜻.

가발에 궁중복을 입은 흑인은 하얀 실크 바지의 단추를 열어놓고 발을 물에 담그고 서서 바다에 오줌을 누고 있었다.

"저자들 역시 분명 아무 득도 보지 못했을 거요." 영국인은 지팡이로 모래언덕을 가리키며 말했다. "이 세상에는 인간의 힘이 미치지 못하는 놀라운 일들이 있지. 저 세 사내가…… 그녀의 보석을 빼앗지 않았어야 할 텐데. 한 재산 되는 데다 보험회사에서도 물어주지 않을 테니까. 사람들은 그녀의 부주의를 물고늘어질 거요. 언젠가는 누군가의 손이 그녀의 목을 비틀고 말겠지. 그건 그렇고, 죽어 있는 저 새들은 모두 어디에서 온 것인지 말해줄 수 있소? 수천 마리는 될 것 같은데. 코끼리들의 무덤에 대한 이야기는 들은 적이 있지만, 새들의 무덤이라니…… 혹시 전염병이오? 어쨌든 설명할 수 있는 게 있을 거 아니오."

뒤에서 문이 열리는 소리가 들렸지만 그는 움직이지 않았다.

"아, 당신 거기 있었군!" 영국인이 가볍게 몸을 굽히며 말했다. "걱정하던 참이었어, 여보. 일이 지나가기를 기다리며 차 안에서 네 시간 동안 마음을 졸였지. 어쨌든 이곳은 세상의 끝이니…… 불행은 순식간에 닥치는 법이니까."

"날 내버려둬요. 가버려요. 입다물어요. 제발 날 내버려둬요. 여긴 왜 왔죠?"

"여보, 걱정하는 게 당연하지……"

"당신을 증오해요. 구역질난다고. 왜 날 따라다니는 거죠? 그러지 않겠다고 약속했……" 여자가 말했다.

"다음번엔, 여보, 보석일랑 호텔에 두고 나가요. 그 편이 좋겠어요."

"어째서 당신은 늘 날 모욕하는 거죠?"

"모욕당한 건 내가 먼저요, 여보. 적어도 현행 관습으로는 말이지. 물론 우리는 그런 것을 초월해 있지만. '행복한 소수'랄까…… 하지만 이번엔 당신이 정말 좀 지나쳤어요. 내 입장을 말하는 게 아니오! 알다시피 난 만반의 준비가 되어 있어. 난 당신을 사랑해. 그거라면 당신에게 충분히 증명했지. 요컨대 당신에게 무슨 일이라도 일어난다면…… 내가 당신에게 요구하는 건, 그저 조금만 더…… 분별력을 가져달라는 것뿐."

"당신은 취했어요. 또 취했다고."

"절망감 때문에 마신 것뿐이오, 여보. 차 안에서 네 시간이나 기다리는 동안 온갖 생각이 떠올라서…… 내가 세상에서 가장 행복한 남자가 못 된다는 건 당신도 인정할 거요."

"입다물어요. 오! 맙소사, 입다물라고요!"

그녀는 흐느꼈다. 레니에는 그녀를 보고 있지 않았지만, 그녀가 두 주먹으로 눈을 문지르고 있다고 확신했다. 어린아이의 흐느낌이었던 것이다. 그는 생각하지 않으려고, 이해하지 않으려고 애썼다. 바다표범들이 내는 소리, 바닷새들의 울음소리, 바다가 포효하는 소리만을 듣고 싶었다. 레니에는 눈을 내리깐 채 그들 사이에 꼼짝 않고 서 있었다. 추웠다. 아니, 소름이 돋았을 뿐인지도 몰랐다.

"어째서 날 구해줬어요? 날 내버려뒀어야 했어요. 파도가 한 차례 밀려오면 그걸로 끝났을 텐데. 지긋지긋해. 더이상 이렇게 살 순 없어. 날 내버려뒀어야 했어요." 그녀가 소리쳤다.

"주인장," 영국인이 단호한 투로 말했다. "내 감사의 마음을 어떻게 표해야 좋을지 모르겠소. 우리의 감사의 마음이라고 해야겠군. 우리 두 사람의 이름으로 말해도 괜찮다면…… 우리 둘 다 영원히 잊지 못할 거요, 당신 은혜를…… 자, 여보, 이리 와요. 분명히 말하는데 난 이젠 괜찮아…… 나머지 문제는…… 우리 몬테비데오로 구즈만 교수를 만나러 갑시다. 그가 기적적인 결과를 얻어낸 모양이야. 안 그런가, 마리오?"

투우사가 어깨를 으쓱해 보였다.

"마리오, 그렇잖느냐고? 그는 정말 위대한 인물, 진정한 치유자지…… 과학은 죽지 않았어. 그는 그 모든 것을 자기 책에 적어두었지. 안 그런가, 마리오?"

"오, 됐어요." 투우사가 말했다.

"생각해보게, 몸무게가 정확히 오십이 킬로그램인 기수들과 일을 벌여야만 기쁨을 느끼는 사교계의 숙녀를…… 그 짓을 하는 동안 세 번은 짧게, 한 번은 길게 밖에서 노크를 해달라고 번번이 요구하는 숙녀를 말이야. 인간의 마음은 헤아릴 길이 없지. 또 금고의 경보음이 울려야만 욕구를 느끼는 은행가의 아내를 생각해보게. 그 소리에 남편이 잠에서 깨어나는 바람에 어이없는 상황에 처하게 되는 여자를……"

"오, 됐어요, 로저. 하나도 재미있지 않아요. 당신은 취했어요." 투우사가 말했다.

"또 관자놀이에 권총을 위협적으로 갖다대야만 만족에 이르는 여자는 어떤가? 구즈만 교수는 그런 여자들을 모두 치료했다네. 자신의 책에 그런 이야기를 모두 써놓았지. 하나같이들 훌륭한 주부가 되었다니까, 여보. 낙심할 필요 없어요."

그녀는 그에게 눈길도 주지 않은 채 그의 곁을 지나쳤다. 운전사가 그녀의 어깨에 정중하게 외투를 걸쳐주었다.

"그리고 누구더라, 메살리나도 그랬지. 그녀는 로마의 황후였어."

"로저, 그만하세요." 투우사가 말했다.

"사실 당시에는 심리치료란 게 아직 없었지. 구즈만 교수라면 틀림없이 그녀를 낫게 했을 텐데. 자, 내 사랑스러운 왕비마마, 그런 식으로 날 바라볼 거 없어요. 마리오, 우리에 갇힌 사자가 옆에서 포효하지 않으면 아무것도 하지 않고 토라져 있던 그 젊은 여자 기억나? 남편에게 언제나 한쪽 손으로 〈목신의 오후〉를 연주해달라던 여자는 어떤가? 난 무엇이든 할 준비가 되어 있어, 여보. 내 사랑은 무한하니까. 방돔광장의 기둥을 때맞춰 바라보기 위해 언제나 리츠호텔에 묵는 여자는? 인간의 마음은 헤아릴 길 없고 신비스럽지! 마라케시에서 밀월을 보낸 다음부턴 이슬람 성직자의 독경 소리 없인 못 배기는 여자는? 또 런던 대공습 당시 런던에서 신혼을 보낸 후 남편에게 줄곧 폭탄 떨어지는 소리를 내라고 요구하는 여자는? 그들 모두가 나무랄 데 없는 주부가 되어 있다니까, 여보."

투우사 복장의 청년이 영국인에게 다가가 뺨을 때렸다. 영국인은 울고 있었다.

"계속 이런 식으로 살 순 없어." 영국인이 말했다.

그녀는 층계를 내려가고 있었다. 그녀가 맨발로 모래 위를, 죽은 새들 한가운데를 걸어가는 것을 그는 보았다. 그녀의 손에는 스카프가 들려 있었다. 그는 인간의 손으로도, 신의 손으로도 덧붙일 것이 없는 그녀의 순수한 옆모습을 바라보았다.

"자, 로저, 진정해요." 비서가 말했다.

영국인은 여자가 탁자 위에 놓아둔 코냑 잔을 집어들어 단숨에 마시고는 잔을 내려놓았다. 그는 지갑에서 지폐 한 장을 꺼내 받침접시에 내려놓았다. 그러고는 모래언덕을 뚫어져라 응시하다가 한숨을 내쉬었다.

"저 새들이 모두 저렇게 죽어 있는 데에는," 그는 말을 이었다. "이유가 있겠지."

그들은 떠나갔다. 모습이 사라지기 직전, 여자는 모래언덕 꼭대기에서 걸음을 멈추고 잠시 주저하다가 뒤를 돌아보았다. 하지만 그는 이제 그곳에 없었다. 그곳에는 아무도 없었다. 카페는 비어 있었다.

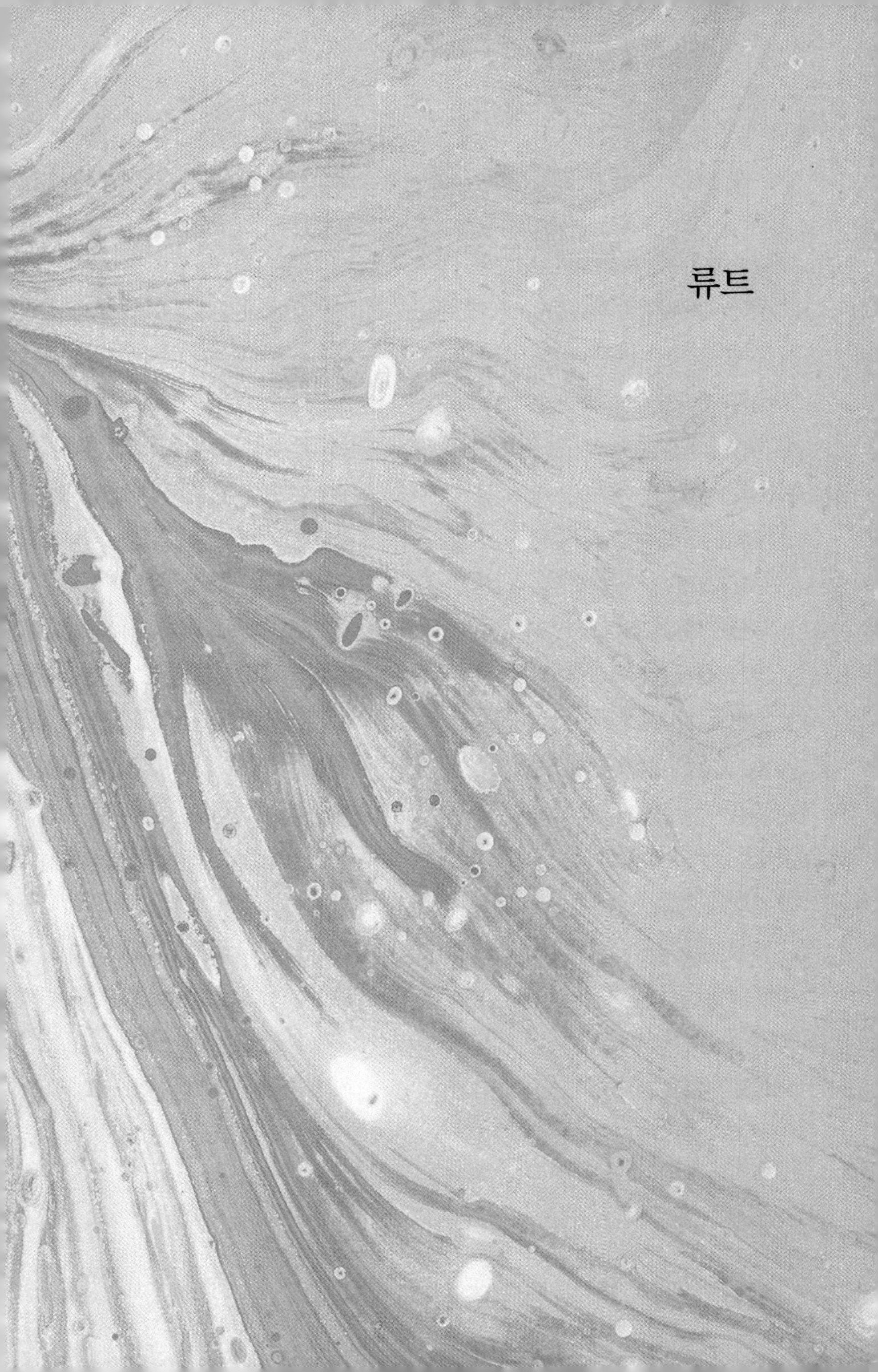
류트

예술작품이나 희귀서나 피아노의 건반과 한평생 가깝게 지내왔음
을 암시하는 손가락들에 잘 어울리는 길고 섬세한 두 손과 그에 걸맞
은 기품을 지닌, 큰 키와 날렵한 체구의 N 백작은 외교관직에 있는 동
안 요직을 두루 거쳤다. 하지만 그동안 그의 근무지들은 모두 이곳 지
중해로부터 멀리 떨어져 있는 추운 지역이었다. 어떤 은밀하고도 뿌리
깊은 끈이 라틴 바다와 그 자신을 잇고 있기라도 한 것처럼, 그는 지중
해에 대해 조금은 맹목적이고도 집요한 열정을 품고 있었다. 이스탄
불 대사관의 동료들은 그의 완고함을 나무라곤 했는데, 그것은 이탈리
아의 감미로움이나 햇빛을 좋아하는 그의 취향과는 어울리지 않는 듯
했다. 그는 자신의 취향이나 사교성이 부족한 성격을 사람들에게 거의
드러내지 않았다. 따라서 그의 그런 면모에서 지나치게 예민한 감수

성, 또는 점잖은 거동으로도 여전히 방어할 수 없는 상처받기 쉬운 기질까지 간파해내는 이들은 관찰력이 몹시 뛰어나거나 아주 너그러운 사람들뿐이었다. 지중해에 대한 그의 애정은 일종의 전이일 수도 있었다. 자신의 교육과 직업과 성격 때문에 한 사람에게든 여러 사람에게든 한껏 토로하지 못했던 것들 모두를 하늘에, 태양에, 빛과 물의 소란스러운 유희에 투사한 것일 수도 있었다. 스물세 살에 그는 어린 시절부터 알아온 여자친구와 결혼했는데, 그것 역시 그에게는 낯선 이들의 세계에 접근하지 않으려는 한 가지 방식이었을 뿐이다. 그는 직업의 지나친 영향력에 맞서 자신의 개성을 지킬 줄 아는, 외교관으로서는 드문 모범을 보이고 있다고 평가받았다. 스스로의 표현에 의하면 "자신이 팔고 있는 상품을 지나치게 의식하는" 이들에 대해 그는 가벼운 경멸을 비쳤다. 그가 자신의 뒤를 이어 외교관직에 막 들어선 장남에게 들려준 말에 따르면, 개성의 한계를 극명히 드러내는 일은 개인적으로도 직업적으로도 도움이 되지 않는다는 것이었다. 그런 조심스러운 태도를 갖고 있다고 해서 그가 자신의 직업에 깊은 애정을 느끼지 않는 것은 아니었다. 하지만 쉰일곱의 나이에 사랑스러운 네 아이의 아버지이자 명예의 절정에서 세번째 대사직을 수행하는 외교관으로서, 그는 무엇 하나 부족할 것 없는 삶에 대해 설명할 수 없는 혼돈스럽고 고통스러운 감정을 느끼고 있었다. 그에게 아내는 완벽한 동반자였다. 그는 아내의 편협함을 내심 불만스럽게 여겼지만, 피상적이긴 해도 무심하지 않은 말로 그녀가 그의 직업에 큰 도움이 되어왔다고 평가했다. 그도 그럴 것이, 아내 덕분에 그는 이십오 년간 외교관 생활의 따분한 경박함, 예의를 갖춰야 하는 고역, 의례적인 무도회, 상냥한

언행, 겉치레, 티 파티 같은 것들로부터 벗어나 있을 수 있었던 것이다. 그녀는 내면의 엄격함, '모범적인 면'과 관례적인 면을 모두 동원해 본능적으로 그를 보호하고 있는 듯했다. 자신이 사랑에 시야를 차단당했다는 사실을 알았다면 그는 아연실색했으리라. 두 사람은 동갑이었고, 그들 집안의 영지는 발트해 연안에 서로 인접해 있었다. 그녀가 어릴 때부터 그를 사랑하고 있었다는 사실을 알지 못한 채, 두 사람의 부모들은 결혼을 주선했다. 이제 그녀는 여윈 몸매에 경직된 태도, 방기에 가까울 정도로 차림새에 무심한 여인이 되어 있었다. 그녀는 목에 매는 검은 벨벳 리본을 매우 좋아했는데, 그럼으로써 가리고자 하는 것에 도리어 시선을 집중시키는 결과를 초래했다. 지나치게 긴 귀고리는 고갯짓을 할 때마다 동작을 유난히 두드러져 보이게 했고, 여성스러움이라고는 찾아볼 수 없는 그녀의 모습에 비장한 그 무엇을 부여했다. 어떤 묵계라도 맺은 듯이 그들은 거의 대화를 나누지 않았다. 그녀는 그의 사소한 욕구까지도 알아채어 그를 잡다한 인간관계로부터 가능한 한 자유롭게 해주려 애썼다. 그녀가 평생 해온 걱정 중의 하나는 자신이 이따금 어쩔 수 없이 그에게 보내는 숭배의 시선을 그가 어느 날 갑자기 고개를 돌리는 바람에 들켜버리지 않을까 하는 것이었다. 그는 자신들 둘 다 정략결혼으로 맺어진 것이고, 외교관의 아내가 되는 것이야말로 아내 인생의 목표이자 종착점이었던 것으로 알고 있었다. 그녀가 자신을 위해 기도하느라 성당에서 오랜 시간을 보낸다는 것을 알았다면 그는 놀라거나 분개하기까지 했을지도 모른다. 결혼한 후로 그녀는 기도할 때 그를 빠뜨린 적이 없었다. 마치 그가 어떤 은밀한 위험에 노출되어 있기라도 한 것처럼 그를 위한 그녀의 기도는 열렬하고 간절했다. 결혼생활 삼십오 년에 아이들도 다 자라고, 자신이 말없는 애정—내밀한 부부생활에서도 표출하지 못하는 은밀하고 고통스러운—으로 감싸고 있는 그를 아무것도 더는 위협하지 못할 것 같은, 모범적인 삶의 절정에 오른 지금까지도, 그녀는 이스탄불 페라호텔 내에 있는 프랑스식 소성당에 가서 무릎을 꿇고 레이스 손수건을 쥔 채, 운명이 인간의 마음속에 탄생과 동시에 장치해두곤 하는 시한폭탄이 그의 내부에서 갑자기 터지지 않게 해달라고 몇 시간이고 기도하곤 했다. 하지만 완전히 노출된, 햇빛 찬란한 긴 하루처럼 평생을 천직 속에서 자신의 개성을 느릿하고 차분하게 꽃피우듯 살았을 뿐인 사람을 어떤 내적 위험이 위협할 수 있단 말인가?

백작은 여러 나라의 수도에서 직업상의 전성기를 누렸다. 그에게 아직 남은 야심이 있다면, 자신이 사랑의 열정으로 줄곧 꿈꾸어온 지중해의 중심, 로마에 임관되는 것이었다. 하지만 운명은 집요하게도 그의 소망을 들어주지 않으려는 모양이었다. 아테네나 마드리드에 임관될 뻔한 적이 여러 차례 있었지만, 마지막 순간 갑자기 상부의 결정이 바뀌어 그를 목표에서 멀리 떼어놓곤 했다. N 백작이 불운으로 여기는 그런 일을 그의 아내는 그에게 털어놓은 적은 없었지만 언제나 다행으로 받아들였다. 매해 아이들과 함께 카프리나 보르디게라에서 보내는 몇 주간의 휴가조차 그녀에겐 편치 않았다. 조심스러움에 익숙한 성격, 열정의 부재를 쾌적하게 암시하는 듯한 저기압의 기후에서만 편안함을 느끼는 기질, 줄곧 묵직하고 차분하게 늘어뜨려진 커튼과 완벽하게 어울리는 너무나 창백한 안색, 이 모든 것들로 인해, 그녀에게는 지중해가, 어쩔 수 없는 경우가 아니고는 들어가고 싶지 않은 색채와 향기와 소리의 정글로 여겨졌다. 그녀는 너무도 눈부신 빛 속에서 부도 덕한 그 무엇을 느꼈다. 그것은 지나친 노출과도 흡사했다. 열정과 감성이 더이상 추위나 안개나 비의 다소곳한 베일을 쓰고 있지 않았다. 모든 것이 말해지고, 공표되고, 드러나고 주어졌다. 지중해는 그녀에게 드넓은 어떤 곳에 잘못 온 것 같은 느낌을 주었다. 그녀는 아이들과 함께 그곳에 간다는 생각에 익숙해질 수가 없었다. 그곳에 갈 때면 그녀는 사내아이들을 위한 여자 가정교사 둘과 남자 가정교사 하나를 반드시 동반했다. 마치 바다의 물결이 다가와 아이들에게 부도덕한 충고를 들려주거나 금지된 장난을 가르치기라도 할 것처럼. 아이들이 리도 해변에서 놀고 있을 때면 그녀는 아이들에게서 눈을 떼지 않았다. 그녀는 빛을 두려워했고, 자연이 스캔들을 일으키기라도 할 것처럼 극도로 조심스럽게 대했다. 그녀는 언제나 긴장하고, 언제나 신경을 곤두세웠다. 그것은 귀고리가 달랑거리는 소리가 좀더 커진 것으로만 알아차릴 수 있는 통제되고 억제된 신경증이었다. 그녀는 매너나 예절에 극도로 주의를 기울였다. 성공적인 결과라는 후광까지 동반한 그녀의 교육보다 더 엄격한 교육은 상상하기 어려우리라. 그 교육은 완벽한 외교관 부인을 만들어냈지만 미소에는 왠지 어울리지 않았다. 그녀의 미소는 오한처럼 어색하고 순간적이었다. 그녀는 뭐라 말하기 어려우면서도 쉽게 잊히지 않는 그런 사람이었다. 자기 일에서, 남편의 직업과 아이들의 교육에 쏟는 배려에서 그녀는 지칠 줄 몰랐다. 또한 손님들을 초대하고 선행을 베풀고 연회를 여는, 사교상의 고역에도 정성을 다했다. 그는 모르고 있었지만 그녀 역시 그만큼이나 그런 일을 싫어했음에도 흔쾌히 받아들였다. 그것이야말로 그녀가 그에 대해 유일하게 드러낼 수 있는 사랑과 헌신의 표시였기 때문이다. 창백한 새를 연상시키는 조금 날카로운 얼굴선과 얇은 입술을 지닌 그녀의 얼굴에는 알 수 없는 결연한 각오와 가늠하기 어려운 한 가지 목표를 향한 긴장된 의지가 배어 있었다. 그녀는 어떤 비밀을 숨기고 있는 것 같았다. 그 누가 어떤 대가를 치른다 해도 알아낼 수 없는 그 무엇을 알고 있는 것 같았다. 그녀의 눈빛에 갑자기 떠오르는 불안, 신경질적으로 움켜쥔 두 손, 자신과 친교를 맺으려 애쓰는 남편 동료의 부인들이 자신의 사생활을 침해하려 든다는 것을 즉각 알아차리고 그들에게 보내는 차갑고 순간적인 미소 이면의 신중함 등에서 그런 점을 엿볼 수 있었다. 사람들은 그녀가 야망 때문에 부심하고 있다고 여겼고, 오래전부터 더 이상 그토록 많은 수고를 들일 필요가 없는 듯한 남편의 상황과 아이들의 장래에 대해 그녀가 기울이는, 때로는 고통스럽기까지 한 각별하고 극단적인 관심을 슬쩍 비웃기도 했다. 그들은 아들 둘, 딸 둘을 두었다. 외교관직에 발을 내디딘 장남은 파리의 대사관에서 근무하고 있었고, 옥스퍼드에 있던 둘째 아들은 시험 준비 겸 방학을 보내기 위해 이스탄불에 와 있었으며, 각각 열여섯, 열여덟 살인 두 딸은 부모와 함께 살고 있었다.

N 백작이 이스탄불에서 근무한 지 일 년여가 지났다. 그는 여러 문명이 들어왔다가 너무나 아름답게 소멸해간 그곳을 좋아했다. 그는 튀르키예에서 놀라운 업적을 이뤄냈을 뿐 아니라, 자부심 강하고 용기 있는 그 나라 사람들에게 우정어린 진정한 존경심을 품고 있었다. 케말 아타튀르크 대통령의 의지로 앙카라가 얼마 전 수도가 되었고 순식간에 부각되었다. 이스탄불에 남은 대사관들은 신경을 곤두세우고

는 있었지만 여름을 틈타 보스포루스해협에 여전히 머물러 있었다. 백작은 아침나절은 대사관에서 보냈고, 오후가 되면 이슬람 사원이나 시장을 장시간 돌아다니며 미술품 가게나 골동품 상점에서 시간을 보냈다. 마치 물건들에 생기를 부여하려는 듯, 그는 그런 동작을 위해 만들어진 듯한 길고 섬세한 손가락으로 작은 조각상이나 틀을 쓰다듬거나, 어떤 보석을 바라보면서 명상에 잠겨 여러 시간을 보내곤 했다. 애호가들이 모두 그렇듯이 그 역시 자신의 눈이 흡족해하는 것을 만져보고 쥐어봐야 했다. 골동품상들은 그를 위해 흔쾌히 진열장 문을 열어주고 혼자 즐길 수 있게 해주었다. 하지만 그가 물건을 사는 일은 거의 없었다. 인색해서가 아니었다. 다만, 가장 아름다운 작품이라고 하기엔 언제나 뭔가 부족했던 것이다. 그는 살짝 열에 들떠서 탄지, 술잔, 성모상, 도자기 들을 밀어놓았다―작은 조각상, 칠보 풍경화, 반짝이는 보석 역시 그랬다. 때로 그의 손은 거의 생리적인 갈망과 초조와 공허로 경련을 일으키곤 했다―역시 뭔가 부족했던 것이다. 아름다운 예술작품조차 그것이 부분적으로 포착했을 뿐인 더 멋지고 더 총체적인 완벽성을 떠올리게 했으므로, 일종의 무력감과 함께 그는 짜증스러울 뿐이었다. 어떤 조각품을 보고, 그것을 만든 예술가의 영감이 그에게 받아들이도록 요구하는 형태를 손가락으로 더듬을 때면, 그는 갑자기 엄습하는 깊은 서글픔에, 모두가 자신에게서 기대하는 침착하고 품위 있는 태도를 유지하기 위해 노력을 기울여야만 했다. 그가 직업을 잘못 선택했다는 것을 가장 뼈저리게 느낄 때는 바로 그런 순간이었다. 하지만 그는 예술가가 되겠다는 생각은 단 한 번도 해본 적이 없었다. 예술작품에 대한 취미도 뒤늦게야 찾아온 것이었다. 그랬다. 그의 손, 그의 손가락에는 무언가가 있었다. 그의 손은 마치 자신의 꿈, 그로서는 알 길 없는, 그의 의지와는 무관한 갈망을 품고 있는 듯했다. 불면증으로 고통스러워한 적이 없던 그가, 밤중에 새로운 감각이 탄생하기라도 하는 듯 손바닥 움푹한 곳에서 깨어나는 감각의 혼란스러운 호소 때문에 몇 시간이고 뜬눈으로 보내는 일이 점점 더 잦아졌다. 이윽고 상인들 보기가 민망해진 그는 시장 방문 횟수를 줄였다. 아침식사 자리에서 아내에게 그 이야기를 하기도 했다. 아침식사는 보스포루스해협이 내려다보이는 테라피아 빌라 테라스에 놓인 푸른색 파라솔 아래에서 의식처럼 이루어졌다. 흰 장갑을 낀 지배인이 의식에 쓸 도구들을 엄숙하게 운반했다. 예상외의 일이라고는 때때로 날아오는 꿀벌들뿐인 극히 정돈된 분위기 속에서 N 백작 부인이 의식을 집전했다. 그 문제를 약간 우회적으로 언급하면서, 백작은 알 수 없는 죄책감을 느꼈다. 하지만 그가 그 이야기를 하기로 한 것은 바로 그런 터무니없는 죄책감을 털어버리기 위해서가 아니었던가.

"이러다간 결국 이곳에서 내가 인색하다는 낙인이 찍힐 것 같소. 이스탄불의 골동품점들에 들어가 아무것도 사지 않은 채 시간을 보내니 말이오. 어제 오후엔 어떤 아폴론 조각상 앞에서 족히 반시간을 보내면서도 결정을 못했다오. 아무리 완벽한 예술작품에도 언제나 알맹이가 빠져 있는 것 같아서 말이오. 관대함이 내 성격의 특징 중 하나라고 여겨왔는데 그런 관대함과, 완벽을 두고는 타협하지 않는 취향은 어울리지 않는 거잖소. 급기야 그리스의 조각가 페이디아스의 작품을 보여준다 해도 트집을 잡을 사람이라는 인상을 상인들에게 주게 됐으니."
그가 말했다.

"뭔가 사는 편이 좋겠어요. 대사관에서 나도는 소문의 절반은 시장에서 나오니까요. 소문 때문에 경력에 흠이 갈 수도 있어요. 대사관의 말단 직원이 무엇을 샀는지, 얼마를 지불했는지 하루도 지나지 않아 모두들 알게 되잖아요." 백작 부인이 대답했다.

"다음번엔 뭐가 됐든 사겠소. 하지만 취향이 형편없다는 소리보다는 '자린고비'라는 비난이 낫지 않겠소." 백작이 경쾌한 어조로 말했다.

맏딸이 냅킨 위에 올려진 아버지의 길고 섬세한 손을 바라보았다.

"손만 보고도 아빠의 망설임을 이해할 수 있을 거예요. 지난번 저도 아빠가 아흐메드 상점에서 이집트 조각상을 꿈꾸듯 만지고 계신 걸 본 적이 있어요. 아빠는 매혹된 듯한 동시에 서글퍼 보였어요. 얼마 동안이나 그 조각상을 손에 들고 계셨는지 몰라도, 이윽고 진열장에 도로 놓으시더라고요. 그토록 의기소침해 있는 아빠를 본 적이 없어요. 사실 아빠는 바라보는 것으로 만족하기에는 너무 강한 예술적 기질을 갖고 계세요. 아빠는 직접 작품을 만들고 싶은 욕구를 느끼시는 거예요. 아빠는 틀림없이 직업을 잘못 선택……"

"크리스텔, 그만하렴." 백작 부인이 부드럽게 말했다.

"제 말은 삼십 년 동안 완벽한 외교관의 겉모습 속에 예술가가 숨어 있었다는 거죠. 아빠는 의지를 동원해 그것이 드러나는 것을 막아왔지만, 이제 그것이 복수를 하고 있는 거라고요. 아빠에게 재능이 있다고 전 확신해요. 아빠 안에는 아주 훌륭한 화가나 조각가가 평생 동안 갇혀 있었어요. 그래서 이제 만나는 예술작품 하나하나가 아빠에게 비난이나 후회로 느껴지는 거예요. 아빠는 평생 동안 작품을 바라보는 데서 예술적인 만족을 찾으려 했지만, 그런 만족감은 창작만이 줄 수 있어요. 아빠는 우리집을 점차 미술관으로 바꿔놓으셨죠. 그런데도 여전히 이스탄불의 골동품점들을 전부 돌아다니시면서 아빠 안에 있는 작품을 찾느라 초조하게 발굴을 하고 계시는 거예요. 아빠 주위에 있는 이 모든 미니어처, 조각품, 골동품 들이 아빠가 직업을 잘못 선택했다는 것을 증명하고 있어요.”

“크리스텔!” 백작 부인이 엄하게 소리쳤다.

“오! 물론 모든 건 상대적이죠. 전 다만 예술적인 천직을 말하고 있어요. 시장에 있는 아흐메드 상점의 돌로 된 이교도 신상 앞에 설 때 아빠를 괴롭히는 건 바로 창작의 의지예요. 아빠는 다른 사람의 작품에 만족할 수가 없는 거예요. 그 모든 건 아빠의 손을 보면 알 수 있어요.”

백작은 문득 옆에서 어떤 존재가 고통스러워하고 긴장하는 것을 느꼈다. 그의 아내였다. 그의 직업적인 성취에 대해, 그의 인생이나 다름없는 그 일련의 명예에 대해 누군가 그렇게 가볍게 말하는 것을 그녀로서는 받아들이는 것은 물론 참기도 어려웠을 것이다. 그는 조심스럽게 기침을 하고는 냅킨을 입으로 가져갔다. 체면과 품위와 명예에 대한 사랑에 그런 열정을 기울일 수 있다는 것을 그로서는 납득하기 어려웠던 것이다. 스스로의 표현대로 ‘체면과 품위와 명예에 대한 사랑’이 일시적인 사랑이었을지도 모른다는 것은 머릿속에 떠오르지도 않았다. 그가 알고 있는 것은, 아내만 없었다면 오래전에 외교관직에서 물러나 이탈리아의 어촌에 가서 살았으리라는 사실이었다. 그림을 그리고 조각을 하면서…… 욕구라는 기묘한 감각, 손가락에서 느껴지는 일종의 신체적인 향수 같은 것 때문에 그의 손이 저절로 쥐어졌다.

“내가 보기엔 아빠 손은 오히려 음악가에게 어울리는 것 같아요.

피아노 건반이나 바이올린 현이나 기타 줄에 더 잘 어울릴 것 같은
데……” 막내가 끼어들었다.

꿀벌 한 마리가 식탁보 위에 놓인 꿀그릇과 꽃병 사이를 잠시 붕붕
거리며 맴돌았다. 보스포루스해협 위로 한 척의 배가 느릿한 시선에
꼭 어울릴 정도로 천천히 지나갔다. 자갈 위로 자동차 바퀴가 굴러가
는 소리가 들려왔다.

“차가 왔군.” 백작이 말했다.

그는 일어나 아이들에게 미소를 지어 보이고는 아내의 눈길을 피하
며 차에 올랐다. 차를 타고 가는 동안 그는 두세 차례 자기 손을 바라
보았다. 딸의 신랄한 지적과 장황하면서도 탁월한 추론에 충격을 받은
참이었다. 바라보는 것으로 더이상 만족하지 못하고, 세상의 아름다움
을 한 잔의 포도주처럼 입술로 가져가 더 내밀하게 맛보고 싶은 억제
할 수 없는 묘한 욕구가 그의 내부에서 점점 커져온 것은 이미 여러 해
전부터였다…… 그는 운전사 쪽으로 몸을 기울였다.

“아흐메드 상점으로 가주게.”

마음에 드는 것을 발견하지 못한 채 골동품들을 차례로 만져보기만
하는 N 백작을 오래전부터 지켜보아온 골동품상들 가운데 하나인 아
흐메드는 시장에서 가장 큰 상점의 주인이자, 특히 사람의 성격을 간
파하고 그 사람에게서 애호가의 진정한 열정을 읽어낼 줄 아는 능력의
소유자였다. 그는 조금 살찐 몸에 안색이 거무스름하고, 청록색의 눈
은 아름다웠다. 최근 아타튀르크가 시행령을 내려 튀르키예식 차림을
금지했음에도 불구하고, 그는 희끗희끗한 머리 위에 여전히 튀르키예
식 모자를 쓰고 있었다. 그를 둘러싸고 있는 보석들이 그 광채의 일부

를 전해주기라도 한 것처럼 그의 시선에는 호기심과 한결같이 눈부신 미광이 어려 있었고, 살집 있는 얼굴에는 사람 마음의 무한한 풍요로움 앞에서 진정한 애호가로서 느끼는 감사와 경이를 자신의 수많은 감정에 투영하는 듯한, 겸허에 가까운 감동어린 표정이 줄곧 떠올라 있었다. 그의 가장 큰 즐거움은 자기 상점 구석에 머무르며 아침부터 저녁까지 끝없이 찾아오는 인간 군상을, 은밀하고 깊은가 하면 맨눈으로도 볼 수 있는 그들의 내적 균열을, 문득 드러나는 그들의 아름다움이나 추함을 경이의 눈길로 바라보는 데 있었다. 이스탄불의 골동품상들에게 N 백작은 알라신이 보내준 고객 중 가장 고약한 인물로 치부되고 있었다. 하지만 아흐메드는 그런 피상적인 판단에 휩쓸린 적이 없었다. 오히려 그는 대사에게 큰 기대를 품고, 조심스럽게 그와의 관계를 돈독히 다져나갔다. 대사가 있을 때면 그는 수많은 사람들의 눈길을 받았으면서도 진가를 인정받지 못해 오랫동안 묻혀 있던 희귀한 물건의 흔적을 감지했을 때 모든 수집가가 느끼는 그 감미로운 순간을 경험하곤 했다. 아흐메드는 대개 상점 안뜰 분수 옆에서 젊은 조카와 함께 시간을 보냈다. N 백작이 무표정한 얼굴—그에게는 특별한 감정 표현으로 여겨지는—로 상점으로 들어서는 것을 보고, 그는 자리에서 일어서서 굽실거림 따위는 찾아볼 수 없는 당당하면서도 예의바른 태도로 대사를 맞았다. 아무리 이익이 많이 남는 물건을 판다 해도, 내면의 악마와 싸우고 있는 백작을 남몰래 지켜보면서 느끼는 만족감의 반의 반도 얻지 못할 터였다. 일 년 전부터 이미 아흐메드는 이 나이든 탐사자를 끈기 있게 지켜보고 있었다. 그가 걱정하는 것은 오직 한 가지였다. 산책이나 만남 가운데 우연히 다가올 그 일, 대사 자신은 모르고 있지만 아흐메드 자신은 전문가다운 눈으로 이미 오래전에 간파했던, 백작의 내부에 있는 은밀한 보물이 모습을 드러내는 그 일이 자기 가게 밖, 자신의 눈길이 미치지 못하는 다른 곳에서 일어나면 어떡하나 하는 것뿐이었다. 그것은 당연히 엄청난 손실이 될 터였다. 그래서 그는 언제나 탁월한 전문가들에게만 표하는, 아름다움을 응시하는 것의 중요성에 대한 깊은 공감을 암시하는 침묵으로 대사를 맞았다. 그는 이 방 저 방을 돌아다니며 창문을 열었다. 뜰의 분수에서 물소리가 들려왔다. 창가를 지나면서 한순간 아흐메드가 조카에게 손짓을 보내자, 청년은 무릎 위에 놓인 악기의 현을 뜯기 시작했다. 백작이 창 쪽을 돌아보았다.

"제 조카랍니다." 아흐메드가 말했다.

백작은 전날 자신을 매혹했던 작은 조각상을 집어들었다. 그의 두 손이 신경질적으로 조각상의 표면을 쓸어내렸다. 아흐메드는 예의바르게 침묵을 지키며, 돌을 쓰다듬는 대사의 손가락들을 슬그머니 바라보았다. 예술 애호가가 올리고 있는 그 신비로운 의식을 본능적으로 존중하려는 듯, 뜰에서 젊은 음악가는 연주를 멈추었다. 분수의 물소리가 다시 들려왔다. 딸애의 말이 맞는지도 몰라, 백작은 문득 생각했다. 내 눈은 다른 사람의 흔적을 뒤쫓는 데 지쳤어. 아름다움과 생명의 기적을 재료에서 직접 끌어내야 해. 강한 욕구불만의 감정과 더불어 느껴지는 이 당혹감, 손가락 사이에서 느껴지는 이 기묘한 신체적인 향수, 고통스럽기까지 한 이 공허함, 이 짜증스러움을 달리 설명할 길이 없었다. 두 손이 자기 몸을 떠나 상점의 후미진 구석으로 가서는, 그가 막연히 느끼고는 있지만 의식하기를 거부하고 있는 두 손의 삶,

기어가는 듯 더듬더듬 나아가는 신비로운 삶을 살아낼 것 같은 느낌으로, 자신이 또 하룻밤을 새우게 되리라는 것을 그는 알고 있었다. 자신의 상상력이 자신을 엿보며 비웃는 비밀스러운 세상의 경계를 넘지 못하게 하기 위해 그는 다시 한번 자존심을 동원해야 했다. 그는 아흐메드에게 털어놓고 싶었다. 손바닥 움푹한 곳에 좀벌레처럼 웅크리고 있는 이 혼란스러운 감각적 갈망을. 그에게는 충고와 지도가 필요했고, 아흐메드라면 그가 주무르고 싶은, 자신의 손가락을 파묻고 싶은 그 신비의 재료를 조달해줄 수 있을지도 몰랐다. 하지만 너무 늦은 건지도 몰랐다. 조각가가 되기 위해서는 오랜 수련과 기초 교육이 필요했다. 좀더 일찍 진짜 천직을 발견했더라면 얼마나 좋았을까! 어쩌면 몇 년 후 은퇴해서…… 입술에 유쾌한 미소를 떠올린 그는 최소한의 몸짓에서도 드러나는 그 초연하고 우아한 태도로 아흐메드 쪽으로 고개를 돌렸다.

"이렇게 상점에 들르면서도 아무것도 사지 않는다고 아내에게 몹시 나무람을 들었어요. 내가 상점가에서 구두쇠라는 낙인이 찍힐까봐 집사람은 걱정하고 있어요. 물론 아무거나 살 순 있지만……" 그가 말했다.

"그건 절 모욕하는 일입니다, 대사님." 아흐메드가 대답했다.

"웬일인지 정말로 갖고 싶은 물건이 눈에 띄질 않아요. 어떤 전문가도 완벽하다고 인정할 이 조각상조차 어딘가 부족한 느낌이……"

청동 조각상을 더듬으며 자신들의 의식을 거행하는 대사의 손가락들을 아흐메드는 매혹당한 눈길로 바라보았다.

"딸애 말이 내가 조각가의 손을 가졌다면서 직업을 잘못 선택했다는 거요."

아흐메드는 젊음의 경솔함 앞에 고개를 내저었다.

"해보시지 그러십니까, 대사님?" 아흐메드가 물었다. "위대한 예술가들 중에는 간혹 아주 늦게야 재능이 드러난 경우도 있는데…… 제가 커피 한 잔 대접하게 해주십시오."

그들은 뜰을 지나갔다. 젊은 음악가가 예의바르게 자리에서 일어섰다. 여윈 몸매의 청년은 새카만 머리카락 아래, 눈과 뺨에 몽골인 특유의 섬세하면서도 야성적인 특징이 두드러진 얼굴이었다. 전에 본 적이 없는 청년 같았다. 백작은 분수 쪽으로 몸을 돌린 채 골똘한 시선으로 커피를 마셨다. 아흐메드가 고갯짓을 하자, 청년이 연주를 시작했다. 그제야 정신이 들었는지, 백작은 잔을 든 채 악기를 바라보며 문득 관심을 보였다.

"저건 류트 같은데?"

"그렇습니다. 더 정확히 말하자면 '우드'죠. 아랍어로 '알 우드'라고 한답니다." 아흐메드가 부드럽게 대답했다.

백작은 커피를 한 모금 삼켰다.

"알 우드라." 그는 약간 가라앉은 목소리로 되풀이했다.

그의 손에 들린 커피잔과 받침접시가 갑자기 부딪쳤다. 그는 미간을 찌푸리고 엄한 표정으로 악기를 뚫어져라 바라보았다. 아흐메드가 기침을 했다.

"알 우드는," 그가 말을 이었다. "유럽식 류트의 전신이랍니다. 보시는 것처럼 몸체는 류트보다 훨씬 작고 목은 더 길지요. 현은 여섯 줄뿐입니다."

그는 기침을 했다.

"십자군들에 의해 유럽에 전해졌지요."

백작은 분수의 대리석 위에 커피잔을 내려놓았다.

"몹시 아름답군. 서양의 현악기들보다 훨씬 아름다워. 소리의 아름다움과 형태의 아름다움이 접목되어 있는 것은 현악기뿐인 것 같소만…… 사실 미술작품으로는 소리나 노래로 그것을 연주하는 이의 애정과 기쁨과 예술적 감정을 표현할 길이 없지요." 그가 말했다.

그의 목소리가 조금 탁해져 있었다.

"만져봐도 되겠소?"

그는 류트를 집어들었다.

"이건 우리 술탄들이 좋아하던 여흥이었지요." 아흐메드가 나직하게 말했다.

백작은 악기를 손가락으로 쓸었다. 부드럽고 구슬프고 조금 모호한, 계속해달라는 애원 같기도 하고 비난 같기도 한 음 하나가 높아졌다. 그는 다시 한번 현을 쓸었다. 그 음이 울리는 동안 그의 손은 공중에 머물러 있었다. 젊은 음악가가 진지한 눈길로 그를 바라보고 있었다.

"아름다운 소리요." 백작이 짤막하게 말했다.

"제 수집품 중에 16세기의 류트가 있습니다." 아흐메드가 말했다. "괜찮으시다면……"

그는 상점 안으로 달려갔다. 그가 없는 동안 백작은 분수 둘레의 돌에 기대어 엄격하기 짝이 없는 표정으로 앞을 응시하며 말없이 서 있었다. 틀림없이 국사를, 몹시 중요한 국가의 중대사를 생각하고 있는 것 같았다. 젊은 음악가는 이따금 그에게 존경의 눈길을 보냈다. 아흐메드는 다채로운 보석과 자개가 박힌 잘 다듬어진 악기를 하나 가지고 이내 돌아왔다.

"이건 상태가 완벽합니다. 제 조카가 한 곡 연주해드릴 겁니다."

청년은 류트를 받아들었다. 그의 손가락들이 영원히 공중에 매달려 있을 듯한 육감적이면서도 구슬픈 가락을 현 속에서 길깨웠다. 백작은 크게 관심이 쏠리는 듯했다. 그는 악기를 받아들고 이리저리 살펴보았다.

"놀랍군, 놀랍소." 그가 말했다.

자신의 소심함을 극복하기 위해 동작을 과장할 필요가 있다는 듯, 그는 갑작스레 손가락 끝으로 현을 쓸어보았다.

"그렇다면, 아흐메드, 이걸 사겠소. 이거야말로 내 평판에 대한 아내의 걱정을 진정시킬 수 있을 거요. 얼마면 되겠소?" 그가 말했다.

"대사님, 우리의 만남을 기념하는 순수한 마음에서 제가 선물할 수 있게 해주셨으면 합니다만……" 아흐메드가 대답했다.

그들은 기분좋게 흥정을 했다. 차에 탄 백작은 손가락으로 류트의 현을 줄곧 쓸고 있었다. 그 동작에 아름다운 소리가 화답했다. 백작은 조심스럽게 물건을 들고 계단을 올라가 아내의 방으로 들어갔다. 아내는 책을 읽고 있었다.

"이게 내가 구한 물건이라오. 이걸 사느라 돈 좀 들었지. 하지만 이제 이스탄불의 상점가에서 내 평판이 나빠질 걱정은 할 필요가 없을 거요." 백작이 의기양양하게 말했다.

"맙소사, 류트로 뭘 하려고 그러세요?"

"보면서 즐기는 거지. 내 서재에 두고 형태를 더듬는 거요. 이건 악기인 동시에 예술작품이자 살아 있는 그 무엇이오. 조각품만큼이나 아름다우면서도 소리까지 갖고 있다오. 들어보구려……" 백작이 대답했다.

그는 현을 퉁겼다. 소리가 솟아올랐다가 허공에 부드럽게 가라앉았다.

"무척 동양적이군요." 아내가 말했다.

"술탄들이 좋아하던 악기였다는군."

그는 책상으로 가서 류트를 내려놓았다. 그후로 그는 황홀한 두려움 같은 것에 차서 서재 소파에 앉아 그 악기를 골똘히 응시하며 오랜 시간을 보내곤 했다. 그는 자신의 손안에서 커져가는 공허감, 혼란스러우면서도 압도적인 어떤 갈망, 만지고 싶은, 솟구쳐오르게 하고 싶은, 만들어내고 싶은 욕구와 싸웠다. 점차 그의 온 존재가 그 자신도 정확히 알 수 없는 무엇인가를 제멋대로일 만큼 강압적으로 요구하기 시작했다. 그는 마침내 자리에서 일어나 다가가 류트를 쓸어보았다. 다음 순간 그는 시간개념을 송두리째 잃고 책상 앞에 서서 서투른 손가락으로 되는대로 현을 뜯고 있었다.

"아빠는 오늘 적어도 두 시간 이상 류트를 연주하셨어요." 크리스텔이 어머니에게 말했다.

"언닌 그걸 연주라고 말하는 거야? 언제나 똑같은 현만 뜯으니, 들리는 건 언제나 똑같은 음이라고…… 미치겠단 말이야!" 막내가 반박했다.

"내 말이 그 말이야. 집안에 온통 저 소리뿐이어서, 더이상 숨을 곳이 없어. 저 소리는 정말이지 괴상해. 그러니까…… 마치 발정난 암고양이 울음소리 같아." 닉이 말했다.

"닉!"

N 백작 부인이 화를 내며 포크를 내려놓았다.

"말 좀 조심하면 좋겠다. 정말 못 들어주겠구나."

"옥스퍼드에서 그런 것만 배웠나봐." 막내가 말했다.

"어쨌든 아빠가 저 빌어먹을 악기를 사오신 후로는 통 공부를 할 수
가 없어요. 난 시험공부를 해야 하는데 말예요. 조용할 때조차 이제나
저네나 저 끔찍한 고양이 울음소리가 들려올 것만 같아 마음을 졸여야
한다고요." 닉이 말했다.

"아빠 자신은 모르고 있지만 아빠는 예술가라고 내가 말했잖아." 크
리스텔이 말했다.

"아빠가 진짜 뭔가를 연주할 수 있다면 그렇겠지. 하지만 언제나 똑
같은 음, 똑같은 소리잖아." 닉이 투덜거렸다.

"아빠는 교습을 받으셔야 해." 크리스텔이 결론을 내렸다.

신기하게도 바로 그날 백작은 아내에게 류트 교습을 받고 싶다는 뜻
을 표했다.

"그렇게 풍부한 멜로디를 낼 수 있는 악기를 갖고도 그럴 수 없다는
게 너무 고통스럽소. 언제나 하나의 음밖에 낼 수 없다는 것은 지루한
일이오. 아이들이 불평을 하는데, 그애들 말이 옳소. 아흐메드에게 가
서 적당한 사람을 추천해달라고 해야겠소." 그가 말했다.

백작이 상점에 들어섰을 때, 아흐메드는 안뜰에서 이웃 사람과 주사
위놀이를 하고 있었다. 백작의 얼굴과 태도에 깃든 무언가가 골동품상
의 무감각해진 등줄기에 감미로운 기대의 전율이 일게 했다. 꽉 다문

입술의 주름과 눈빛 속에 단호한 기미를 담은 대사의 태도는 몹시 진지하여 준엄하기까지 했다. 그는 도전에 가까운 결연한 표정을 띤 채 손에 지팡이를 쥐고 있었다. 그의 태도에서 아흐메드는 대사관 직원들이 상점가의 일개 상인에게 말을 건넬 때 취하는 그 우월감에 찬 태도를 알아볼 수 있었다. 그가 애써 미소를 짓자, 백작은 그의 인사에는 대답도 하지 않고 건조한 어조로 불쑥 말했다.

"지난번 이 상점에서 산 그 악기 말인데…… 그걸 뭐라고 했더라……"

"우드입니다, 대사님. 알 우드……"

"그래, 바로 그랬지. 그런데 이해할 수 있을 거요, 아이들이 그것 때문에 미칠 지경이라는 걸…… 이렇게 말하면 놀라겠지만, 내 아내도……"

통통한 손에 파리채를 쥔 채 아흐메드는 눈썹을 치켜올리고 굳어진 얼굴로 다음 말을 기다렸다.

"간단히 말해서 모두들 내가 그 악기의 연주법을 배우기를 바라고 있소. 우리집 문제는 그것뿐이오. 당신이 선생을 찾아줄 수 있을지 알아보겠다고 가족들에게 약속했다오."

"우드를 가르칠 선생 말입니까, 대사님?" 아흐메드가 나직하게 물었다.

아흐메드는 고개를 내저었다. 그는 오랫동안 생각에 잠긴 척했다. 두 눈을 반쯤 감고 자신이 알고 있는 이스탄불의 수많은 우드 연주자들을 차례로 떠올려보는 척했다. 그는 자기 몫의 기쁨을 음미하고 있었다. 좀 지나쳤는지도 모르지만, 그 기쁨은 인내와 기대로 보낸 긴 한

해에 대한 보상이었다. 백작은 그 늙은 상인의 마음에 호소력 있게 다가오는 고상하고 품위 있는 태도로 고개를 꼿꼿이 들고 앞에 서 있었다. 삶의 멋진 순간 중의 하나가 아닌가. 그는 가차없이 그 즐거움을 연장시켰다.

"이런!" 마침내 그가 감탄사를 발했다. "내 정신 좀 봐. 제 조카가 아주 재능 있는 우드 연주자랍니다. 대사님, 그애는 대사님의 제안을 분명 기쁘게 받아들일 겁니다……"

그날부터 일주일에 두세 차례, 아흐메드의 젊은 조카는 테라피아 빌라의 층계를 올랐다. 그는 대사 부인에게 정중하게 인사하고, 하인의 인도로 백작의 서재로 들어갔다. 그로부터 한 시간 동안 집안에는 류트 소리가 울려퍼졌다.

남편 서재 옆의 작은 방 안에 있던 백작 부인은 류트 소리가 그 층 전체, 아이들의 공간, 특히 아래쪽 하인들의 숙소까지 들리리라고 예상했다. 그 젊은 음악가가 그곳에 와 있는 동안, 줄곧 그녀는 다른 것은 생각하지 못한 채 손수건을 두 손으로 비틀면서 자신의 방에 틀어박혀 있었다. 오래전부터 머릿속을 떠나지 않는 어떤 확신과 헛된 싸움을 계속하면서…… 류트 소리는 규칙적으로 울려퍼지고 있었다. 전문가의 손가락 아래에서는 조화롭고 대담하게, 초심자의 손가락 아래에서는 서투르고 망설이듯이. 몇 차례의 교습이 이루어지는 동안 백작 부인은 십 년은 늙은 것 같았다. 그녀는 올 것이 오기를 기다리고 있었다. 매일같이 페라호텔 내의 프랑스식 소성당에 피신하듯 가서 오랫동안 기도를 했다. 하지만 기도로 만족할 수가 없었다. 그녀는 좀더 적극적인 조치를 취하기로 마음먹었다. 자신의 애정과 헌신을 다할 각오가 되어 있었다. 수호해야 할 것이 그녀 자신의 명예가 아니었던 만큼, 명예를 위한 싸움에서 극단적인 모욕을 감수할 각오가 되어 있었다. 자신의 명예 같은 것은 이미 오래전부터 아무것도 아니었잖은가! 그녀는 최대한 신중하게 대비책을 세웠다. 그렇게 걱정하던 날이 마침내 온다 해도 그에 대한 대비가 되어 있었다.

그 일이 일어난 것은 젊은 음악가의 다섯번째인가 여섯번째 방문 때였다.

청년은 평소처럼 하인의 안내를 받아, 잡지를 뒤적이고 있는 대사 부인에게 정중히 인사를 하며 작은 방을 지나 백작의 서재로 들어갔다. 백작 부인은 잡지를 내던지고 기다렸다. 손수건을 두 손에 쥐고 고개를 꼿꼿이 들고 두 눈을 크게 뜬 채 똑바로 서 있었다. 언제나처럼 수업이 시작되기까지는 몇 분이 걸렸다. 이윽고 서재에서 느릿한 멜로디가 울려퍼졌다. 청년이 연주하고 있는 것이 분명했다. 그러자…… 백작 부인은 레이스 손수건을 움켜쥔 채 입을 꼭 다물고 굳어진 얼굴로 소파에 앉았다. 그녀는 시선을 고정한 채 잠시 더 기다렸다. 귀고리의 흔들림이 점점 더 빨라지는 가운데…… 여전히 조용했다. 잠시 동안 그녀는 명백한 사실을 인정하기를 거부하며 희망을 포기하지 않았다. 하지만 주위의 침묵은 매 순간 무시무시하게 커져갈 뿐이었다. 침묵은 집안을 가득 메우고 계단을 내려가 방문들을 모두 열어젖히고 벽을 뚫어 아이들의 귀에까지 들릴 것 같았고, 귀를 쫑긋 세우고 있던 하인들의 얼굴에는 이미 어리석은 조소가 떠올라 있을 것 같았다. 그녀는 재빨리 일어나 방문을 잠그고는 구석에 놓인 중국식 장롱으로 달려갔다. 주머니에서 열쇠를 찾아 장롱을 열고 류트를 꺼냈다. 소파로 돌아와 앉은 그녀는 무릎 위에 악기를 올려놓고 현을 뜯기 시작했다. 때때로 연주를 멈추고 필사적으로 귀를 기울였다가는 손가락 끝으로 다시 현을 뜯는 동작을 계속했다. 아이들의 공간에도, 뜰에도, 하인들의 숙소에도 류트 소리가 들리리라고 그녀는 확신했다. 그 관능적이고 부조화스러운 곡조가 그녀의 손 아래에서 은밀히 울려나오고 있으리라는 생각은 아무도 하지 못할 터였다. 아마도, 아마도 그이는 누가 뭐라 해도 스캔들 없이 정년을 맞을 수 있을 거야, 그녀는 생각했다. 사람들이 조금도 눈치채지 못한 채…… 이제 몇 년만 더 기다리면 될 것이다. 곧 파리나 로마로 전임될 테니까. 험담과 소동과 구설수 없이 조금만 더 버티기만 한다면…… 아이들은 이미 장성했고, 어쨌든 처음으로 대두된 몇몇 의혹이 그동안 쌓아온 존경의 벽을 허물기까지는 오랜 시간이 걸릴 게 아닌가. 손가락으로 현을 뜯던 그녀는 때때로 잠시 연주를 멈추고 귀를 기울이곤 했다. 반시간 후, 백작의 방에서 다시 음악이 울려퍼졌다. 백작 부인은 일어나 류트를 장롱 속에 도로 넣었다. 그런 다음 돌아와 앉아 책을 집어들었다. 하지만 눈앞의 글자들이 한데 뒤섞이는 바람에, 그녀는 울지 않으려 애쓰면서 손에 책을 든 채 똑바로 앉아 있는 것으로 만족해야 했다.

어떤 휴머니스트

아돌프 히틀러 총통이 독일에서 권력을 잡을 무렵, 뮌헨에 카를 뢰비라는 장난감 공장 사장이 살고 있었다. 인간성과 질 좋은 시가와 민주주의를 믿는 쾌활한 낙관주의자인 그는 혈통상 아리안족의 피는 별로 섞이지 않았지만 새 총통의 유대인 배척 선언을 그리 심각하게 여기지 않았다. 어찌됐건 사람들의 마음속에 깃들어 있는 어떤 생래적인 정의감과 절제와 이성이 일시적인 탈선을 바로잡으리라고 믿고 있었던 것이다.

자신들을 따라 이민을 가자는 같은 유대인들의 간곡한 충고에 뢰비 씨는 사람 좋은 웃음으로 대답하고는, 자기 집 소파에 편안히 앉아 시가를 물고 1914년부터 1918년까지의 전시에 참호 속에서 맺은 확고한 우정에 대해 이야기했다. 오늘날 고위직에 오른 그 시절의 전우 몇

몇이 만약의 경우 자신에게 힘이 되어주리라는 것이었다. 불안해하는 방문객들에게 그는 술을 권하고 잔을 들어올려 '인간성'에 건배했다. 그의 말에 따르면 인간성을 감싸고 있는 것이 나치 군복이든 프로이센 군복이든, 티롤 지방의 모자든 노동자의 안전모든 간에 자신은 그것을 전적으로 신뢰한다는 것이었다. 실제로 새 정부가 들어선 처음 몇 년간 상황은 우리의 친구 카를에게 그렇게 위험하지도 고통스럽지도 않았다. 물론 몇 건의 모욕이나 박해는 있었다. 하지만 '참호의 전우들'이 배후에서 정말로 힘을 써주었든, 독일인다운 그의 쾌활함과 믿음직스러운 태도 덕택에 그에 대한 조사가 한동안 늦춰졌든 간에, 출생증명서가 불완전한 이들이 모두 유배되었음에도 불구하고 우리의 친구는 인간에 대한 믿음과 불굴의 낙관론을 꺾지 않은 채 장난감 공장과 서재, 시가와 좋은 술이 가득한 창고 사이를 오가며 평화로운 생활을 이어갔다. 이윽고 전쟁이 일어나자 사태는 조금 험악해졌다. 어느 화창한 날 갑자기 그에게 공장에 접근해서는 안 된다는 명령이 내려졌고, 다음날 정복 차림의 청년들이 달려들어 그에게 심각한 폭력을 행사했다. 카를 씨는 여기저기 전화를 했지만, '전우'들은 더이상 그 자리에 없었다. 처음으로 그는 조금 불안해졌다. 그는 자신의 서재로 들어가 벽을 빼곡히 메운 책들을 오랫동안 바라보았다. 오래도록 심각하게. 모여 있는 그 귀한 책들은 하나같이 인간의 편을 들고 옹호하고 변호하면서 카를 씨에게 용기를 잃지 말라고, 절망하지 말라고 간곡히 말하고 있었다. 플라톤, 몽테뉴, 에라스뮈스, 데카르트, 하이네…… 이들 고매한 선구자들을 믿어야 했다. 인내심을 가져야 했고, 사람들이 인간성을 드러내고 혼란과 오해 가운데에서 방향을 잡고 극복할 시간을 주어야 했다. 이에 대해 프랑스인들은 "타고난 본성은 어쩔 수 없는 것"이라는 훌륭한 표현까지 찾아내지 않았던가. 그리고 관용과 정의와 이성은 이번에도 승리를 거둘 것이다. 다만 시간이 좀 걸릴 것이 분명했다. 믿음과 용기를 잃지 말아야 했다. 하지만 어쨌든 조심하는 편이 좋을 터였다.

카를 씨는 소파에 앉아 생각에 잠겼다.

그는 살집 있는 몸매에 분홍빛 안색, 장난스러운 안경, 입에서 나온 선한 말들의 흔적이 입가에 남아 있는 듯한 얇은 입술의 소유자였다.

그는 조언이라도 구할 태세로 자신의 책과 시가 상자, 질 좋은 술, 익숙한 물건 들을 오래도록 응시했다. 그의 눈빛에 차츰 활기가 어리기 시작했고, 얼굴에는 재기발랄한 사람 좋은 미소가 떠올랐다. 자신의 변함없는 믿음으로 그들을 안심시키려는 듯, 그는 서재의 수많은 책들을 향해 브랜디 잔을 들어올렸다.

카를 씨에게는 십오 년 전부터 그를 위해 일해온 뮌헨 출신의 정직한 하인 부부가 있었다. 여자는 가사를 돌보고 부엌일을 하고 주인이 좋아하는 요리를 준비했고, 남자는 운전사이자 정원사이며 관리인이었다. 남편 슈츠 씨가 유일하게 즐기는 것은 독서였다. 일을 마치고 나면 종종 그는 뜨개질하는 아내 곁에서 카를 씨가 빌려준 책에 고개를 파묻은 채 몇 시간이고 보냈다. 그는 괴테, 실러, 하이네, 에라스뮈스 같은 작가들을 좋아했다. 정원 구석에 있는 자신들이 기거하는 건물 안에서 그는 아내에게 영감 넘치는 고상한 구절들을 읽어주기도 했다. 조금 적적함이 느껴질 때면 카를 씨는 친구 슈츠를 서재로 불렀고, 그 곳에서 그들은 시가를 물고 영혼의 불멸과 신의 존재, 휴머니즘, 자유,

그리고 자신들이 감사의 눈길로 둘러보곤 하는 주위의 책들에 내재된 그 모든 아름다운 것들에 대해 오래도록 대화를 나누었다.

그 어려운 때에 카를 씨가 눈길을 돌린 대상은 바로 친구 슈츠와 그의 아내였다. 그는 시가 한 상자와 독일산 브랜디 한 병을 들고 정원 구석에 있는 건물로 가서 친구들에게 자신의 계획을 털어놓았다.

다음날부터 슈츠 씨 부부는 일에 착수했다.

서재의 양탄자가 걷어올려지고, 마룻바닥에 구멍이 뚫리고, 지하실로 내려가는 계단이 설치되었다. 원래 있던 지하실 출입구는 폐쇄되었다. 시가 상자들에 이어 서재에 있던 물건들 대부분이 그곳으로 옮겨졌다. 포도주와 다른 술들은 이미 거기 있었다. 슈츠 부인은 가능한 한 안락하게 은신처를 꾸몄다. *게뮈틀리히**에 대한 극히 독일적인 감각으로 그 지하실은 며칠 만에 쾌적하고 잘 정돈된 작은 공간으로 바뀌었다. 쪽마루의 구멍은 꼭 맞는 사각형의 나무판으로 교묘하게 감춰졌고, 그 위에 양탄자가 덮였다. 그러고 나서 카를 씨는 슈츠 씨와 함께 마지막으로 외출해 몇 장의 서류에 서명했다. 재산을 몰수당하는 것을 막기 위해 공장과 집을 그들에게 매각한 것처럼 꾸몄던 것이다. 슈츠 씨는 때가 되면 적법한 소유자에게 재산의 소유권을 돌려줄 수 있도록 필요한 서류들과 반대 증서**를 작성해야 한다고 고집을 부렸다. 그런 다음 두 사람은 집으로 돌아왔고, 카를 씨는 좋은 시절이 돌아올 때를 안전하게 기다리기 위해 입가에 장난기어린 미소를 머금고 은신처로 내려갔다.

---

* 독일어로 '안락함'이라는 뜻.
** 공식 증서의 규정 사항을 무효화하는 증서.

하루 두 차례, 정오와 일곱시에 슈츠 씨가 양탄자를 들어올리고 사각형의 나무판을 빼내면, 그의 아내는 맛있는 요리와 좋은 포도주 한 병을 들고 지하실로 내려갔다. 슈츠 씨는 매일 저녁 그곳에 와서 친구이자 고용주인 그와 더불어 인간의 권리, 관용, 영혼의 영속성, 독서와 교육의 미덕 같은 고상한 주제로 대화를 나누었는데, 그럴 때면 그 고결하고 관대한 견해들로 인해 그 작은 지하실이 아주 환하게 빛나는 것 같았다.

카를 씨는 처음에는 신문들도 내려보내게 했고 라디오도 곁에 두었다. 하지만 육 개월 후 뉴스에 점점 더 실망하게 되고 세상이 진짜 타락하는 것처럼 여겨지자, 인간의 본성 속에 간직되어 있다고 굳게 믿고 있는 신념을 일시적인 정황의 반향으로 위협당하지 않기 위해 라디오를 치우게 했다. 팔짱을 끼고 입가에 미소를 띤 채, 그는 지하실 구석에서 장래가 불투명한 현실과의 모든 접촉을 거부하고 자신의 신념을 충실히 지키고 있었다. 결국 그는 지나치게 사기를 꺾어놓는다는 이유로 신문을 읽는 것마저 거부하고, 서재에 꽂힌 걸작들을 되풀이해 읽으면서, 영속하는 것이 일시적인 것에 가하는 그런 반박들에서 자신의 신념을 유지하는 데 필요한 힘을 길어내게 되었다.

슈츠 씨는 기적적으로 폭격을 면한 안채로 아내와 함께 이주했다. 처음에는 공장에 몇 가지 어려움이 있었다. 하지만 그에게는 카를 씨가 외국으로 도피한 후 그 사업체를 합법적으로 양도받았음을 증명하는 서류가 있었다.

신선한 공기를 쐬지 못하고 전등불 아래에서 사는 생활로 인해 카를 씨는 더욱 뚱뚱해졌고, 몇 년이 지나자 그의 뺨에서는 분홍빛 혈색을 찾아볼 수 없게 되었다. 하지만 그의 낙관론과 인간성에 대한 믿음은 손상되지 않은 채 남아 있었다. 세상에서 관용과 정의가 승리하기를 기다리며, 그는 지하실에서 꿋꿋하게 버티고 있었다. 친구 슈츠가 전해준 바깥세상의 소식이 아무리 끔찍해도 그는 절망하지 않았다.

히틀러 정권이 몰락하고 몇 년 후, 이민을 갔다가 돌아온 카를 씨의 친구 하나가 실러가街에 있는 개인 저택의 문을 노크했다.

등이 구부정하고 키가 큰, 학구적인 분위기를 풍기는 반백의 남자가 나와 문을 열어주었다. 그의 손에는 괴테의 작품이 들려 있었다. 아뇨, 뢰비 씨는 이제 여기 살지 않습니다. 아뇨, 우리는 그분이 어떻게 되었는지 모릅니다. 그분은 아무 흔적도 남기지 않았습니다. 전쟁이 끝난 후 모두 조사해보았지만 아무것도 알아내지 못했습니다. 신의 가호가 있기를! 문이 닫혔다. 슈츠 씨는 집안으로 돌아와 서재로 갔다. 그의 아내가 이미 쟁반에 요리를 준비해놓고 있었다. 독일이 다시 풍요를 구가하게 된 지금, 그녀는 가장 맛있는 요리만을 가져다주며 카를 씨를 극진히 대접하고 있었다. 양탄자가 걷어올려지고 사각형의 나무판이 치워졌다. 슈츠 씨는 괴테의 책을 책상 위에 내려놓고 쟁반을 들고 지하실로 내려갔다.

이제 몸이 몹시 약해진 카를 씨는 정맥염으로 고생하고 있다. 게다가 심장도 나빠지고 있다. 의사를 만나봐야 하지만 그로서는 슈츠 부부에게 그런 위험을 무릅쓰게 할 수가 없다. 그들이 여러 해 동안 휴머니스트 유대인 하나를 지하실에 숨겨왔다는 사실이 알려지면 살아남지 못할 게 아닌가. 인내심을 갖고, 의심을 떨쳐야 한다. 본래의 관용과 이성과 정의가 곧 회복되리라. 무엇보다도 낙담하지 말아야 한다. 많이 꺾이긴 했지만 카를 씨는 자신의 낙관론을 고스란히 간직하고 있고, 인간에 대한 믿음도 여전하다. 날마다 슈츠 씨가 나쁜 소식―히틀러가 영국을 점령했다는 소식은 특히 큰 충격이었다―을 가지고 지하실로 내려올 때마다 카를 씨는 그를 격려하고 좋은 말르 위로한다. 벽을 덮은 책들을 가리키며, 언제나 인간성은 결국 승리한다고, 그런 신념과 믿음 속에서 위대한 걸작들이 태어날 수 있었다는 사실을 환기시킨다. 슈츠 씨는 언제나 한결 밝아진 모습으로 지하실에서 나온다.

장난감 공장은 놀라울 만큼 성업중이다. 1950년, 슈츠 씨는 공장의 규모를 키우고 매출액을 두 배로 늘렸다. 그는 유능하게 사업을 운영하고 있다.

매일 아침 슈츠 부인은 싱그러운 꽃을 한 다발 들고 내려가 카를 씨의 침대 머리맡에 놓는다. 그녀는 그의 베개를 매만져즈고, 그를 도와 자세를 바꿔주고, 이제 스스로 숟가락질을 할 힘조차 남아 있지 않은 그에게 음식을 먹여준다. 이제 그는 겨우 말만 할 수 있을 정도다. 때때로 그의 눈에는 눈물이 가득 차오르고, 두 부부와 인류 전체에게 품어온 자신의 믿음을 그토록 충실히 지켜준 선량한 이들의 얼굴을 감사에 찬 눈길로 바라본다. 자신의 신념이 옳았다는 만족감 속에서 그는 양손에 충직한 친구들의 손을 잡고 행복하게 죽어가리라.

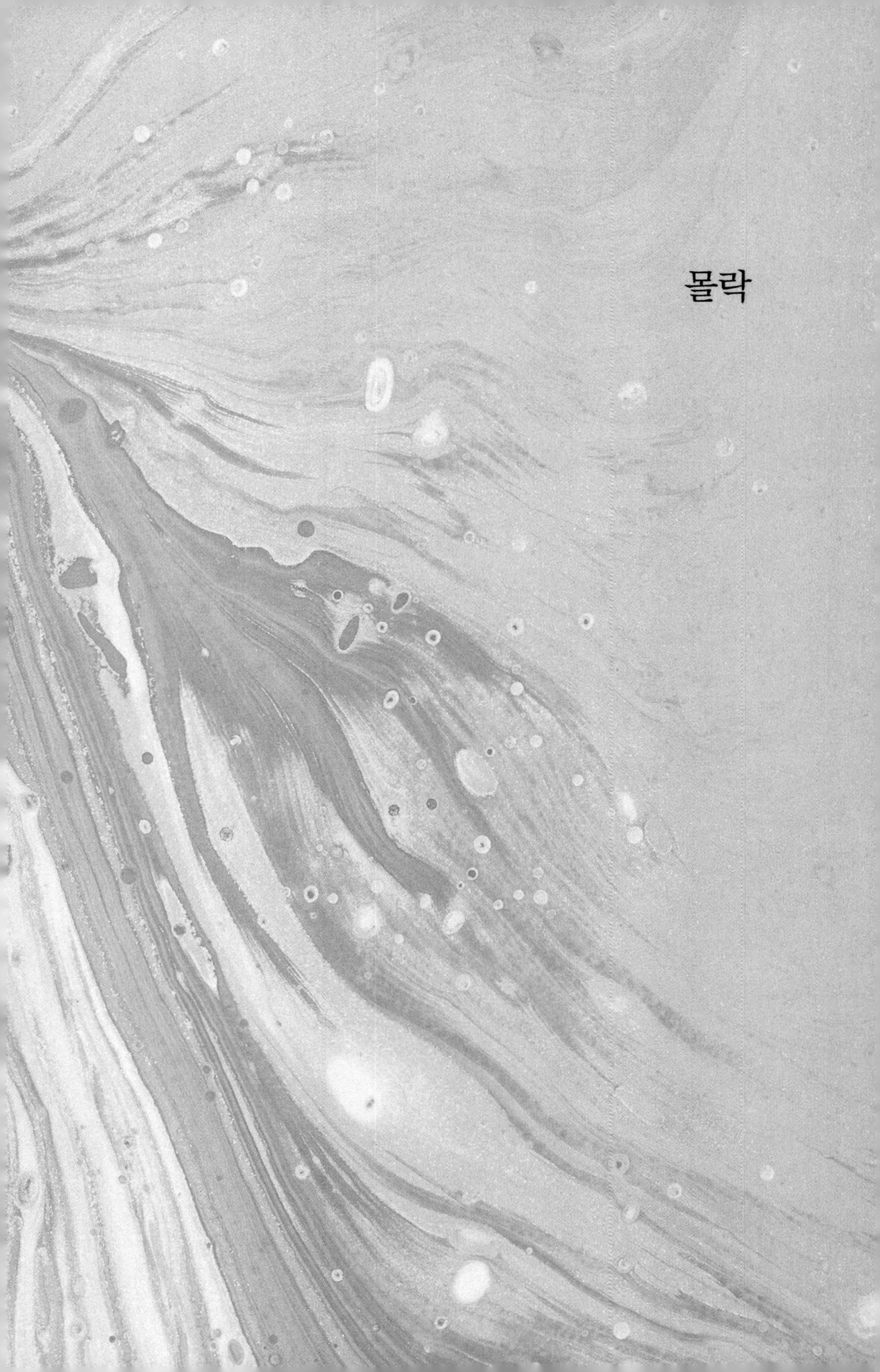
몰락

비행기는 벌써 다섯 시간째 대서양 위를 날고 있었다. 그동안 카를
로스는 한시도 말을 멈추지 않았다. 비행기는 우리를 로마로 데려가기
위해 노동조합에서 특별히 세낸 보잉기였고, 승객은 우리뿐이었다. 기
내에 도청 장치가 있을 가능성은 거의 없었지만, 우리 앞에서 지난 사
십 년간의 노조 투쟁을 이야기하며 미국 노동운동사어 서 밝혀지지 않
은 채 남아 있는 몇몇 부분들—예를 들어 아나스타샤가 셰러턴호텔
이발소 의자에서 처형되었다든가, 수피 파이렉의 '실종'이 해안 방어
선 노동자 조직을 와해시키려는 연방 당국의 노력과 직접적인 관련이
있다는 것은 나로서는 처음 듣는 것들이었다—에 대허 서슴없이 털어
놓는 카를로스의 지나친 솔직함 때문에 나는 때때로 등줄기가 서늘해
지곤 했다. 어쨌든 모르는 편이 안전할 때가 있는 법. 술을 많이 마시

긴 했지만, 그가 그렇게 되는대로 수다스럽게 속내 이야기를 늘어놓고 있는 것은 술기운과 상관이 없었다. 그가 우리에게 말하고 있는 것인지조차 확실치 않았다. 비행기가 로마에 가까워질수록 눈에 띄게 커져가는 감정적인 동요 속에서 그가 사실은 생각을 소리 내어 하고 있는 게 아닌가, 하는 느낌이 이따금 들었던 것이다. 물론 우리를 기다리는 곧 다가올 만남에 우리 모두 무심할 수는 없었지만, 카를로스에게서는 불안에 가까운 내적 동요가 느껴졌다. 과거 뉴욕 해안 방어선에서 세력을 일으켜, 미국 노동운동의 그 어떤 저명한 선구자도 꿈꿔본 적 없는 위업을 달성한 호보컨의 거인 마이크 사파티라는 전설적인 인물에 대해 말할 때 카를로스의 목소리에 담기는 숭배에 가까운 공손한 억양 속에는, 그를 잘 알고 있는 우리로서는 정말이지 인상적이라고 할 수밖에 없는 무언가가 있었다. 카를로스가 그 이름을 발음하는 것을 직접 듣지 않고는 알 수 없을 터였다. 어조가 낮아지면서, 사회의 아수라장 한가운데서 보낸 사십 년의 세월로 인해 냉혹함이 각인된 그 둔중하고 거친 얼굴이 측은하기까지 한 미소로 누그러졌던 것이다.

"그때야말로 결정적인 시기였지. 말 그대로 결정적이었어. 노조는 전환기를 맞고 있었지. 모두가 우리에게 적대적이었어. 언론은 우리를 진창으로 밀어넣었고, 정치인들은 우리를 붙잡으려 했고, FBI는 우리 일에 끼어들었고, 부두 노동자들은 분열돼 있었지. 우리는 노조의 회비를 임금의 이십 퍼센트로 확정한 참이었어. 모두들 금고를 장악하고 조합을 이용하려고 혈안이 되어 있었지. 뉴욕항에 있는 거라고는 서로 이익을 다투는 일곱 개의 기관뿐이었어. 그 외중에 마이크가 일 년 만에 질서를 잡은 거야. 그는 조무래기들에게 돈을 집어주고 전화로만 지시를 내리는 시카고 큰모자파, 카포네파, 구지크파, 무지카파 들과는 달랐어. 그래, 그는 직접 사태를 처리했지. 호보컨 앞을 흐르는 허드슨강 바닥을 누군가 조사하겠다고 나섰다면, 개흙 속에서 백 톤에 달하는 시멘트를 발견했을 거야. 우리가 사람을 시멘트 속에 처박을 때 마이크는 언제나 몸소 그 자리에 입회했어. 숨이 끊어지지 않고 계속 허우적대는 놈들도 있었지. 마이크는 놈들이 반항하는 것을 무척 좋아했어. 그런 식으로 시멘트 속으로 굴러들어가면 재미있는 자세들이 나온다는 거야. 마이크의 말에 따르면, 화산이 폭발한 지 이천 년 후 용암 속에서 발견된 폼페이 시민들과 좀 비슷하게. 그는 그것을 '후세를 위한 작업'이라고 불렀지. 지나치게 소란을 떠는 녀석이 있으면, 마이크는 항상 납득시키려 애썼어. '왜 소리를 질러대나? 자넨 우리의 예술적 유산의 일부가 될 거야'라고 말하면서 말이야. 그는 나중에는 몹시 까다로워졌어. 순간적으로 굳는 특수 시멘트가 필요했지. 그러면 일을 끝내는 것과 동시에 결과를 볼 수 있었거든. 호보컨에서는 보통 사람을 시멘트 속에 처박고, 시멘트가 굳으면 통에 못질을 한 다음 물속에 던져버리면 그걸로 끝이야. 하지만 마이크와 함께라면 그 일은 전혀 다른 아주 독특한 그 무엇이 되곤 했지. 그는 시멘트가 녀석의 몸에 아주 얇고 꼼꼼하게 발리기를 원했어. 하나의 조각처럼 얼굴 표정과 몸의 자세를 분명히 볼 수 있도록 말이야. 앞서도 말했지만, 작업을 하는 동안 녀석들이 약간 몸을 뒤틀었는데, 그럴 때면 때때로 상당히 익살스러운 효과가 나타나곤 했어. 하지만 대개의 경우 녀석들은 한 손을 가슴에 올리고 입을 벌린 채 번지르르한 말을 주워섬겼지. 자신들은 노조와 겨루려 해본 적이 없다, 노조와 같은 편이다, 순한 양처럼 죄가 없다, 고 말이야. 그런 일은 마이크를 몹시 짜증나게 했어. 그럴 때면 녀석들은 모두 똑같은 표정, 똑같은 몸짓을 하기 마련이라 시멘트 속에 처박히고 나면 전부 똑같아져버렸거든. 마이크는 그게 싫었던 거야. '망친 작품'이라고 그는 우리에게 설명했지. 우리가 바라는 건 그저 가능한 한 빨리 녀석을 통 속에 집어넣고 그 통을 물속으로 던져버린 다음 잊어버리는 거였어. 그건 별로 위험한 일이 아니었지. 부두는 본부의 졸개들이 잘 지키고 있었고, 경찰은 한 번도 그 안으로 들어온 적이 없었거든. 그건 노조 내부의 일일 뿐, 경찰과는 관계가 없었지. 하지만 우리가 그 일을 좋아했던 건 아냐. 머리끝에서 발끝까지 시멘트를 뒤집어쓴 사람이 온통 하얘진 채로 굳어지면서 검은 구멍 같은 입으로 악을 써대는 것을 보고 있으려면 보통 담력으로는 어림도 없거든. 마이크는 이따금 망치와 끌을 들고 꼼꼼히 다듬기도 했어. 그중에서도 샌프란시스코의 그리스인 '슈거 빅 빌'이 기억나는군. 서부 지역을 독립적으로 장악하고 싶어했던 그는 합병에 반대했어. 일 년 전 루 다이빅이 시카고 부두에 공격을 시도했다가 어떤 결과를 초래했는지 잘 알 거야. 다만 슈거 빅 빌이 루와 다른 점은, 그는 그 지역에서 유지 전체의 지지를 받으며 매우 강력한 세력을 형성하고 있었다는 사실이야. 그리고 그는 조심성이 있었지. 정말이지 의심이 많았어. 물론 그는 노동자들의 분열을 막고 싶어했고, 노동조합에 찬성하는 쪽이었지만, 그 모든 것이 알다시피 자신의 이익을 위해서였어. 상황을 의논하기 위해 마이크를 만나러 오는 조건으로 그는 인질을 요구했지. 당시 정치세력과의 관계를 담당했던 마이크의 형과 조합 간부 둘을 말이야. 우리는 그들을 보냈고, 슈거 빅 빌은 호보컨에 왔어. 그런데 모두 모인

순간, 우리는 마이크가 협상에는 전혀 관심이 없다는 것을 즉각 알 수 있었어. 슈거 빅 빌을 꿈꾸는 듯한 눈길로 바라볼 뿐, 그의 말은 한마디도 듣질 않는 거야. 그 그리스인은 정말이지 완벽한 균형을 자랑하는 인물이었다는 말을 해둬야겠군. 백구십 센티미터의 키에 '슈거'라는 별명에 걸맞게, 여자들의 마음을 설레게 하는 미남이었어. 어쨌든 우리는 직업적인 이익을 옹호하는 것에만 관심이 있고 그 운동을 정치적 속임수로 만들려 하는 사회의 배반자들과 분파주의자들에 맞서 싸울 필요와 노동자 연합을 화제로 삼아 일곱 시간 동안 장황하게 떠들어댔지. 그동안 마이크는 슈거 빅 빌에게서 눈을 떼지 않았어. 잠시 휴식을 취하는 중에 그가 내게 다가와서는 간단하게 말하더군. '됐어, 저 빌어먹을 작자와 입씨름해봤자 소용없어. 해치우자고.' 나는 그의 형과 다른 두 인질은 어떡하느냐고 말하기 위해 입을 열려다가, 그럴 필요가 없다는 것을 곧 깨달았어. 마이크는 자신이 무슨 일을 하려는 건지 알고 있었거든. 또 사실 조합의 더 큰 이해가 걸려 있었지. 그저 모양새 때문에 우리는 계속 장황한 말을 늘어놓았어. 회의가 끝나고 슈거 빅 빌이 창고에서 나올 때, 우리는 그와 그의 변호사, 오클랜드의 노동자 대표 둘을 때려눕혔지. 그날 저녁, 마이크는 직접 와서 작업을 지켜보더군. 그리스인의 몸 전체에 시멘트를 바르고 나자, 마이크는 그를 허드슨강에 던지는 대신 잠시 생각에 잠겼다가 미소를 짓더니 이렇게 말하더군. '놈은 따로 빼놔. 시멘트가 굳어야 해. 적어도 사흘은 걸리겠는걸.' 우리는 슈거 빅 빌을 창고에 갖다놓고 무장한 보초를 한 명 세워뒀어. 그리고 사흘 후 그곳으로 갔지. 마이크는 꼼꼼히 살펴보고 시멘트를 만져보더니 좀더 다듬더군. 망치와 끌로 여기저기를 손본 거지. 이윽고 그는 만족한 것 같았어. 몸을 일으키고는 좀더 바라보더니 이렇게 말했어. '됐어, 내 차에 실어.' 우리가 그의 말을 즉각 알아듣지 못하자, 그는 다시 한번 반복했지. '이걸 내 차에 실으라고. 운전석 옆에 말이야.' 우리는 서로 눈치를 봤지만 마이크와 언쟁을 벌일 수는 없었어. 그래서 슈거 빅 빌을 캐딜락까지 들고 가 운전석 옆자리에 내려놓고, 모두 차 안에 앉아 기다렸지. '집으로'라고 마이크가 말하더군. 그래, 차는 파크 애비뉴에 이르렀어. 우리는 집 앞에 차를 세우고 슈거 빅 빌을 꺼냈지. 모자를 손에 든 관리인이 우리에게 미소를 지어 보이더군. '멋진 조각이군요, 사파티 씨' 하고 그는 공손하게 말했어. '게다가 아주 정상적이네요. 얼굴이 셋이고 손이 일곱 개 달린 요즘 것들과는 다르군요.' '그렇소' 하고 마이크는 킬킬거리며 대답하더군. '이건 고전적이오. 정확히 말하자면 그리스 작품이라오.' 우리는 슈거 빅 빌을 승강기에 싣고 올라갔어. 마이크가 문을 열자 우리는 안으로 들어가 주인을 바라보았지. '거실로'라고 그가 말하더군. 그래서 거실로 들어가 슈거 빅 빌을 벽에 기대놓고 기다렸지. 마이크는 사방 벽을 주의깊게 바라보고 잠시 생각에 잠기더니 한쪽 손을 뻗더군. '저기, 벽난로 위에 놓게'라고 그가 말했어. 우리가 그의 말을 즉각 알아듣지 못하자, 마이크는 그리로 걸어가 그쪽 벽에 걸려 있던, 마차를 기습하는 도적들을 그린 유명 화가의 그림을 치우더군. 좋아, 우리는 생각했지. 싸울 필요는 없으니까. 우리는 슈거 빅 빌을 벽난로 위에 올려놓고 기다렸어. 마이크를 상대할 때는 무엇보다도 이해하려 애쓰지 말아야 했거든. 그런 일이 있은 다음, 우리끼리는 물론 마이크가 왜 그토록 자기 집 거실의 벽난로 위에 슈거 빅 빌을 올려놓고 싶어했는지 알아내려

긴 토론을 벌였지. 갖은 추측들이 생겨났지만, 진상은 두고 볼 일이었어. 물론 노조로서는 큰 승리를 거둔 것이나 다름없었지. 슈거 빅 빌은 위험인물이었고, 해안 방어선의 노동자 연합이 구조도 었으니, 마이크가 슈거 빅 빌을 트로피 삼아 자기 집 벽에 장식하고 싶었으리라는 게 스패츠 마르코비치의 견해였어. 자신이 거둔 승리를 스스로에게 환기시키기 위해서였으리라는 거지. 어쨌든 공금횡령으로 유죄판결을 받아 감옥에 들어갔다가 추방당하기 전까지 마이크는 그렇게 몇 년 동안 자기 집 벽난로 위에 그걸 놓아두었어. 그래, 사람들이 그에게서 찾아낸 건 기껏 공금횡령 혐의뿐이었어. 게다가 그건 정치 노조들의 음모였지. 그즈음 그는 그 조각상을 브루클린에 있는 국립민속박물관에 기증했어. 그 조각상은 지금도 거기 있지. 마이크가 그 값을 치렀다는 말을 해야겠군. 그의 형의 시체가 오클랜드 부둣가 쓰레기통에서 발견되었거든. 하지만 마이크는 노조의 이해가 걸려 있을 때 협상에 응하는 사람이 아니었지. 혼자 힘으로 부두 노동자 연합을 만든 그는 그 일로 미국 여권을 압수당하고, 칠 년 전 러키 루치아노라는 이름으로 출감해 이탈리아로 추방되었지. 이보게들, 이제 한 시간 후에 자네들이 보게 될 사람은 바로 그런 인물이야. 거물이지. 암, 거물이고말고. 다른 말로는 설명할 수가 없어.”

카를로스 외에 우리는 셋이었다. 카를로스의 경호원이었던 시미 쿠니츠는 생리현상을 해결하는 일을 제외하면 하루 다섯 시간 동안 콜트 자동권총으로 과녁을 겨누는 것밖에는 다른 관심사가 없었다. 그것이 그가 사는 방식이었다. 총을 겨누고 있지 않을 때는 기다렸다. 그가 무엇을 기다리고 있는지 나로서는 정확히 알 수 없었다. ‘리비스’ 통조

림 공장에서 등에 세 발의 총알을 맞고 죽은 자신의 시체를 우리가 거두어야 할 날을 기다리고 있었는지도 모른다. 스위프티 자브라코스는 자그마한 반백의 사내였는데, 그의 얼굴은 다양하기 이를 데 없는 안면 틱의 상설 전시장 같았다. 그는 우리의 고문변호사로, 말 그대로 노조사에 관한 한 걸어다니는 백과사전이었다. 그는 역대 노조 선구자들의 이름과 각 사건의 수치와 그들이 사용했던 권총이 몇 구경이었는지까지 줄줄 외울 수 있었다. 나로 말하자면, 하버드대학교를 나와 대규모 '홍보' 회사들에서 몇 년을 보낸 참이었는데, 내가 거기 끼게 된 것은 무엇보다도 모양새를 지키고 우리의 활동을 변증법적으로 소개하기 위해서였다. 대개 중간계층 이하인 우리 지도층의 출신 배경과, 파괴분자들이 속속들이 침투해 있는 조합에 대한 의뭉스러운 선전과 함께, 끊임없는 분쟁 한가운데에서 모양새에는 무관심함으로써 그들이 대중의 머릿속에 각인시킨 바람직하지 못한 이미지를 쇄신하기 위해, 나는 가능한 모든 방법을 동원했다. 두 가지 이유에서 우리는 로마로 사파티를 만나러 가는 길이었다. 우선 형식상 하자가 있다는 이유로 연방 최고재판소에 의해 그의 추방령이 파기되었고, 다음으로는 그의 재임중에 노동운동이 결정적인 전기를 맞았다는 사실 때문이었다. 우리 노조는 육상, 공중, 해상, 그리고 철도에 이르기까지 모든 운송수단을 공략할 참이었다. 그것은 먹음직한 큰 파이 조각이었다. 정당에 종속되어 있는 노조들은 우리의 노력에 맞섰고, 우리가 항구를 빠져나가는 것을 막으려 했다. 사태는 심각한 국면에 접어들었다. 우리는 위대한 투사인 동시에 그 이름이 우리 노조원들의 귀에 성공의 보증수표로 들릴 만한 사람을 생각해내야 했다. 마이크 사파티가 그런 인물이었다. 그는 전통적인 미국 자본주의가 쇠퇴하고 있다는 것, 부와 권력의 진정한 원천은 더이상 자본가가 아니라 노동자계급이라는 것을 아마도 본능적으로 이해한 최초의 인물이었다. 시카고식 조합운동이 완전히 폐물이 되었다는 것, 노동자들을 옹호함으로써 과거에 벅스 모런, 루 버챌터, 프랭키 코스텔로 같은 선구자들이 상인들에게 행사했던 것과는 비교할 수 없을 정도로 막강한 힘을 가질 수 있다는 것을 꿰뚫어보았다는 데 마이크의 천재성이 있었다. 그는 새로운 역사적 상황에 적응할 역량이 없는 노조 보수 분자들의 반대―이내 진압된―에도 불구하고, 노동자계급에 온 힘을 기울이느라 마약이나 매춘이나 슬롯머신 거래에는 전혀 신경을 쓰지 않았을 정도였다. 그를 추방함으로써, 고용주 연합과 연방 당국은 그의 활동을 저지하는 데 일시적으로 성공한 셈이었다. 그러나 이제 그가 노조 투쟁의 최전선으로 복귀한다는 소식은 우리의 적수들에게 공포를 불러일으키기에 충분했다.

우리는 저녁 무렵 로마에 도착했다. 공항에는 캐딜락 한 대가 우리를 기다리고 있었다. 정복 차림의 운전사가 운전석에 앉아 있었고, 중년의 이탈리아인 여비서가 감동을 억누르지 못한 떨리는 목소리로 마이크에 대해 들려주었다. 사파티 씨가 몹시 미안해하셨습니다. 하지만 작업을 놓으실 수가 없어서요. 그분은 무섭게 일을 하고 계신답니다. 뉴욕행을 준비하고 계신 거죠. 그러니까 육 주 전부터 댁에서 나가신 적이 없어요…… 카를로스는 알겠다는 뜻으로 고개를 까딱했다.

"조심할수록 좋지요. 그 친구, 적어도 경호는 받고 있겠죠?" 그가 말했다.

"오! 물론이죠." 비서가 힘주어 말했다. "바로 제가 아무도 그분을 방해하지 못하도록 지키고 있답니다. 그분은 제때에 준비를 끝낼 생각이었는데, 뉴욕에서 당장 오라고 압력을 넣고 있어서 일에 박차를 가하지 않을 수 없답니다. 이건 물론 그분 인생에서 커다란 사건이죠. 그분은 선생님을 만나게 되어 몹시 기뻐하고 계십니다. 제게 종종 선생님 이야기를 들려주셨지요. 제가 제대로 이해했다면, 그분이 선생님을 만난 건 아직 구상具象 조각을 하고 계실 무렵이었던 것 같더군요. 그래요, 사파티 씨는 예술가로서의 자신의 초년 시절에 대해 이야기하는 것을 좋아하신답니다. 그분의 작품 중 하나가 브루클린에 있는 국립민속박물관에 소장되어 있는 것 같았습니다. 제목이 〈슈거 빅 빌〉이라던가……"

카를로스는 하마터면 시가를 떨어뜨릴 뻔했다. 스위프티 자브라코스의 얼굴에는 무시무시한 경련이 연달아 일었다. 나 역시 괴상한 표정을 지었으리라. 아무 감정도 드러내지 않은 것은 시미 쿠니츠뿐이었다. 마치 그 자리에 없는 사람 같았다. 그는 언제나 너무나 방심한 태도를 취하고 있어서 존재감을 느끼지 못할 정도였다.

"그가 당신에게 그런 얘길 했어요?" 카를로스가 물었다.

"오! 그럼요." 여자가 활짝 웃으며 탄성을 질렀다. "그분은 종종 자신의 초기 작업을 빈정대신답니다. 엄밀히 말하자면 그것들을 인정하시지 않는 건 아니지만요. 상당히 재미있다고 여기시는 거죠. 그분은 '콘테사' 하고 입을 여시죠. 이유는 모르지만 그분은 저를 언제나 '콘테사'라고 부르신답니다. '콘테사, 난 초기에 너무 구상적이었어. 요컨대 화가 그랜드마 모지스*처럼 너무 곧이곧대로였다고 할까. 〈슈거 빅 빌〉은 그런 종류의 작품들 중에서 그런대로 잘 만든 작품이었던 것 같

아. 그러니까 그곳에서 "미국적"이라고 불리던 것의 전형인 셈이지. 머리에 쓴 모자가 두 눈 위로 미끄러져 내리는데, 몸을 칸으로 접은 채 배를 부여잡고서 안개비를 맞고 있는 한 남자의 모습 같이야. 하지만 성공작은 아니었어. 물론 당시 나는 아직 나의 참모습을 발견하지 못하고 있었지. 그때 막 나 자신에게 눈을 돌리기 시작했던 거야. 브루클린을 지나게 되면, 어쨌든 그걸 봐야 해. 그럼 그 이후 내가 어떻게 발전해왔는지 알게 될 테니까.' 그런데 저보다 선생님께서 사파티 씨의 그 작품을 더 잘 알고 계실 것 같은데……"

카를로스는 충격을 수습한 터였다.

"그래요, 부인." 그는 힘주어 말했다. "우리는 마이크가 만든 그 작품을 잘 알고 있고, 그가 앞으로 더 위대한 작품을 만들 거라고 확신하고 있습니다. 이렇게 말해도 괜찮다면, 당신이 섬기는 그 사람이 정말이지 위대한 인물, 모든 노동자들이 그의 귀국을 초조하게 기다리고 있고 그 이름이 언젠가는 전 세계에 알려질 위대한 미국인이라고 말하고 싶지만……"

"오! 전 그 사실에 전혀 의심을 품고 있지 않은걸요!" 비서가 소리쳤다. "밀라노의 잡지 〈알토〉에 이미 그분에 대한 찬사로 가득찬 기사가 실렸답니다. 여러분께 분명히 말씀드리는데, 이 년 전부터 그분은 일만 해오셨으니, 이제는 미국으로 돌아갈 준비가 끝났다고 여기실 거예요."

카를로스는 짧게 고개를 끄덕이고는 침묵을 지켰다. 경련 때문에 스

---

* 1860～1961. 76세에 처음 그림을 그리기 시작해서 101세까지 1600여 점의 작품을 남긴 미국의 국민 화가, 애나 메리 로버트슨 모지스.

위프티 자브라코스의 눈빛에 정확히 어떤 표정이 떠올랐는지 알아내기가 쉽지 않았지만, 그가 나에게 불안한 시선을 던지고 있는 듯한 느낌이 들었다. 그리고 나 역시 불안했다고 말해야 할 것 같다. 뭔가 어긋나고 있었고, 어딘가에 오해가 있었던 것이다. 나는 막연한 불안을 느꼈다. 극도의 불안으로 변하기 시작하는 일종의 예감이었다.

캐딜락은 무너진 수로와 실편백이 눈에 띄는 로마의 들판을 가로질러 전속력으로 달려갔다. 이윽고 자동차는 공원 안으로 들어가 협죽도가 늘어선 오솔길을 잠시 달리다가 기울어진 삼각형 같은 불균형하고 기묘한 형태의, 전체가 유리로 지어진 듯한 빌라 앞에 멈췄다. 나는 뉴욕현대미술관을 여러 차례 가보았지만, 고백건대 그 빌라 안으로 들어갔을 때에는 어쨌든 충격을 받았다. 미국 노동운동의 가장 위대한 투사 중 하나가 그곳에 살고 있다는 사실은 상상하기 어려웠다. 내가 본 마이크 사파티의 사진들은 모두 기중기, 쇠줄, 불도저, 궤짝, 강철 같은, 그에게 어울리는 사내다운 풍경을 배경으로 호보컨 부둣가에 서 있는 것이었다. 그런데 지금 나는 대형 유리 상자 같은 것 속에 들어가, 색깔이 시시각각 변하는 가운데 매달린 철물들이 끊임없이 맴돌고 움직이는 눈부신 천장 아래, 악몽에서 빠져나온 듯한 뒤틀린 형태의 가구들에 둘러싸여 있었다. 튜브와 파이프와 강철 날 들이 박힌 시멘트 덩어리들이 사방에서 위협적인 덩치를 드러냈고, 벽에는 불길한 얼룩 같은 색채와 뱀처럼 뒤엉킨 선들이 보는 사람의 얼굴을 후려쳐 울부짖고 싶은 충동을 불러일으키는 그림들—요컨대 틀에 끼워져 있다는 이유에서 그림이라고 할 수 있다면—이 걸려 있었다. 나는 카를로스 쪽으로 몸을 돌렸다. 그는 모자를 뒤로 젖히고 두 눈이 휘둥그레져 입을 다물지 못하고 있었다. 겁에 질려 있었던 것 같다. 스위프티 자브라코스는 큰 충격을 받은 듯했다. 경련이 멎고 그의 얼굴이 얼떨떨한 표정으로 굳어 있어 이목구비를 또렷하게 알아볼 수 있었다. 그는 마치 처음 만난 사람처럼 낯설었다. 시미 쿠니츠는 마비 상태에서 빠져나온 듯, 누군가 자신을 끌어내주기를 기다리고 있는 것처럼 한 손을 주머니에 넣은 채 재빨리 사방을 둘러보았다.

"이게 다 뭐야?" 카를로스가 부르짖었다.

그는 보는 사람을 덮치려고 다리를 뻗고 있는 것처럼 보이는 다채로운 빛깔의 문어 같은 것을 손가락으로 가리켰다.

"그건 부초니의 소파일세." 어떤 목소리가 대답했다.

마이크 사파티가 문턱에 서 있었다. 우리 노조를 노동운동 가운데 가장 조직적이고 가장 역동적인 세력으로 만들고, 순전히 직업적인 영역에서 그들의 권익을 보호하기 위해 이념과 정치의 지배로부터 미국 노동자들을 완전히 해방시키는 위업을 달성해가던 해안 방어선상에서의 가차없는 전투 장면들, 뉴욕항 삼십 년사의 모습들이 내 눈앞을 스쳐갔다. 이제 그 당당한 시대의 영웅이 눈앞에 서 있는 것을 바라보자, 부두 위에 놓인 망가진 냉장고들 속에서 엠파이어스테이트빌딩보다 더 높게 악취를 피워올리는 이천 톤의 상한 고깃더미, 육류용 갈고리에 걸려 도살장 입구에 매달려 있던 프랭키 쇼어, 베니 스티그먼, 로키 피시, 그리고 전복적인 정치가들의 사주를 받아 '연합'에 잠입 공작을 시도했던 또다른 배반자들의 시체들, '범죄적 노즈, 노동운동 장악하다'라는 제목의 유명한 고발성 기사가 나간 다음날 황산에 타버린 샘 버그의 얼굴, 월터 루서와 미니의 피습 사건 등이 섬광처럼 머릿속을 스쳐갔다. 마이크 사파티는 일을 막 끝내고 나온 듯 작업복 차림이었다. 나는 그가 나이가 더 많으리라고 짐작했지만 오십을 넘긴 것 같지는 않았다. 강인한 두 손, 투사의 어깨, 그리고 도끼로 쳐낸 듯한 이목구비의 유난히 거친 얼굴이었다. 하지만 그의 두 눈에 서린, 귀신에 홀린 듯한 찌푸린 표정을 보는 순간 나는 충격에 휩싸였다. 그는 단순히 몰두한 것이 아니라 어떤 생각에 사로잡혀 있는 것 같았다. 동요 같은 것, 진짜 얼빠진 표정이 이따금 떠올라, 고대 로마인 같은 그 잘생긴 마스크를 갈피를 못 잡고 있는 멍한 모습으로 보이게도 했다. 우리에게 이야기를 하고 있지만 머릿속으로는 다른 생각을 하고 있음이 분명했다. 어쨌든 그는 카를로스를 보게 된 것이 기쁜 모양이었다. 카를로스로 말하자면 그의 눈에는 눈물이 고여 있었다. 두 사람은 애정어린 눈길로 서로를 바라보고 어깨를 두드리면서 한동안 얼싸안았다. 정복을 입은 지배인이 음료가 담긴 쟁반을 들고 들어와 조그만 원탁 위에 놓았다. 카를로스는 마티니를 마시며 혐오스러운 눈길로 주변을 바라보았다.

“저게 뭔가?” 그는 비난하는 듯한 손짓으로 벽을 가리키며 물었다.

“그건 볼프강 볼스의 작품이야.” 마이크가 대답했다.

“뭘 표현한 거지?”

“표현주의적 추상화라네.”

“뭐라고?”

“표현주의적 추상화라고.”

카를로스가 코웃음을 쳤다. 그는 시가를 문 입술을 꼭 다물고는 흥분하고 분개한 듯한 태도를 취했다.

"저 그림이 뭘 뜻하는지 말해줄 수 있는 사람이 있다면 그에게 천 달러를 내지."

마이크는 짜증이 난 것 같았다.

"자네한텐 익숙지 않아서 그럴 걸세."

카를로스는 적대적인 시선으로 주위를 둘러보며 소파에 털썩 앉았다. 사파티는 그의 시선을 좇았다.

"그건 호안 미로의 그림이야."

"다섯 살짜리라도 저만큼은 그리겠군. 그리고 저기 있는, 저건 뭐고?"

"피에르 술라주 작품이지."

카를로스는 물고 있던 시가를 잠깐 동안 씹었다.

"그래, 그렇다면 내가 이게 뭔지 자네에게 말해주지." 마침내 그가 말했다. "여기 어울리는 제목이 있다면…… 그건 바로 몰락이야."

카를로스는 의기양양한 눈길로 우리를 바라보며 말을 이었다.

"몰락이라고. 유럽인들이 모두 썩었다는 건 다 아는 얘기지. 완전히 맛이 갔어. 공산주의자들은 몸만 굽히면 모든 걸 다 주울 수 있는 거야. 장담하는데 유럽인들에게선 더이상 도덕의식이라곤 찾아볼 수가 없어. 우리 군대를 여기 주둔시켜서는 안 돼. 물이 들 테니까 말이야. 그런데 저것…… 저 쓰레기는 뭔가?"

그는 거실 중앙에 자리잡은, 녹슨 못들과 뒤틀린 대형 바늘들로 뒤덮여 있는 형태를 알 수 없는 시멘트 덩이 쪽으로 시가를 돌렸다. 마이크는 입을 다물었다. 콧구멍을 조인 채 그는 카를로스를 뚫어져라 쏘아보았다. 그의 눈은 아주 연한 잿빛이었다. 그런 시선을 받는 것은 기분좋은 일이 아닐 터였다. 그가 주먹을 불끈 쥐고 있는 것이 문득 내 눈에 띄었다. 그 순간 나는 전설 속의 마이크 사파티, 호보컨 부두의 황제, 코스텔로와 루치아노와 아나스타샤 다섯 형제와 더티 스피박까지 뒷걸음치게 만든 사내, 십오 년 동안 뉴욕 부둣가에서 신에 버금가는 위상을 떨쳤던 사내의 모습을 알아볼 수 있었다.

"저걸 만든 자식은 완전히 돈 놈일 거야." 카를로스가 단호하게 말했다. "그런 자는 감옥에 처넣어야 해."

"그건 내 최근 작품 중 하날세. 저걸 만든 사람은 바로 나라고." 마이크가 말했다.

죽음과도 같은 정적이 흘렀다. 카를로스의 두 눈이 튀어나올 것 같았다. 스위프티 자브라코스의 얼굴에는 말 그대로 전기충격이 지나갔다. 이목구비가 그의 얼굴에서 달아나려는 것 같았다.

"저건 내가 만들었다고." 마이크가 재차 말했다.

그는 정말로 화가 난 것 같았다. 그는 맹수가 먹이를 바라보듯 카를로스를 뚫어져라 쳐다보았다. 카를로스는 망설이고 있는 듯했다. 그는 주머니에서 손수건을 꺼내 이마를 닦았다. 하지만 생존 본능이 모든 것을 제압했다.

"아! 그런가. 저걸 만든 게 자네라면야……" 그가 말했다.

그는 그 '조각품'에 혐오에 찬 눈길을 던진 다음 그것을 잊어버리기로 마음먹은 듯했다.

"우리가 여기 온 건 자네에게 일 얘기를 하기 위해서라네."

마이크는 그의 말을 듣고 있지 않는 듯했다. 그는 못들과 바늘들이 비죽비죽 솟아 있는 그 시멘트 덩이를 자부심 넘치는 시선으로 바라보았다. 말문을 열었을 때, 그의 목소리에서는 감동과도 같은 기묘한 부드러움이 배어나왔고, 그의 얼굴에는 무구함에 가까운 경이에 찬 표정이 스쳐갔다.

"〈알토〉에 실린 작품이지. 표지에 말이야. 여기에서 가장 저명한 미술 잡지라네. 아인슈타인의 사차원을 표현하는 데 성공했다는 평을 받았지. 알다시피 시공의 사차원 말이야. 물론 내가 그걸 의도한 건 아니었어. 인간이란 자신이 무엇을 하고 있는지 정확히 알 수 없는 법이지. 언제나 신비스러운 부분이 있기 마련이라고. 물론 잠재의식도 있지. 저 작품은 상당한 논란을 불러일으켰어. 내가 그 잡지를 후원하고 있는 만큼 논쟁이 끊이질 않았네. 하지만 그들은 매수되지 않는 사람들이야. 그들을 돈으로 살 순 없어. 그들에겐 원칙이 있지. 저건 내 작품 중에서 가장 잘된 작품이야. 약간 떨어지는 작품들도 있지. 작업실에 있다네." 그가 말했다.

"우리가 여기 온 건 자네와 일 얘기를 하기 위해서라네, 마이크." 카를로스가 뭔가 목에 걸린 듯한 목소리로 조금 전의 말을 되풀이했다.

나는 그가 소파에서 일어나기를 겁내고 있는 듯한 느낌을 받았다. 하지만 마이크는 이미 문간에 이르러 있었다.

"이리들 오지 않겠나?" 그가 조바심을 치며 우리에게 소리쳤다.

"그러지, 마이크. 그래, 지금 가네." 카를로스가 말했다.

우리는 돌로 된 괴물들—지나가면서 마이크는 그것들을 쓰다듬었다—사이에서 공작들과 홍학들이 자유롭게 노닐고 있는 이국적인 뜰을 지나갔다.

"저건 헨리 무어의 나체상이네. 저건 브랑코의 작품이고. 보게, 약간 시대에 뒤떨어진 감이 있지. 내가 벌써 삼 년 전 구입한 것들이라네.

그들은 선구자, 예언자였어. 내가 그 전통을 바로 이어받은 거지. 이곳의 모든 비평가들이 그렇게 말한다네." 마이크가 말했다.

카를로스가 내게 절망적인 눈길을 던졌다. 정원의 다른 쪽 끝에는 유리로 된 별채가 있었는데, 그곳의 알루미늄 지붕은 바닥에서 시작되어 산 같은 모양을 이루며 다시 땅에 닿아 있었다.

"이건 피소니 작품이지. 내 생각에 그는 이탈리아 최고의 건축가야. 그는 공산주의자야. 하지만 알다시피 이곳의 공산주의는 우리 미국의 공산주의와는 사정이 달라. 이곳의 공산주의는 전복적이지 않거든. 단지 머릿속에서만 그렇다네. 아주 지성적이지. 여기선 최고의 화가들과 조각가들 거의 모두가 공산주의자라네." 마이크가 말했다.

카를로스가 신음 비슷한 것을 흘렸다. 그는 차마 말로는 하지 못하고, 손가락으로 마이크의 등을 재빨리 가리켰다가 자신의 머리에 갖다 댔다. 우리는 별채로 들어갔다. 실내에는 시멘트 통 주위로 상자와 들통과 석고 포대와 갖가지 종류의 작업 도구들이 널려 있었다. 공사 현장을 방불케 했다. 마이크의 '작품들' 역시 도처에 놓여 있었다. 그 '작품들'이 표현하려는 바와 그 가치를 나로서는 지금도 알지 못하고, 앞으로도 분명 알 수 없으리라. 내 눈에 보이는 것은 다만 쇳조각과 뒤틀린 관 같은 것들이 삐쭉삐쭉 솟아나 있는 괴상한 형태의 시멘트 덩어리들뿐이었다.

"저건 여태 본 그 어떤 것과도 다르지 않나?" 마이크가 자랑스럽게 물었다. "〈알토〉의 비평에 따르면 전혀 새로운 형태들이지. 그들은 내가 공간주의의 최첨단에 위치한다고 보고 있다네. 단언하는데, 미국에는 공간주의라는 말조차 알려져 있지 않을걸."

“그래, 마이크.” 카를로스가 환자를 대하듯 부드럽게 대답했다. “그래, 우리 미국에는 아직 이런 게 알려져 있지 않아.”

“하지만 곧 알게 될 거야.” 마이크가 만족스럽게 말했다. “꼭 서른 점인 내 작품 전체가 내일 뉴욕으로 출발할 테니까. 그것들은 메이어슨 화랑에 전시될 거네.”

그 말을 들은 카를로스의 표정을 나는 결코 잊지 못하리라. 그는 믿을 수 없어하는 듯한 표정에 이어 공포에 사로잡힌 표정을 짓더니 자신의 청각이 잘못된 것은 아닌지, 자신이 제대로 들은 것인지 확인하려는 듯 우리를 향해 몸을 돌렸다. 하지만 우리의 태도—경련이 일어난 스위프티 자브라코스의 얼굴에서는 표정을 읽을 수 없었으므로, 우리란 나와 시미 쿠니츠만을 뜻했다—에서 자신의 우려를 확인한 것이 분명했다. 얼빠진 듯한 공포스러운 표정에 이어 갑자기 무서울 정도로 차분한 표정이 떠올랐던 것이다.

“그래서 자넨 뉴욕에서 저걸 전시할 생각인가, 마이크?” 카를로스가 물었다.

“그렇다네. 장담하는데, 대단한 반향을 불러일으킬 걸세.” 마이크 사파티가 대답했다.

“분명 그렇겠지.” 카를로스가 순순히 말했다.

그 순간 카를로스의 자제력에 내가 정말 감탄했다는 말을 해야겠다. 노조 사상 특히 극적이었던 시절, 우리 투사들의 야망과 희망의 화신이었던 마이크 사파티가 뉴욕으로 돌아오는 것이, 우리의 적수들에게 철의 주먹으로 자기의 법을 강요하기 위해서가 아니라 맨해튼의 한 화랑에서 추상미술 전시회를 하기 위해서라는 게 알려지면, 어떤 일이 벌어질지 쉬이 상상할 수 있었던 것이다. 온갖 비웃음과 조롱과 놀림이 말 그대로 밀려들 게 뻔했다. 미국 전역 노동자들의 단합을 위해 우리가 기대하고 있던 전설적인 영웅이 노동운동사에서 유례없는 지독한 조롱의 대상이 될 터였다. 그렇다, 오늘날까지도 나는 그때 카를로스의 그 침착함이 감탄스럽다. 그는 약간 땀을 흘리고 있을 뿐이었다. 새로 시가를 꺼내 불을 붙인 그는 이제 주머니 속에 두 손을 찌른 채 호의적이고 차분하게 마이크를 바라보았다.

"카탈로그 인쇄는 이미 끝났다네. 오천 부를 찍었지." 마이크가 말했다.

"아! 그런가." 카를로스가 대답했다.

"우리 친구들 모두에게 보내야 할 거야." 마이크가 말했다.

"물론이지, 우리가 그 일을 맡지."

"신문에서 다루어지도록 해야 하네. 그건 위신 문제야. 아주 중요한 일이지. 이제부터 노조가 해야 할 일은 호보컨에 문화센터를 세우는 일이라네."

카를로스는 약간 동요한 것 같았다.

"문화…… 뭐?"

"문화센터 말이야. 러시아에서는 노동자들을 위해 도처에 문화센터를 세운다네. 우리가 좀 맹목적으로 공산주의자들을 비난하는 건 잘못이야. 그들은 좋은 일을 해왔거든. 그들의 좋은 점을 본받아야 해. 내 카탈로그에 서문을 쓴 추카렐리라는 사람도 공산주의자라네. 그렇다고 해서 그게 오늘날 가장 뛰어난 미술비평이 아니라고 할 순 없지."

"공산주의자라고?" 카를로스가 중얼거렸다.

"그렇다네. 난 그에게 많은 걸 빚졌어. 그는 나를 크게 격려해줬지. 그가 없었다면, 이번 뉴욕 전시회는 꿈도 꾸지 못했을 걸세."

"아니, 저런." 카를로스가 말했다.

"그는 내가 진행하고 있는 작업에서 방향을 잡을 수 있도록 정말 많은 도움을 주었네. 그가 쓴 서문에서 그 점에 관해 명확히 밝히고 있지. 들어보게나. '진정으로 공간주의적인 조각은 그것을 바라보는 사람의 시선 아래 영속적인 확실성이란 결코 존재하지 않는다는 사실을 시사하면서, 재료의 내재적인 변화라고 할 만한 것 속에서 주어진 재료를 끊임없이 변화시킴으로써 아인슈타인적 시공 기념을 표상해야만 한다. 마이크 사파티의 작품은 바로 그런 과정을 통해 부동성을 거부함으로써 마르크스의 역사적 상대주의를 계승하고 있는 한편, 예술적 침체의 반동분자들에게 맞서 전위 조각의 명실상부한 승리를 이룩함으로써 진보 미술의 영역에 확고히 자리잡고 있다. 반동분자들이란 형태를 영구적으로 고정시킴으로써 움직일 수 없게 만들고, 새로운 형태의 사회주의 실현을 향해 필연적으로 전진하는 것을 방해하는 자들로……'"

나는 이마에 맺힌 식은땀을 닦았다. 벌레가 과일 속으로 들어가는 장관을 보고 있는 듯한 기분이었다. 마이크를 구제해 때맞춰 치료하기란 이제 불가능한 일임이 명백했다. 그가 혹시 동의한다 해도 치료에 여러 달이 걸릴 것이 분명했다. 이제 중요한 것은 노조뿐이었다. 우리는 어떻게 해서든 호보컨의 거인이라는 신화가 무너지는 것을 막아야 했고, 그의 명성이 영원히 실추되지 않게 해야 했다. 그의 이름이 노동자 연합의 대의에 보탬이 되는 것으로 남기 위해서는, 우리 모두를 쓰러뜨리고 결정적으로 저울을 적들 쪽으로 기울게 할 수도 있는 우스꽝스러운 짓거리로부터 그를 구해내야 했다. 대의의 위대함이 다른 모든 배려보다 우선하고, 목적의 중요성이 온갖 수단을 합리화해주는 그런 때였다. 문제는 우리의 사기가 아직 건재한가, 우리의 신념이 그만큼 강하고 단단한가, 아니면 몇 년에 걸친 풍요와 안락한 삶에 우리의 의지가 약해졌는가 하는 데 있었다. 하지만 카를로스의 동요하고 분개한 듯한 모습에 확고한 결심의 표정이 이미 떠오르기 시작하는 것을 보고, 나는 마음이 놓였다. 나이든 투사의 결정이 이미 내려졌음을 느낄 수 있었던 것이다. 나는 그가 시미 쿠니츠에게 짧게 고갯짓을 하는 것을 보았다. 마이크는 미완성인 자신의 마지막 '작품'이 담겨 있는 시멘트 통 가장자리에 서서, 가시철사로 뒤덮인 형태를 다듬고 있었다. 그의 얼굴 표정에는 비장한 그 무엇이 서려 있었다. 무한한 경이와 과대망상이 뒤섞인 표정이었다.

"내 안에 이런 게 있었다는 걸 난 몰랐다네." 그가 말했다.

"나 역시 몰랐어. 여기서 발견했나보군." 카를로스가 대답했다.

"친구들이 모두 와서 이걸 봐주었으면 좋겠네. 그들이 날 자랑스러워했으면 좋겠어."

"그럴 거야, 마이크. 그럴 거야. 이봐, 자네 이름은 영원히 기억될 거야. 그러기 위해 해야 할 일을 내가 이제 하려고 해." 카를로스가 말했다.

"우리는 거칠다는 비난을 너무 자주 듣고 있어. 두고 보라지. 유럽에만 문화를 독점시킬 순 없으니까……" 마이크가 말했다.

카를로스와 시미 쿠니츠가 거의 동시에 방아쇠를 당겼다. 마이크의 고개가 홱 뒤로 젖혀지고 두 팔이 벌어지고 몸이 똑바로 세워진 채로 한 순간이 흘렀다. 오늘날 호보컨 노조 본부 앞뜰에 서 있는 그의 시멘트상 자세 그대로. 이윽고 그는 앞으로 고꾸라졌다. 이상한 소리가 들려 나는 얼른 고개를 돌렸다. 카를로스가 울고 있었다. 연민과 분노와 수치심과 당혹감이 뒤섞여 만들어낸 비극적인 장엄함이 깃든 그의 거친 얼굴 위로 하염없이 눈물이 흘렀다.

"놈들이 그를 해치운 거야." 그가 중얼거렸다. "놈들이 우리 중의 최고를 해치운 거라고. 난 그를 아들처럼 사랑해왔어. 하지만 이렇게 되면 적어도 그는 더이상 고통스럽진 않잖아. 중요한 건 노조뿐이야. 그가 일생을 바쳐 이루고자 했던 건 노동자들의 연대라고. 이렇게 해서 노조 독립의 선구자인 마이크 사파티의 이름은 호보컨 해안 방어선이 있는 한 영원할 거야. 그곳에 그의 조각상이 세워질 거야. 이제 남은 일은 그를 궤짝에 넣어 건조시키는 것뿐이야, 내일 부칠 테니까 말이야. 잘 굳어서 도착할 거야. 그가 우리와 함께 돌아왔다고들 하겠지. 날 좀 도와줘."

카를로스는 상의를 벗고 작업에 착수했다. 우리는 최선을 다해 그를 도왔고, 오늘날 모든 이들의 감탄을 자아내는, 호보컨에 있는 약간 투박한 조각상이 얼마 안 되어 시멘트 속에서 형태를 드러내기 시작했다. 이따금 카를로스는 손길을 멈추고 눈물을 닦고는 주위에 있는 비정형의 덩어리들을 증오의 시선으로 바라보았다.

"몰락, 몰락이야, 바로 그거라고." 그가 한숨을 내쉬며 중얼거렸다.

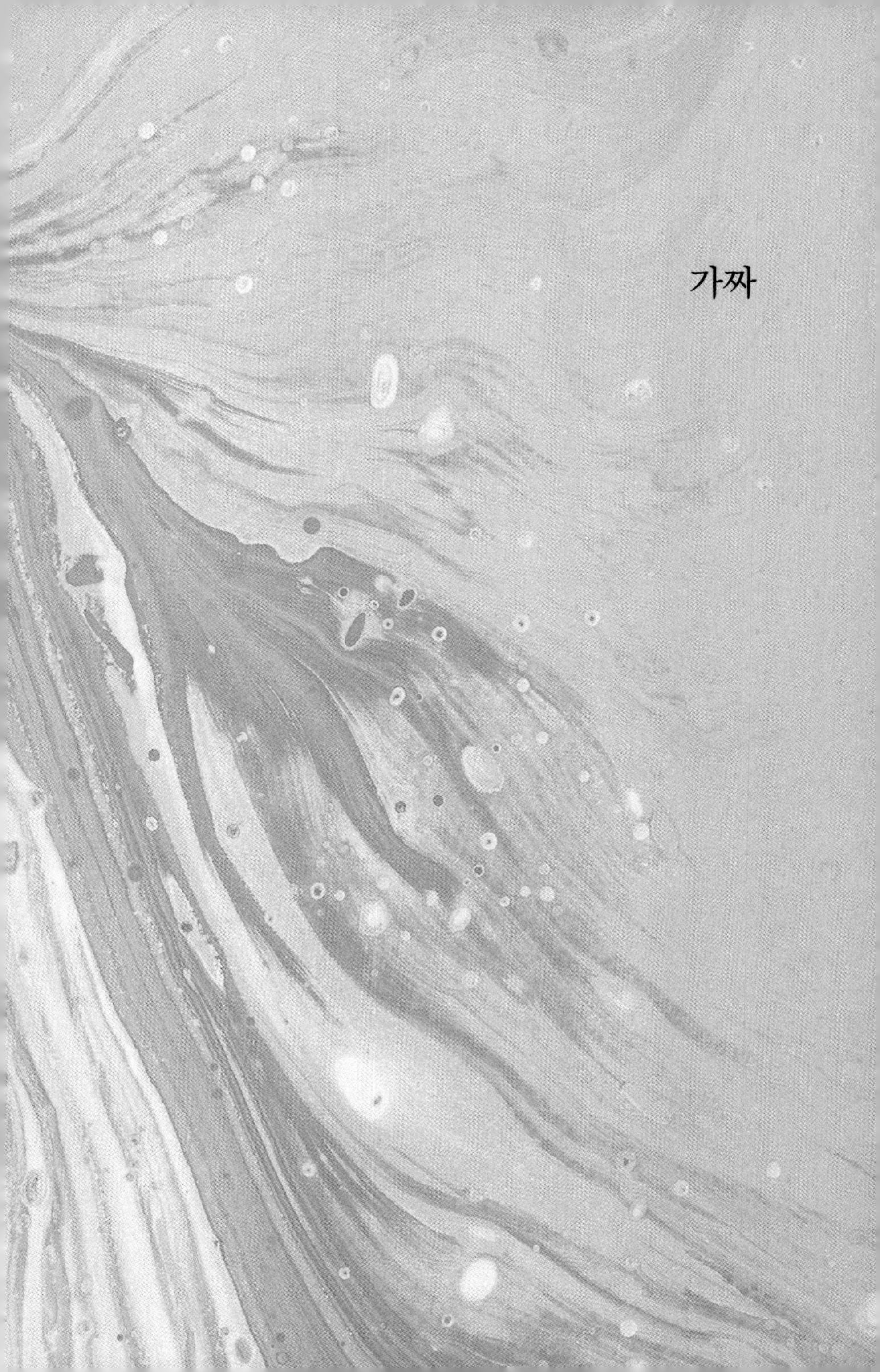
가짜

"당신의 반 고흐 그림은 가짜요."

S는 책상 앞에 앉아 있었다. 위쪽 벽에는 그가 최근에 구입한 작품이 걸려 있었다. 뉴욕 경매에서 치열한 싸움 끝에 세계 유수의 미술관들에 끝내 패배를 안겨주고 손에 넣은 렘브란트 그림이었다. 회색 넥타이에 흑진주 장식, 순백의 머리카락, 은근한 품위를 풍기는 단정하게 재단된 정장, 살집 좋은 체격과 어울리지 않는 외알박이 안경, 지중해의 역동성이 어린 통통한 이목구비를 한 바레타는 소파 깊숙이 앉아 손수건을 꺼내 이마를 닦았다.

"사방에 그런 말을 하고 다니는 건 선생뿐이오. 한때 약간의 의혹이 있긴 했지만…… 그걸 부정하진 않소. 난 모험을 했소. 하지만 이제 진상은 명백히 밝혀졌소. 그 초상화는 진본이란 말이오. 붓놀림 하나

하나가 논란의 여지 없이 명백한데……”

S는 권태로운 몸짓으로 상아로 된 페이퍼 나이프를 만지작거렸다.

“그렇다면, 뭐가 문제란 말이오? 그런 걸작을 소유했다는 걸 행복해하면 될 텐데.”

“내가 선생한테 바라는 건 떠들고 다니지 말아달라는 거요. 압력을 가하지 말란 말이오.”

S는 엷은 미소를 지었다.

“나도 경매에 참석했소만…… 말을 삼갔다오.”

“화상들이 양떼처럼 선생을 따르고 있소. 그들은 선생을 자극할까 봐 겁내고 있소. 그러니 솔직해집시다. 선생은 재정적으로 막강한 영향력을 행사하고 있으니……”

“과장이오.” S가 말했다. “난 다만 몇 가지 주의를 기울였을 뿐이오, 경매에서 우선권을 확보하기 위해……”

바레타의 시선은 거의 애원의 빛을 띠었다.

“이 사건에서 선생이 내게 맞서지 않으리라고 믿고 있소만……”

“이보시오, 우리 진지해집시다. 내가 그 반 고흐 작품을 사지 않았기 때문에 그것이 진품임을 의심하는 전문가들의 견해가 부상한 것은 사실이오. 하지만 내가 저 작품을 샀다면, 당신은 그걸 손에 넣지 못했을 거요. 그러면? 당신은 내가 정확히 어떻게 행동하기를 바라시오?”

“선생은 이 그림에 맞서 온갖 권위 있는 견해를 동원했소.” 바레타가 말했다. “난 알고 있소. 선생의 영향력을 모두 동원해 저 그림이 가짜라는 사실을 증명하려 하고 있다는 걸 말이오. 선생의 영향력은 막강하오, 아주 막강하지. 당신이 한마디만 해도……”

S는 상아 페이퍼 나이프를 탁자 위에 올려놓고 일어섰다.

"유감이오, 친애하는 선생. 정말 유감이오. 당신은 무엇보다도 먼저 이건 원칙의 문제라는 사실을 유념해야 하오. 난 사기 사건의 공범이 될 순 없소, 암묵적인 동의를 통해서라도 말이오. 당신은 정말 멋진 소장품들을 갖고 있소. 그러니 이번엔 솔직하게 당신이 속았다는 걸 인정해야 하오. 난 작품의 진위 문제를 놓고 타협 같은 건 하지 않소. 속임수와 거짓된 가치가 도처에서 기승을 부리는 이 세상에서 우리에게 남은 유일한 확실성이 있다면 걸작의 그것 아니겠소. 우리는 온갖 위조범들로부터 우리 사회를 지켜야 하오. 내게 예술작품이란 신성한 거요. 작품의 진위는 종교라고 할까…… 당신의 반 고흐 작품은 가짜요. 그 불행한 천재는 살아 있는 동안 충분히 배반을 맛보았소. 적어도 사후에는 우리가 그를 배신으로부터 보호해줄 수 있고, 또 그래야 하잖소."

"말 다 했소?"

"놀라운 일이오. 당신처럼 명망 있는 사람이 내게 그런 조작에 공범이 되어달라고 하다니……"

"난 그림값으로 삼십만 달러를 지불했소." 바레타가 말했다.

S는 경멸하는 듯한 몸짓을 했다.

"알고 있소, 알고 있고말고…… 당신은 고의로 경매가를 높여놓았소. 요컨대 당신이 헐값으로 그 작품을 갖게 되면…… 정말 가짜라는 게 뻔히 드러날 테니까."

"어쨌든 선생이 불길한 말을 몇 마디 내뱉은 뒤로, 내 그림을 바라보면서 사람들이 취하는 당혹스러운 태도라니…… 선생이 이해를 좀 해

쥐야……"

"이해하오. 하지만 인정할 순 없소. 그 그림을 태워버리시오. 그거야
말로 당신 수집품의 진가를 높이는 것은 물론 명망 높은 인사인 당신
의 평판까지 높이는 일이오. 다시 한번 말하지만, 당신을 문제삼는 게
아니오. 반 고흐의 작품을 문제삼는 거지." S가 말했다.

바레타의 얼굴이 굳어졌다. S가 늘 보아오던 표정이었다. 자신이 시
장에서 경쟁자들을 물리칠 때면 그들의 얼굴에 어김없이 떠오르던 표
정. 좋은 기회이긴 한데, 그는 냉소적으로 생각했다. 이런 때 친구를
만들 수 있는 건데…… 하지만 문제는 그가 진정으로 애착을 갖고 있
고, 그의 가장 근본적인 욕구를 건드리는 몇 안 되는 것들 중 하나인
작품의 진위에 관한 것이었다. 그는 자신이 왜 그런 욕구를 갖고 있는
지 자문해본 적이 없었다. 그런 기묘한 동경이 어디서 생겨난 것인지
의문을 가져본 적이 없었다. 어쩌면 환상을 전혀 갖지 않는 데서 연유
하는지도 몰랐다. 그는 자신이 사람을 믿지 못한다는 것, 모든 것이 자
신의 놀라운 재정적 성공과 누리고 있는 권력과 돈 덕택이라는 것, 자
신이 아첨에 둘러싸여 살고 있다는 것을 알고 있었다. 조심스럽고 듣
기 좋은 그런 아첨은 세상의 소문과 거리를 두게 해주긴 했지만 온
갖 수상쩍은 숙덕거림을 완전히 막아주지는 못했다. "개인 소장으로
는 가장 뛰어난 그레코의 작품들을 갖고 있는 것만으론 만족할 수 없
나보지. 렘브란트의 작품을 놓고 미국 미술관들과 경쟁을 벌이러 가다
니…… 상점에서 물건을 훔치고, 항구에서 에로 엽서나 팔던 스미르
나*의 부랑자가 출세한 거지. 태도야 당당하지만 그는 콤플렉스 덩어
리야. 그렇게 걸작들을 손에 넣기 위해 기를 쓰는 것도 자신의 출신을

100

잊기 위함일 뿐이라고." 어쩌면 그 말이 맞는지도 몰랐다. 얼마나 오래 전부터인지는 모르지만—그는 이제 자신이 영어와 튀르키예어와 아르메니아어 가운데 어떤 말로 생각하는지조차 알 수 없었다—정체성이 분명한 예술작품은 불안정한 영혼 속에서 절대적인 확실성만이 일깨울 수 있는 그런 경건함을 그에게 불러일으켰다. 프랑스의 성 두 채, 뉴욕과 런던의 최고급 거처, 흠잡을 데 없는 취향, 아름답기 이를 데 없는 장식품들, 영국 여권을 가지고 있음에도 그가 유창하게 구사하는 일곱 개 언어에 배어 있는 리듬 섞인 억양의 흔적과, 수메르에서 이집트, 아수르에서 이란까지 예술이 융성했던 시기의 조각상에서도 확인되는, 편의상 '중동인'이라고 불리는 신체적 특징만으로도 그가 짙은 사회적 열등감—차마 '인종적' 열등감이라고 표현할 수는 없지만—에 시달리고 있음을 감지할 수 있었다. 그의 수집품들은 그리스 미술작품들만큼이나 막강했고, 그의 집 거실에는 판 메이헤런의 위작 이후 발견된 유일한 진품인 페르메이르의 그림과 티치아노의 그림들과 벨라스케스의 그림들이 나란히 걸려 있었다. 머잖아 또다른 대가의 작품이 걸린다면 정말 벼락부자처럼 보이리라고 사람들은 수군댔다. S는 자기 등뒤에서 난무하는 이런 피곤한 독설들을 잘 알고 있었지만, 그것을 당연히 감내해야 할 경의의 표시로 받아들였다. 그의 대접이 너무나 융숭했으므로, 파리의 명사들은 그의 정보 제공자 역할을 마다할 수 없었다. 그의 과시적인 사치를 앞장서서 비웃는 사람들이야말로, 앙티브곶에 있는 그의 별장이나 요트에서 돈 들이지 않고 안락한 휴가

---

* 현재 튀르키예의 항구도시 이즈미르의 옛 이름.

를 보내기 위해 열심히 그를 따라다니면서 그런 사치를 조바심내며 이용하는 자들이었다. 그나마 남아 있는 수치심이나 단순한 술수 때문에 그런 심리적인 명예 회복 연습을 지나치게 노골적으로 할 수 없을 때면, 그들은 그의 저녁 초대에 다녀와 다음번 초대를 기다리는 사이—S는 계속해서 그들을 초대했으므로—에 비꼬는 말을 늘어놓음으로써 그와의 거리를 다시 벌려놓곤 했다. 그들이 자신에게 아첨하고 빌붙고 있다는 사실도, 자기 주위를 벗어나지 못하는 그들을 보면서 만족감을 느끼는 좀 모호한 자신의 허영심도 그는 알고 있는 터였다. 그는 그들을 '내 가짜들'이라고 불렀다. 그들이 자기 집 탁자 앞에 앉아 있거나 자신이 제공한 고속 모터보트가 이끄는 수상스키를 타고 있는 것을 빌라의 창 너머로 바라보며 그는 희미한 미소를 띠었다. 그러고는 만족의 빛이 역력한 눈길로, 의심의 여지 없이 진품인 자신의 가장 귀한 수집품들을 바라보곤 했다.

그는 바레타가 소장하고 있는 반 고흐 작품의 진위를 밝히려는 운동을 벌이고 있긴 했지만 바레타에게 개인적인 원한 같은 것은 전혀 없었다. 나폴리의 작은 식품점에서 출발해 오늘날 이탈리아에서 가장 큰 식품회사의 대표가 된 그 사내는 오히려 그가 좋아하는 타입의 인물이었다. 돈으로 살 수 있는 유일한 가문家紋인 거장들의 그림을 동원해 자기 집 벽에 남아 있는 살라미 소시지와 고르곤졸라 치즈의 흔적을 지워버리고 싶어하는 그런 욕구를 그는 이해할 수 있었다. 하지만 그의 반 고흐 그림은 가짜였다. 바레타는 그것을 분명히 알고 있었다. 전문가의 승인이나 묵인을 돈으로 사서 그 그림이 진짜라는 것을 증명하려 애쓰는 바람에, 그는 도리어 타협의 여지 없이 힘의 영역으로 들어선 셈이었다. 게임의 법칙을 엄격히 지키는 이들에게서 교훈을 얻는 것이 마땅했다.

"내 책상 위에는 팔켄하이머의 감정보고서가 놓여 있소. 그걸 어떻게 해야 좋을지 몰라 난감했는데 당신 이야기를 듣고 보니…… 오늘부터 그 보고서를 신문사에 돌려야겠소. 친애하는 선생, 좋은 그림을 살 능력이 있는 것만으론 충분치 않소. 우리 둘 다 돈이 있소. 진품에 대해 소박한 경의는 표해야 하오, 진정한 경애심까지는 아니더라도…… 어쨌든 예술품이란 경배의 대상이니 말이오." S가 말했다.

바레타는 소파에서 천천히 몸을 일으켰다. 그는 이마를 숙이고 두 주먹을 불끈 쥐었다. S는 그의 얼굴에 떠오른 위협적이고 원한에 찬 표정을 만족스럽게 바라보았다. 그 표정이 상대를 젊어 보이게 했던 것이다. 그 표정은 거래 하나하나에서 경쟁자를 힘겹게 물리쳐야 했던 지난 시절을 그에게 상기시켰다, 자신에게 아직 경쟁자가 있었던 시절을.

"반드시 복수하겠소. 내 말을 믿어도 좋소. 우리는 비슷한 삶의 여정을 거쳤소. 나폴리 거리에서도 스미르나 거리에서만큼이나 치사한 짓거리를 배울 수 있다는 걸 알게 될 거요." 이탈리아인이 이를 갈며 말했다.

바레타가 서재를 나갔다. S는 자신을 그 무엇에도 끄떡없는 사람이라고 여기지는 않았지만, 상대가 아무리 부자라 해도 자신에게 타격을 줄 수 있을 것 같지는 않았다. 그는 시가에 불을 붙였다. 하지만 그의 두뇌는 그의 재산을 일굴 수 있었던 원동력인 기민함을 동원해 자신이 하고 있는 거래들을 검토했고, 모든 구멍들이 잘 막혀 있다는 것, 어디에도 물샐틈없다는 것을 확인했다. 미국 국세청과의 분쟁을 협상으로 해결하고 자신의 해운제국 본부를 파나마에 설립한 후, 그 누구도 그 무엇도 그를 위협할 수 없었다. 하지만 바레타와의 말씨름만은 그에게 다소 불편한 느낌을 주었다. 그것은 늘 그를 떠나지 않는 은밀한 불안감 같은 것이었다. 그는 피우던 시가를 재떨이에 내려놓고 자리에서 일어나 푸른빛의 응접실에 있는 아내에게로 갔다. 그의 불안은 완전히 가라앉는 법이 없었지만, 알피에라의 손을 잡거나 그녀의 머리카락에 입술을 갖다댈 때면, 그가 더 나은 표현을 찾지 못해 아쉬운 대로 '확실성'이라고 부르는 어떤 감정을 느낄 수 있었다. 자신이 음미하고 있는 순간을 한 점 의혹 없이 절대적으로 믿을 수 있는 유일한 순간이었다.

"이제야 나오는군요." 그녀가 말했다.

그는 그녀의 이마 위로 고개를 기울였다.

"귀찮은 자에게 붙들려 있는 바람에…… 그런데 그 일은 어떻게 됐소?"

"물론 어머니가 아버지와 나를 여기저기 의상실들로 끌고 다니셨어요. 하지만 아버지는 어머니 말을 듣지 않으셨죠. 우리는 결국 해군박물관에 갔어요. 무척 지루하더군요."

"좀 지루한 것도 필요하다오. 그렇지 않으면 사물이 그 풍취를 잃어버리니까……" 그가 말했다.

알피에라의 부모가 이탈리아에서 그녀를 보러 와 있었다. 석 달간의 체류였다. S는 정중하지만 단호하게 리츠호텔에 숙소를 잡아주었다.

그는 이 년 전 로마의 레바논 대사관에서 점심식사를 하다가 지금의 아내를 만났다. 그녀는 자신이 성장한 시칠리아에 있는 집안 소유의 영지를 처음으로 떠나 어머니와 함께 그곳에 온 참이었는데, 유난히 권태로워진 사교계에 몇 주에 걸쳐 일대 파란을 불러일으켰다. 당시 그녀는 겨우 열여덟 살이었지만, 그녀의 아름다움은 말 그대로 '귀한' 것이었다. 마치 자연이 자신의 전지전능한 권위를 과시하고, 인간의 손이 만들어낸 모든 것을 제자리로 돌려놓기 위해 그녀를 창조한 것 같았다. 빛을 받는다기보다는 빛에 자신의 광채를 빌려주는 듯한 검은 머리채 아래 이마와 눈과 입술은 예술에 대한 생명의 도전인 양 조화로웠고, 개성과 꿋꿋함까지 갖춘 섬세한 코는 그 얼굴에 경쾌한 터치를 부여함으로써 위대한 영감의 순간이나 우연의 신비로운 작용 가운데 자연만이 도달하거나 피할 수 있는, 지나친 완벽 추구와 거의 언제나 짝을 이루는 그런 차가움으로부터 그 얼굴을 구해주고 있었다. 걸작, 그것이야말로 알피에라의 얼굴을 바라보는 이들의 한결같은 의견이었다.

자신이 불러일으키는 모든 경외감과 찬사와 탄식과 충동에도 불구하고 그 젊은 여자는 겸손하고 수줍어했다. 그것은 물론 그녀를 돌본 수녀원의 수녀들에게 일부 책임이 있을 터였다. 그녀는 가는 곳마다 자신을 따라다니는 찬사어린 중얼거림에 늘 당황하고 놀란 모습이었다. 점잖기 짝이 없는 남자들조차도 스스로 어쩌지 못해 너무도 집요해져버리는 그 열띤 시선을 받으면, 그녀는 창백해진 안색으로 몸을 돌려 걸음을 재촉하곤 했다. 그녀의 표정에는 자신감이 결여되어 있었고, 그 정도로 귀염을 받는 아이에게서는 뜻밖이라고 할 만한 당혹감마저 떠오르곤 했다. 그렇게 사랑스러우면서 그토록 자신의 아름다움을 의식하지 못하는 사람이 있으리라고는 상상하기 어려웠다.

S는 알피에라보다 스물두 살 연상이었다. 하지만 은도금이 벗겨진

가문家紋이 염소들이 풀을 뜯고 있는 라티푼디아*의 잔해를 연상시킬 뿐
인, 이탈리아 남부에서 흔히 볼 수 있는 공작들 중 하나인 여자의 아버
지와 어머니도 그런 나이 차를 전혀 문제삼지 않았다. 오히려 그 젊은
여자의 지독한 수줍음과, 어떤 찬사나 감탄어린 눈길로도 치유할 길
없는 자신감의 결여 같은 일체의 것들이 경험 많고 강한 남자와의 결
합을 권장하는 것처럼 보였다. 그리고 그 점에서 S의 명성은 더 바랄
나위가 없었다. 알피에라 자신도 그의 구애를 기쁨에 넘쳐 감사까지
표하며 받아들였다. 약혼식은 없었고, 처음 만난 지 삼 주 만에 결혼식
을 올렸다. 전 세계 증권거래소와 연결된 전화에 줄곧 매달려 있는, 이
유는 모르지만 '모험가'라고 불리는 '해적' S가 그렇게 빨리 '얌전'해질
수 있으리라는 것, 사업이나 수집품보다 젊은 아내에게 더 많은 시간
을 할애하는 친절하고 헌신적인 남편이 될 수 있으리라는 것은 아무도
예상치 못한 일이었다. S는 진심으로 깊은 사랑에 빠져 있었다. 하지
만 그를 잘 안다고 자부하는 이들, 그를 비난하는 동시에 그 이상으로
친구라고 자처하는 이들은, 결혼 후 그가 과시하는 의기양양한 태도를
사랑만으로는 설명할 수 없으리라는, 그 미술품 애호가의 마음속에 좀
불순한 쾌감이 자리잡고 있으리라는 암시를 빠뜨리지 않았다. 자신이
소장하고 있는 벨라스케스나 그레코의 작품들 이상으로 귀중하고 완
벽한 걸작을 다른 이들로부터 탈취했다는 쾌감이 바로 그것이었다. 그
부부는 파리 마레 구역에 있는, 전에 스페인 대사의 숙소였던 곳에 자
리를 잡았다. 육 개월 동안 S는 일과 친구들과 그림을 소홀히 했다. 그

---

* '대농장'이라는 뜻.

의 배들은 여전히 대양을 가로질렀고, 세계 각국에 있는 그의 대리인들은 자신들이 발견한 물건과 계획되고 있는 굵직한 매매에 대한 보고서를 줄곧 그에게 타전했지만, 그 무엇도 그를 알피에라에게서 벗어나게 할 수 없음은 명백했다. 그의 행복감 때문에 세상이 걸리 떨어진 재미없는 위성 정도로 축소되었던 것이다.

"당신, 걱정이 있는 것 같아요."

"그렇다오. 개인적으로 아무 잘못도 저지르지 않은 어떤 사람의 최대 약점인 허영심을 공격하는 건 결코 기분좋은 일이 아니니까……하지만 그게 이제 내가 하려는 일이오."

"어째서요?"

S의 목소리가 약간 높아졌고, 짜증이 날 때면 늘 그렇듯이 가락 있는 억양이 평소보다 더 심하게 드러났다.

"원칙의 문제라오, 여보. 위조된 작품에 대해 수백만 달러를 동원해 묵인의 공모를 얻어내려 하고 있소. 만약 우리가 거기에 제재를 가하지 않는다면 얼마 지나지 않아 진품과 가짜를 가려내는 일에 아무도 관심을 기울이지 않게 될 테고, 그러면 최고의 수집품도 의미가 없어질 테니……"

그는 벽난로 위에 걸려 있는 벨리니의 카이로 풍경화를 과장된 손짓으로 가리켰다. 젊은 아내는 동요한 듯 두 눈을 내리깔았다. 서글픔에 가까운 거북해하는 표정이 그녀의 얼굴에 그늘을 드리웠다. 그녀는 남편의 팔에 조심스럽게 손을 얹었다.

"너무 가혹하게 대하시지 않는 게……"

"때로는 그럴 필요가 있다오."

팔켄하이머가 이끄는 한 감정사 단체에서 쓴 가차없는 보고서가 언론에 게재됨으로써 '반 고흐의 알려지지 않은 걸작'을 둘러싼 논쟁이 마침표를 찍은 뒤 약 한 달이 지난 어느 날, S는 아무런 설명도 들어 있지 않은 사진 한 장을 우편으로 받았다. 그는 별생각 없이 사진을 보았다. 그것은 이목구비 중에서 유난히 매부리코가 거슬리는 어린 소녀의 얼굴 사진이었다. 그는 사진을 신문 바구니에 던져버리고 그 일을 잊어버렸다. 그런데 다음날 또다시 똑같은 사진이 우송되었고, 그후 일주일간 비서가 우편물을 가져올 때마다 그는 흉물스러운 매부리코의 그 얼굴을 볼 수 있었다. 그러던 어느 날 아침, 봉투를 연 그는 사진과 함께 동봉된, 다음과 같은 글이 타이핑된 쪽지를 발견했다. 내용은 간단했다. "당신이 소장한 걸작은 가짜요." S는 말도 안 된다는 듯 어깨를 으쓱했다. 그는 자신이 왜 그 기괴한 사진에 관심을 가져야 하는지, 그것이 자신의 수집품과 무슨 관련이 있는지 알 수 없었다. 그런데 사진을 던져버리려는 순간 어떤 의혹이 불현듯 그의 머릿속을 스쳤다. 두 눈과 입술 선, 계란형 얼굴 속의 무언가가 어슴푸레 알피에라를 떠올리게 했던 것이다. 우스운 일이었다. 막연히 닮은 품새가 느껴질 뿐, 사실 실제로 닮은 데라곤 전혀 없었다. 그는 봉투를 살펴보았다. 이탈리아에서 온 것이었다. 몇 년 전부터 자신이 부양하고 있는 아내의 수많은 친척들이 시칠리아에 살고 있다는 사실이 기억났다. S는 그 사진에 대해 아내와 이야기해봐야겠다고 생각하고는 사진을 주머니에 넣은 다음 잊어버렸다. 그 막연하게 닮은 점이 그의 머릿속에 떠오른 것은 그날 저녁식사 시간—다음날 떠나기로 되어 있는 장인 장모를 그가 식사에 초대했던 것이다—이 되어서였다. 그는 사진을 꺼내 아내에게 내밀었다.

"이것 좀 봐요, 여보. 오늘 아침 우편으로 온 거요. 이보다 더 보기 흉한 코는 상상하기 어려울 것 같은데……"

알피에라의 얼굴이 백지장처럼 하얘졌다. 입술이 떨리고 두 눈에는 눈물이 차올랐다. 그녀는 자기 아버지에게 애원하는 듯한 시선을 던졌다. 생선 요리를 먹고 있던 공작은 하마터면 숨이 막힐 뻔했다. 그의 두 뺨이 부풀어올라 새빨개졌다. 눈이 튀어나왔고, '두 개의 시칠리아' 왕의 적법한 후손보다는 헌병에게 훨씬 어울림직한 세심하게 염색된 숱 많은 검은 콧수염이 돌격 준비를 끝낸 양 날카롭게 곤두섰다. 그는 분노의 투덜거림 같은 것을 내뱉고는 냅킨을 입으로 가져갔다. 그가 불편해하는 기색이 어찌나 역력했던지, 지배인이 황황히 그에게 몸을 기울였을 정도였다. 오페라극장에서 있었던 칼라스의 최근 공연에 대해 단정적인 판단을 내린 참이었던 공작 부인은 포크를 든 채 벌어진 입을 다물지 못했다. 적갈색 머리채 아래 분을 뒤집어쓴 그녀의 얼굴이 일그러졌다가 이윽고 늘어진 지방질 사이에서 윤곽을 되찾았다. 어떤 놀라움과 함께 S는 문득 사진 속의 코만큼 기괴하지는 않지만 장모의 코가 그것과 닮았다는 사실을 깨달았다. 장모의 코가 훨씬 짧긴 했지만, 형태는 분명 똑같았던 것이다. 그는 무의식적으로 주의깊게 장모의 코를 응시하다가, 불안한 마음으로 아내의 얼굴로 시선을 돌리지 않을 수 없었다. 천만에, 너무 다행스럽게도 그 사랑스러운 이목구비는 자기 어머니와 전혀 닮은 데가 없었다. 그는 나이프와 포크를 내려놓고 몸을 기울여 알피에라의 손을 쥐었다.

"왜 그러오, 여보?"

“내가 숨이 막힐 뻔했다네, 그뿐이야.” 공작이 힘주어 말했다. “생선을 먹을 때는 언제나 조심해야 한다니까. 미안하구나, 얘야, 널 그렇게 놀라게 해서……”

“자네 같은 위치에 있는 사람은 그런 것에 초연해야 하네.” 공작 부인이 말했다. 언뜻 듣기에는 맥락이 닿지 않는 말이었다. S는 장모가 생선 가시를 말하는 것인지, 자신이 놓친 듯한 대화를 이어가는 것인지 알 수가 없었다. “그런 온갖 근거 없는 험담은 자네를 시샘해서…… 그런 얘긴 모두 날조된 거라네!”

“엄마, 제발.” 알피에라가 꺼져들어가는 듯한 목소리로 말했다.

공작은 혈통 좋은 불도그가 냄직한 소리로 끙끙거렸다. 지배인과 하인 둘이 강한 호기심이 드러나는 무관심을 가장한 채 그들 주위를 왔다갔다하고 있었다. S는 아내도, 장인 장모도 그 사진을 보고 있지 않다는 사실을 깨달았다. 그들은 식탁보 위에 놓여 있는 그 사진에 한사코 눈길을 주려 하지 않았다. 알피에라는 꼼짝도 하지 않고 앉아 있었다. 그녀는 냅킨을 내던지고 금방이라도 테이블을 뜰 것 같았다. 그녀는 휘둥그레진 두 눈에 말없는 애원의 빛을 담아 남편을 응시했다. 그가 그녀의 손을 쥐자, 그녀는 울음을 터뜨렸다. S는 하인들에게 물러가라고 손짓하고는 자리에서 일어나 아내에게로 가서 몸을 숙였다.

“여보, 난 알 수가 없소, 이 우스꽝스러운 사진이 왜……”

‘우스꽝스럽다’는 말에 알피에라는 온몸이 굳어졌다. 그토록 당당한 아름다움이 깃든 얼굴에 쫓기는 짐승 같은 표정이 떠오르는 것을 보고 S는 마음이 아팠다. 그가 그녀를 안으려 하자, 그녀는 갑자기 그의 품을 벗어나 달아나버렸다.

"자네 같은 위치에 있는 사람에겐 적이 있는 게 당연하지." 이번에는 공작이 말했다. "나 자신이 그렇고……"

"딸애와 자넨 행복하잖나. 다른 건 중요하지 않네." 공작 부인이 다시 거들었다.

"알피에라는 언제나 지나치게 감수성이 예민한 게 탈이야. 내일이면 괜찮아질 걸세……" 공작이 말했다.

"이해해줘야 하네, 아직 어리니까……"

S는 식탁에서 일어나 아내에게 갔다. 문은 안에서 잠겨 있었고, 흐느끼는 소리가 들려왔다. 그가 문을 두드릴 때마다 흐느낌 소리가 높아졌다. 문을 열어달라고 사정했지만 소용이 없었다. 그는 서재로 들어갔다. 사진에 대해서는 까맣게 잊은 채 무엇 때문에 알피에라가 그러는 것일까 자문했다. 불안했고, 좀 걱정스러웠으며, 몹시 당혹스러웠다. 십오 분쯤 그러고 있는데, 전화벨이 울렸다. 비서가 바레타 씨가 통화하고 싶어한다고 말했다.

"없다고 해요."

"꼭 통화를 하셔야겠답니다. 중요한 일이래요. 사진에 관한 것이라나요."

"연결해요."

수화기를 통해 들려오는 바레타의 목소리에는 호의가 넘쳤지만, 상대방을 재빨리 판단해낼 줄 아는 S는 그 안에 증오에 가까운 조롱의 기운이 서려 있음을 눈치챌 수 있었다.

"무슨 일이오?"

"사진을 받으셨겠죠, 친애하는 선생?"

"무슨 사진 말이오?"

"물론 당신 아내의 사진이지! 그걸 구하느라 무척 고생했소. 그 집 안에서 여간 조심을 했어야 말이지. 그들은 수술 전 딸의 모습을 사진으로 찍지 못하게 했소. 내가 당신에게 보낸 건 팔레르모 수녀원에서 수녀들이 찍은 거요. 단체 사진이었는데, 내가 그녀의 모습만 특별히 확대하게 했지…… 오는 게 있으면 가는 게 있는 법. 그녀의 코는 열여섯 살 때 밀라노의 어떤 외과의사가 완전히 새로 만든 거요. 당신은 내 반 고흐 그림이 가짜라고 했소만, 당신 수집품 중의 걸작 역시 가짜요. 그 증거가 지금 당신 눈앞에 있지 않소."

야비한 웃음소리와 함께 딸깍 하는 소리가 들려왔다. 바레타가 전화를 끊었던 것이다.

S는 책상 앞에 앉아 꼼짝도 하지 않았다. 쿨리크! 스미르나의 은어가 조소하듯 그의 조용한 서재에 울려퍼졌다. 사기당하는 사람들, 물정 모르고 순진하고 남을 잘 믿는 사람들, 가차없이 이용당해도 싼 그런 얼간이들을 가리킬 때 쓰는, 튀르키예나 아르메니아 상인들의 욕설이었다. 쿨리크! 그는 빈털터리 시칠리아인 부부에게 농락당한 셈이었다. 친구를 자처하는 이들 중 누구도 그 사기 사건에 관해 알려주지 않았다. 그런 곤경에 빠진 그를 보며, 확실한 안목으로 명성이 자자한 그가 가짜를 경애하는 것을 보며 그들은 기뻐하면서 등뒤에서 그를 비웃었을 터였다. 위작 문제에서 한 번도 타협한 적이 없던 그가…… "당신 수집품 중의 걸작은 가짜……" 눈앞에 걸린 〈톨레도의 그리스도 수난도〉의 습작이 연노랑과 진초록으로 한순간 그를 비웃더니 뿌옇게 흐려지며 사라져갔다. 한 번도 그를 진정으로 받아들여준 적 없고, 이

용당하는 데 익숙해 거북할 것 없는 벼락부자의 모습만을 그에게서 보아내는, 적대적이고 오만한 자들 한가운데 그를 홀로 남겨둔 채로. 알피에라! 그가 완벽하게 신뢰했던 유일한 사람, 그의 인생을 통틀어 전적으로 믿을 수 있었던 유일한 관계…… 그녀가 사기꾼들의 도구이자 공범자였다니, 자신에게 진짜 얼굴을 숨겼다니, 내밀한 애정에 찬 이 년간의 결혼생활 동안 침묵의 음모를 밝히지 않았다니, 고백의 후의조차 베풀지 않았다니…… 그는 정신을 수습하고 그런 속좁은 생각을 털어버리려 노력했다. 마침내 자신의 은밀한 상처를 잊어버릴 때가 된 것이다. 거리에서 구걸하고 진열대 아래에서 잠을 청하던, 누구라도 욕하고 모욕할 수 있었던 구두닦이 소년의 면모를 온전히 벗어버릴 때가…… 희미한 소리에 그는 눈을 떴다. 알피에라가 문 앞에 서 있었다. 그는 자리에서 일어났다. 그는 매너가 몸에 밴 사람이어서 인간 본성의 나약함을 알고 있었고, 그것을 용서할 수 있었다. 자리에서 일어난 그는 그토록 능숙하게 써온 관대한 역설의 가면을 다시 쓰고, 어렵잖게 연출해온 너그러운 사교계 신사의 모습을 되찾으려 했지만, 미소를 지으려 하자 얼굴이 온통 일그러지고 말았다. 그는 냉정을 가장하려 했으나, 입술이 떨려왔다.

"어째서 말하지 않았소?"

"부모님이……"

그는 신경질에 가까운 자신의 날카로운 목소리가 어딘가 멀리서 울리는 것을 듣고는 놀랐다.

"당신 부모는 정직하지 못해……"

그녀는 한 손으로 문손잡이를 잡고 애원하는 표정으로 그를 바라보며 차마 안으로 들어오지 못한 채 울고 있었다. 그는 그녀에게 다가가고 싶었다. 그녀를 품에 안고 그녀에게 말을 건네고…… 관용과 이해를 보여줘야 한다는 것, 흐느낌으로 들썩이는 두 어깨, 그런 슬픔 앞에서 자존심의 상처 같은 것은 중요하지 않다는 것을 알고 있었다. 그리고 물론 알피에라는 모든 것을 용서받아 마땅할 터였다. 하지만 그의 앞에 서 있는 것은 알피에라가 아니었다. 그것은 그가 알지도 못하는, 위조범의 노련함이 그의 눈길로부터 영원히 감춰버린 다른 낯선 여자였다. 거역 못할 어떤 힘이 그를 밀어붙여 그 사랑스러운 얼굴에다 딱 벌어진 탐욕스러운 콧구멍이 달린 끔찍한 매부리코를 되살려내고 있었다. 그는 예리한 눈길로 구석구석을 살피며 가짜임을 나타내는 흔적, 간사한 중개상의 손길을 드러내는 표시를 찾고 있었다. 가혹하고 가차없는 무언가가 그의 마음속에서 움직였다. 알피에라는 두 손에 얼굴을 묻었다.

"오, 제발, 절 그런 눈으로 보지 말아요……"

"진정하시오. 당신도 알 거요, 이런 상황에서……"

S는 이혼 결정을 내리기까지 약간의 어려움을 겪었다. 그가 처음에 내세운, 언론에서 논란이 된 이혼 사유, 곧 아내의 얼굴이 가짜라는 사실은 법정의 빈축을 샀고 예심에서 기각되었으므로 알피에라 일가와의 은밀한 협상—정확한 금액은 끝내 알려지지 않았다—끝에야 그는 진품만을 원하는 자신의 욕구를 만족시킬 수 있었다. 현재 그는 거의 은둔생활을 하면서 늘어만 가는 자신의 수집품들에 온전히 헌신하고 있다. 최근 그는 바젤의 경매에서 라파엘로의 〈푸른 옷을 입은 성모마리아〉를 손에 넣었다.

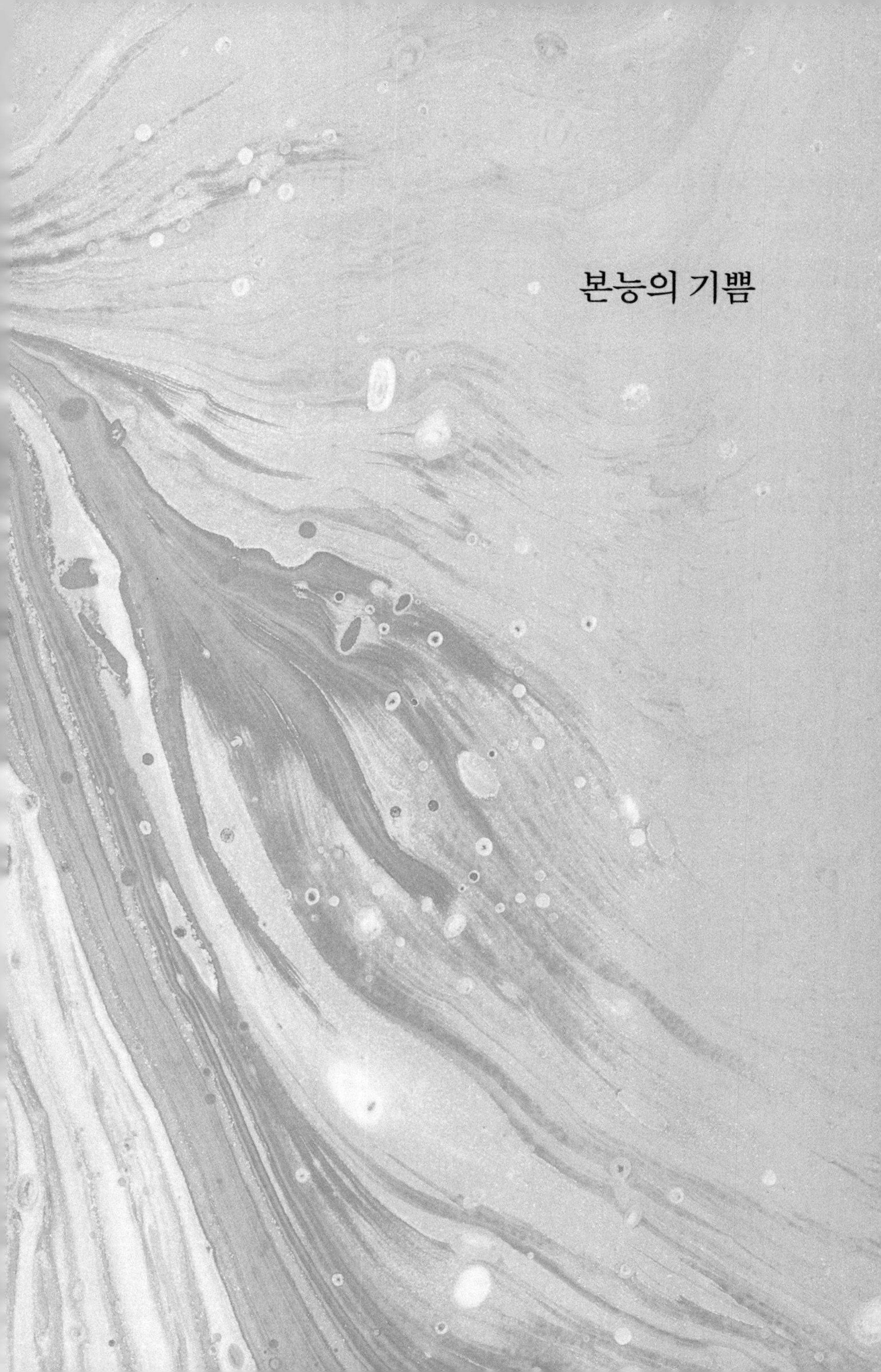
본능의 기쁨

눈이 내리고 있었다. 바람에 날린 눈송이가 눈썹에 달라붙는 통에
의사는 트레일러를 찾는 데 조금 애를 먹었다. 서커스단은 다시 길 떠
날 채비를 하고 있었다. 공연이 이제 막 끝났음에도, 무대 스태프와 카
자크 기병들은 벌써 대형 천막의 동아줄을 잡아당기기 시작했다. 박
수 소리와 오케스트라의 마지막 화음이 여전히 실내에 울려퍼지고 있
었다. 우비를 어깨에 걸친 공중 곡예복 차림의 곡예사 하나가 눈 녹은
물이 괴어 있는 웅덩이를 피해 이리저리 걸음을 내디뎠고, 어릿광대
하나는 자신의 폭스바겐 운전석에 앉아 가짜 코와 가발을 벗고 있었
으며, 가슴 부분이 훈장으로 덮인 멋진 붉은 제복 차림의 조련사는 손
에 우산을 들고 "세자르! 세자르!"를 외치며 사방을 뛰어다니고 있었
다. 그 소리가 어찌나 괴상하게 들렸던지, 의사는 어둠 속에서 사자라

도 잃어버린 게 아닐까 생각했다. 조금 떨어진 나무 밑에 트레일러가 세워져 있고, 문에는 '이그나츠 말러, 연극배우'라는 명함이 붙어 있었다. 의사는 계단을 세 칸 올라가 문을 두드렸다.

"들어오세요!" 쉰 목소리가 들려왔다.

의사는 문을 밀었다. 트레일러 안에는 가구가 안락하게 갖춰져 있었다. 긴 의자, 안락의자, 금붕어 두 마리가 담긴 어항과 꽃병이 놓인 탁자가 있고, 고대의 생활상이 연속해서 프린트된 천으로 만들어진 커튼이 드리워 있었다. 나이트테이블 위에는 램프가 켜져 있고, 한 남자가 쿠션을 괴고 긴 의자 위에 누워 있었다. 파자마에 진홍색 실내복, 노란 실내화를 신은 그는 입에 굵은 시가를 물고 있었다. 난쟁이였다. 통통하면서도 지쳐 보이는 이목구비에, 나이를 알 수 없는 주름지고 창백한 얼굴이었다. 난쟁이는 의사에게 짧게 고갯짓으로 인사하고는, 불 꺼진 시가를 씹으면서 불퉁스러운 표정으로 뭔가에 홀린 듯한 관심을 보이며 맞은편을 바라보았다. 의사는 그의 눈길을 좇았다. 즉각 놀라움을 드러내지 않고 의사라는 직업에 걸맞은 침착하고 점잖은 태도를 보이기 위해서는 노력이 필요했다. 괴상한 형체가 트레일러의 벽에 등을 기대고, 불이 지펴진 난롯가 바닥에 앉아 있었던 것이다. 그것은 여인상 기둥처럼 머리로 천장을 떠받치고 있는 것 같았다. 거인이었다. 엉덩이에서부터 머리—머리카락은 반짝이는 적갈색이었다—끝까지 적어도 이 미터는 될 것 같았고, 접힌 무릎이 턱까지 닿는 다리의 길이는 생각하지 않는 게 나을 터였다. 거인은 실크 깃이 달린 보라색 옷을 입었고, 보라색 실크해트가 발치에 놓여 있었다. 그것은 그의 엄청난 키를 강조해 관객에게 충격을 주기 위한 것임이 분명했다. 목에는 모직 머플러가 둘려 있고, 편자 같은 입이 한쪽 귀에서 다른 쪽 귀까지 그의 얼굴을 나눠놓고 있었다. 피에로처럼 서글픈 눈썹 아래 부드럽고 커다란 두 눈의 속눈썹이 놀랄 만큼 길었다. 손수건으로 조심조심 코를 푸는 모양새가 얼핏 보기에도 지독한 감기에 걸린 것 같았다. 그가 머리를 천장에 부딪히며 발작적으로 심하게 재채기를 해대자, 긴 의자에 누운 난쟁이는 그 즉시 극도의 흥분 상태에 빠져들었다.

"조심해, 멍청한 친구야! 날 망하게 할 참이야! 물론 자넨 보험에 들어 있지. 하지만 자네가 경솔한 짓을 하면, 보험회사에서는 돈을 주지 않으려 들 거란 말이야!" 그가 소리쳤다.

그는 의사에게 몸을 돌렸다.

"저런 거인들의 머리는 약해빠져서요. 기린과 비슷하죠. 그리고 특히 저 녀석은 유독 몸이 약해요. 저 녀석을 좀 진찰해주세요, 선생님. 혹시 폐렴이 아닐까 걱정스럽습니다만……" 그가 설명했다.

그는 코를 풀었다.

"게다가 저 녀석한테 감기가 옮았나봐요. 저 멍청한 녀석이 매일 밤 도둑고양이처럼 바깥을 쏘다닌다니까요, 이런 날씨에…… 저런 괴물들은 정말이지 무척 귀합니다. 바꿔칠 만한 걸 찾아내기가 거의 불가능하죠. 나도 진찰해주셨으면 합니다, 선생님. 몸이 영 좋질 않아서……"

"그럼, 괜찮으시다면, 당신부터 시작합시다. 이왕 누워 계시니……" 의사가 말했다.

"먼저 내 소개를 하자면, 나는 이그나츠 말러, 연극배우입니다. 예, 그렇습니다. 내 몸에 무슨 일이 일어난 건지 모르겠어요. 며칠 전부터 온몸에 탈이 났어요. 기진맥진한 상태죠. 그렇습니다, 정말 기진맥진 이랍니다……" 난쟁이가 말했다.

"어디 봅시다." 의사가 부드럽게 말했다.

진찰하면서 의사는 그 난쟁이의 발끝에서 머리끝까지의 길이가 팔십 내지 팔십오 센티미터 정도밖에 안 된다는 사실을 확인했다. 그것만 빼면 그는 아주 건강했고, 체격도 정상이었다. 가벼운 코감기일 뿐, 심한 유행성감기도 아니었다. 의사가 그의 혈압―역시 정상이었다―을 재고 있는 동안, 거인은 몇 차례 거친 숨을 몰아쉰 다음 강한 이탈리아 억양으로 조용히 입을 열었다.

"괜찮다면, 이그나츠, 잠깐 나갔다 올게요. 다리가 저려서……"

"절대로 안 된다고 했잖아." 말러 씨가 화를 내며 소리쳤다. "눈이 튀어나올 정도로 너한테 돈이 들었단 말이야. 유지비 외에 보험료만으로도 파산할 지경인데……"

"당신이 나를 위해 감당해준 그 모든 일에 대해 정말 고맙게 생각하고 있어요." 거인이 약간 떨리는 목소리로 대답했다.

"그래, 그렇다면 가만히 앉아 있어. 그 계집애랑 어울려 로미오 흉내 내지 말고…… 오! 됐어, 됐다고, 나도 다 알고 있어. 단원들이 하나같이 그 얘길 하는걸." 난쟁이는 의사에게 말했다. "저 괴상한 족속들은 아주 조심해서 다뤄야 해요. 난 벌써 둘이나 놓쳤다니까요. 게다가 마지막 녀석은 내 아내와 함께 도망쳤답니다. 그들이 어떻게 서로 어울릴 수 있는지는 묻지 마세요. 더군다나 뱀처럼 사악하게도…… 지금 두 사람은 스위스의 크네 극단에서 공연을 하고 있죠. 파렴치한 경쟁에다, 미풍양속에 대한 도전이죠, 정말로 역겨운……"

"나와는 전혀 상관없는 일이에요. 난 전임자인 그를 알지도 못했는데……" 거인이 안타까워하는 듯한 어조로 말했다.

"모두 깡패들이야, 사기꾼들이라고…… 내 아내는요, 선생님, 키가 정확히 팔십오 센티미터랍니다. 상상이 가실 겁니다…… 인간이라면 구역질이 납니다, 선생님. 정말이지 구역질이 난다고요. 그들은 속속들이 사악합니다. 난쟁이와 거인이 함께 등장하는 것을 보며 어떻게 즐거워할 수가 있는지 정말 궁금해요. 하지만 그게 바로 인간들이 원하는 거죠. 그 이상으로 그들이 재미있어하는 것도 없어요. 하지만 먹고 살아야 하잖아요. 그래서 가는 곳마다 저 장대 같은 녀석을 끌고 다녀야 합니다. 녀석에게 무슨 일이 닥친다는 생각만 해도 몸이 떨려요. 그렇게 되면 내 공연은 또 엉망이 되고, 나는 빈털터리가 되고 말 테니까요. 저 녀석들에게 조금이라도 직업의식이 있다면…… 천만에요, 저 녀석들은 자신들에게 모든 게 허용된다고 생각하죠. 저 녀석을 보세요, 저 녀석이 왜 감기에 걸렸는지 아세요? 나를 파산시킬 위험을 무릅쓰고 저 녀석이 왜 눈 오는데 외출했는지 아세요?" 말터 씨가 말했다.

"제발, 이그나츠." 거인이 애원조로 말했다.

"저 녀석은 사랑에 빠졌어요! 그렇습니다, 선생님, 이 이상 우스꽝스러운 일이 없죠. 녀석이 사랑에 빠졌단 말입니다! 하하하! 이 딱한 친구야, 뭘 바라나? 자네 꼴이 어떤지나 알아? 자넨 괴물 이상이야. 우스꽝스럽단 말이야! 자네에겐 사람 같은 면이 전혀 없다고."

"난 그녀를 사랑해요." 거인이 말했다.

"들으셨죠, 선생님? 들으셨죠? 저 녀석이 털어놓는군요. 녀석은 날 떠나려는 거예요. 사실이라니까요. 내가 저를 위해 그렇게 애썼는데.

난 우정 얘기를 하고 있는 게 아녜요. 보세요, 난 누구에게도 그런 걸 요구한 적이……"

"난 당신에게 깊은 우정을 느끼고 있어요, 이그나츠. 정말로요." 거인이 힘주어 말했다.

"난 자네에게 그런 것까지 바라지 않아. 내가 원하는 건, 어리석은 짓만은 하지 말라는 거야. 그 계집애가 아름다운 눈 때문에 자넬 사랑하는 것 같나? 그애는 돈 안 들이고 자넬 차지하려는 거야. 그게 그애가 원하는 거라고. 그건 그애 아버지의 생각이기도 하지. 왕뱀이 죽은 뒤 그들의 공연은 볼 가치가 없어졌어. 그들은 자네로 보아뱀을 대신하려는 거야. 그애의 아버지, 그러니까 도덕관념이라고는 찾아볼 수 없는 그 알코올중독자는 자기 딸을 자네에게 붙여서 영리한 곰과 자전거 타는 원숭이 같은 자기 동물들 가운데 자네를 집어넣으려는 거라고. 딱하고 멍청한 친구야, 그게 바로 그 계집애가 널 꼬시는 이유란 말야. 하지만 난 그들을 법정에 세우겠어. 그들을 파멸시키겠어. 내겐 정식 계약서가 있다고. 가만히 당하고 있지만은 않아. 사람들이라면 구역질이 나요, 선생님. 정말 정나미가 떨어진다니까요. 그들은 속속들이 흉악해요. 흉악하다는 말이 딱 맞아요. 한편으로 내 솔직한 의견을 말하자면, 인간이란 아직 존재하지 않습니다. 새로 만들어내야 하는 거예요. 인간이란 걸 말이죠, 선생님, 하하! 날 웃게 내버려두세요, 좀 봤으면 좋겠어요. 언젠가 의학의 발달에 힘입어 진정한 인간을 볼 수 있을지도 모르죠. 하지만 지금 내 눈에 보이는 건 기형적인 존재들일 뿐이에요. 그렇습니다, 선생님. 그렇다니까요. 도덕적으로, 지적으로 기형적이라는 표현 말고는 달리 적당한 말이 없네요. 파트너가 나를 품에 안고 젖병을 물리는 것을 보고 그들이 웃는 소리를 들어봐야 해요. 그들은 저속하기 짝이 없어요, 선생님. 짐승 같고 잔인하죠. 내게 그 반대의 느낌을 주는 사람은 아마 없을 겁니다. 그런데 별 이상 없습니까?"

"당신은 아주 건강한 것 같소." 의사가 대답했다.

"하지만 어딘가 이상이 있는 것 같은데요? 분명 그런 것 같아요."

"가벼운 감기입니다." 약간 당황하며 의사가 대답했다.

말러 씨는 한숨을 내쉬었다.

"내 부모님도 이런 모습이셨고, 조부모님 역시 마찬가지였죠. 유전이지요. 이 분야에서 뭔가 새로운 사실이 발견된 게 있나요, 선생님? 내 말은 과학적인 관점에서 말입니다. 이식수술 같은 것도 불가능하겠죠? 내분비선의 이상이라더군요."

"내분비선, 모든 게 그것 때문이죠!" 거인이 과장된 어조로 말했다.

"자네가 뭘 안다고 그래?" 난쟁이가 소리쳤다. "자네는 평생 책 한 권 읽은 적이 없잖나. 완전히 미개인이라니까. 키가 크면 클수록 어리석은 법이지. 그런데 이 멍청한 친구야, 난로에서 좀 떨어져 앉아! 자네 몸이 온도 변화를 견디지 못한다는 거 잘 알잖아! 녀석의 혈액순환 때문에 큰 걱정입니다, 선생님. 녀석의 심장이 너무 느리게 뛰는 것 같아요. 조금만 기운을 써도 피곤해하고, 이런 날씨도 전혀 도움이 안 되고요. 내가 처음으로 데리고 있던 거인, 그 유고슬라비아인은 전쟁 전 몬테네그로에서 찾아냈지요. 그자는 성관계를 가질 때마다 기절했답니다. 그런데 여자들이 어떤지 아시잖아요…… 글쎄, 호기심에서! 또 법도 잘못되어 있어요. 저자들에 대해 아무런 언급도 되어 있지 않거든요. 저자들은 정상적인 인간으로 간주되어 똑같이 모든 권리를 누린답니다. 예컨대 저 녀석이 나를 떠나고 싶은 생각이 든다면……”

“나한테 그런 의도가 전혀 없다는 건 당신도 잘 알잖아요. 난 당신에게 정이 깊이 들었어요. 당신이 날 위해 해준 모든 일에 몹시 감사하고 있다고요.” 거인이 항의했다.

“난 내 이익에 따라 행동했을 뿐이야. 자네 같은 거인을 쉽게 구할 수만 있다면야……”

“당신이 없다면 난 어떻게 해야 할지 전혀 알 수 없을 거예요.” 거인이 단언했다. “당신을 만나기 전에 난 쓸모없는 존재였어요. 당신이 내 삶을 바꿔놨죠. 나로 하여금 세상을 볼 수 있게……”

“저 녀석을 진찰해주세요, 선생님. 저녁이면 열이 좀 나요. 녀석의 똥도 걱정이고요. 색깔이 허여멀겋거든요. 그리고 십 분마다 오줌을 싼답니다. 뭔가 이상이 있어요. 지나치게 예민한 감수성 때문일 거예요. 물론 나는 녀석을 보험에 들어놨죠. 하지만 사실 난 녀석에게 익숙해졌답니다. 함께 지낸 지는 얼마 되지 않지만요. 녀석이 어떻게 될까봐 겁이 나서 내가 병이 날 정도예요. 녀석이 죽는다고 해보세요, 선생님. 내 공연은 엉망이 되고 말 겁니다! 단순히 인간적인 면에서도 어쨌든 나는 녀석을 돌봐야 합니다. 지금 녀석이 처한 상태에선…… 아! 본능에 대해 말해주세요!”

“지금 당신 말을 듣고 난 깊이 감동했어요. 날 믿어도 돼요. 난 버텨낼 거예요. 이제 겨우 스물세 살인걸요. 대개 거인들은 서른 살까지는 살 수 있고, 때로는 그보다 더 오래 사는 경우도 있어요. 체격과 생활 조건에 달렸죠. 최선을 다한다고 약속할게요.” 거인이 힘주어 말했다.

"그렇다면, 조용히 있어. 로미오 흉내 좀 그만 내라고."

의사는 정신이 좀 멍해지는 것을 느꼈다. 문득 자신이 너무 크거나 너무 작은 것 같은 느낌, 뭔가 비정상적인 점이 있어야만 인간이 될 수 있을 것 같은 느낌이 들었다. 그는 주의깊게 거인을 진찰했다. 감기가 심해진 것뿐이었다.

"감기입니다. 다른 병은 없어요." 그가 말했다.

말러 씨는 입술에서 시가를 떼고 웃기 시작했다.

"하하하! 감기일 뿐이라고요! 들었지, 세바스티앙? 자네와 내가 고생하고 있는 게 고작 감기 때문인 거야! 나머지는 다 괜찮을 거야! 하하하!"

거인도 트레일러가 흔들릴 정도로 웃어댔다. 의사는 청진기를 접었다.

"어쨌든 녀석에게 방사선촬영을 받게 하고 싶어요." 웃음이 가라앉자 말러 씨가 말했다. "뭔가 발견될지도 모르니까요. 폐엔 아무 이상 없을 것 같나요? 아시다시피 폐는 쉽게 나빠지잖아요. 내가 데리고 있던 그 유고슬라비아인 거인은 스무 살 되던 해에 엉덩이에 생긴 대수롭지 않은 종기 때문에 죽었답니다. 내 아내와 함께 달아난 그 비열한 자식은 덧붙여 말하자면 프랑스인이었는데, 폐병에 걸린 것 같고요. 녀석을 잘 좀 진찰해주세요. 병이 어디로 옮겨갈지 모르니까요. 어쨌든 저자들에게 치명적인 것이 있다면, 바로 사랑에 빠지는 겁니다. 격한 감정은 저들을 단숨에 해치우지요. 그건 잘 알려진 사실 아닙니까, 선생님? 녀석에게 말씀 좀 해주세요."

"단언하는데, 이그나츠, 그 아가씨에 대한 내 감정은 아주 순수해요."

"하하하! 너희들은 모두 똑같아. 전에 있던 놈도 내 아내를 두고 똑같은 말을 하곤 했지. 둘은 함께 도망쳤고, 이제 놈은 폐병에 걸린 신세라고. 놈은 내 아내를 훔쳐간 게 아냐. 내가 정말이지 알고 싶은 건 그들이 어떻게 그 짓을 할 수 있느냐 하는 거야. 내 아내는 팔십오 센티미터가 될까 말까 하고 그 불한당 놈은 삼 미터에 가깝거든. 그놈은 목발을 짚어야 걸을 수 있어. 그들이 어떻게 서로를 만족시키는지 알려준다면 뭐든지 주겠어. 단언하지만 이건 순전한 직업적 호기심에서……"

문이 열리고, 열두 살 정도 되는 소녀가 트레일러 안으로 들어왔다. 그녀는 베레모를 쓰고 있었고, 땋아내린 연한 금발이 외투깃까지 내려왔다. 그녀는 등뒤로 문을 닫고는, 침대에서 반사적으로 몸을 일으키는 난쟁이에게 싸늘한 눈길을 던졌다. 소녀는 그를 등지고 거인에게 다가갔다. 거인은 얼굴이 새빨개져서 땀을 흘리기 시작했다. 말러 씨는 팔짱을 끼고 시가를 씹으며 소리 내어 비웃었다.

"그래, 마음대로 해봐. 더이상 거북해할 것 없어!" 그가 소리쳤다.

소녀는 그에게 전혀 관심을 보이지 않았다. 그녀는 거인의 얼굴을 올려다보았다. 거인은 미소를 짓고 있었다. 그 미소가 어찌나 수줍고 천진했던지, 의사는 가슴이 먹먹할 정도였다.

"약속해놓고 나오지 않았더군요, 세바스티앙." 소녀가 말했다.

"녀석이 죽기를 바라고 있군!" 난쟁이가 날카롭게 소리쳤다.

"감기에 걸렸거든요, 에바 양." 거인이 중얼거렸다.

"어젯밤 저 두 사람은 두 시간 동안이나 밖에서 보냈답니다. 달빛 아래에서 서로 손을 꼭 잡고 말이죠! 단원들 모두 수군거리고 있어요! 녀석은 외투도 안 입고 있었단 말예요! 저 계집애가 날 망하게 할 거예요!" 말러 씨가 소리쳤다.

"내가 그에게 양털 담요를 덮어줬는걸요. 게다가 날씨도 춥지 않았고요." 소녀가 말했다.

"이 모든 음모의 목적을 난 너무나 잘 알아. 이 모든 일의 배후에는 네 아비가 있는 거야! 너희는 보아 뱀을 잃었지. 이제 영리한 개들로는 부족하니까, 구색을 맞추려고 거인을 원하는 거야. 하지만 난 앉아서 도둑질당할 생각이 전혀 없어. 내겐 합법적인 계약서가 있어. 경찰에 신고할 거야. 약속하는데, 너희들을 법정에 세우고 말 거야!" 말러 씨가 소리쳤다.

"세바스티앙에겐 자신이 원하는 걸 할 자유가 있어요. 안 그래요, 세바스티앙?" 소녀가 말했다.

"너무나 맞는 말이에요, 에바 양. 난 원하는 걸 할 수 있는 완전한 자유를 갖고 있어요." 거인이 대답했다.

소녀는 푸른 눈으로 꿈꾸듯이 그를 올려다보았다.

"당신은 멋져요, 세바스티앙. 당신을 사랑해요, 당신도 알죠." 소녀가 진지하게 말했다.

거인은 미소를 짓고는 눈길을 떨구었다. 소녀는 짐승의 앞발 같은 거인의 커다란 손에 자신의 작은 손을 올려놓았다.

"저것들 보세요. 부끄러운 줄도 모르는군요! 저애는 녀석을 빼내기 위해 여기 온 거예요! 선생님, 정말이지 가증스러운 세상 아닙니까! 그러니 뭔가 조치를 취해주세요. 녀석에게 설명해주세요. 저 계집애가 녀석을 죽게 할 거라고요!" 말러 씨가 외쳤다.

"세바스티앙은 두려워하지 않아요. 그리고 당신한텐 이 사람을 물건 취급할 권리가 없어요." 소녀가 말했다.

"난 녀석의 비타민 값으로만 하루에 50마르크를 부담하고 있어. 단언하건대 너희는 녀석을 부양할 수 없어. 녀석이 하루에 얼마를 먹어 치우는 줄 알아? 단백질만 해도 고기 오 킬로가 필요하단 말이야!" 말러 씨가 소리쳤다.

"인간이 빵만으로 사는 건 아니에요." 세바스티앙이 갑자기 단호하게 말했다.

"선생님, 저 갈보 같은 계집애에게 녀석은 최소한의 감정 변화도 감당할 수 없다고 설명해주십시오. 녀석을 가만히 내버려둬야 한다고요."

"미안하지만, 그건 내 소관 밖의 일입니다." 의사가 말했다.

"나도 압니다. 그래서 녀석을 수의사들에게도 진찰을 받게 했지요. 녀석에겐 특별한 돌봄이 필요해요. 날 떠나면 보름도 못 살 거예요." 말러 씨가 대답했다.

"난 당신을 떠날 생각이 전혀 없어요, 이그나츠. 하지만 당신에게 내가 친구들을 만나는 걸 막을 권리는 없어요." 세바스티앙이 말했다.

"사태를 직시하셔야 할 때가 된 것 같군요, 말러 씨. 세바스티앙이 인간이라는 사실을 말예요." 소녀가 말했다.

"인간이라니! 들으셨지요, 선생님? 그렇다면 나는 인간입니까? 선생님……" 말러 씨가 소리쳤다.

"미안하지만, 난 이제 가봐야겠소. 처방전을 써주겠소." 의사가 말했다.

소녀는 감동에 찬 눈길로 거인의 얼굴을 바라보았다. 세바스티앙은 눈을 내리깔았다. 주걱턱과 피에로 눈썹을 한, 한없이 긴 그의 얼굴에는 행복한 표정이 어려 있었다. 의사는 거대한 손바닥 위에 놓인 연약한 고사리손에 남몰래 눈길을 던지지 않을 수 없었다. 세바스티앙은 한 손가락으로 수줍은 듯 보랏빛 실크해트의 가장자리를 긁었다.

"나와 같이 가야 해요. 아빠가 당신한테 할 말이 있대요." 소녀가 말했다.

"기꺼이 갈게요." 거인이 대답했다.

거인은 몸을 앞으로 기울여 말 그대로 몸을 둘로 접은 다음 한쪽 팔을 뻗어 문손잡이를 잡았다. 말러 씨는 겁에 질린 채 눈을 떼지 못하고 그가 하는 양을 지켜보았다.

"절대로 안 된다고 했잖아! 자넨 폐렴에 걸릴 거야! 자네가 코끝만 밖으로 내밀어도, 난 아무것도 책임질 수 없어!" 그가 소리쳤다.

"저 사람은 폭군이에요. 저 사람 말 듣지 말아요, 세바스티앙. 당신은 다른 사람들처럼 살 권리가 있어요." 소녀가 말했다.

"다른 사람들처럼이라니!" 말러 씨가 위를 올려다보며 비탄에 잠긴 목소리로 외쳤다.

거인은 트레일러를 슬그머니 빠져나가고 있었다. 그는 벌써 한쪽 다리를 밖으로 내놓는 데 성공했고, 나동그라지지 않고 다른 쪽 다리까지 끌어내기 위해 애썼다. 소녀가 실크해트를 손에 쥐고 그의 뒤를 따랐다. 트레일러를 나가기 전, 소녀는 난쟁이에게 의기양양한 눈길을 던졌다.

"흥분하지 마세요. 제가 잘 돌볼게요. 아빠가 안부 전하라더군요." 그녀가 말했다.

소녀는 밖으로 나가 문을 닫았다.

"이건 부당해, 이건 몹쓸 짓이라고! 이럴 땐 정말 내가 인간이라는 게 부끄럽다니까……" 말러 씨가 외쳤다.

의사는 아스피린 몇 알을 처방했다.

고상함과 위대함

1

"사람들이 모두 잡아먹어서 그래!" 아드리엔이 말한다.

발아래로 펼쳐진 잠든 마을을 내려다보며, 그들은 지붕 위에 뭔가 나타나지 않는지 살피면서 닭 우는 소리나 개 짖는 소리를 기다렸지만, 날이 새도록 그런 소리는 들려오지 않았다.

"그럼 개들은? 개들까지 다 잡아먹었다는 거야?" 파나이트가 투덜거린다.

그는 침을 튀기며 느글거리는 웃음을 터뜨린다. 고요한 밤이 그 웃음에 오염되는 것 같다.

"입 닥쳐!" 코프가 명령한다.

세 루마니아 사내는 입을 다문다. 노인 미켈 크리스티아누가 조바심을 내며 주먹을 쥔다. 집안의 원수인 페도르의 집이 어둠 속에서 모습을 드러내자, 곧 벌어질 싸움 생각에 그의 몸이 싸늘해진다. 그가 독일군과 손을 잡은 것은 개인적인 복수심 때문이다. 이웃집 사내 페도르가 그의 딸을 임신시켰던 것이다. 한편 코프는 '서글픈 일이야' 하고 생각한다. '서글프지 않은가! 이런 멍청한 야만인들과 함께 죽어야 하다니. 하지만…… 중요한 건 "대의"지, 그것에 봉사하는 사람들이 아니잖은가!' 그는 피로해진 눈에다 외알박이 안경을 신경질적으로 갖다 댄다. '품위 있게…… 당당하게!' 그의 군화는 말끔히 닦여 있고, 옷의 단추들과 허리띠는 어둠 속에서 빛을 발한다. 그는 축제 때나 입을 법한 제일 좋은 옷을 입고 있다. 죽음을 맞이하는 일이 아닌가. 이 입술의 경련과 말 더듬는 버릇과 지독히도 소변이 마려운 것만 통제할 수 있다면…… 하지만 이런 것은 사소한 일에 지나지 않는다. 그는 자신이 스스로의 역할에 걸맞게 완벽히 준비되어 있음을 느낀다. 이제 잠시 후면, '총통'의 분노가 플레프치 마을을 재로 만들어버리리라. 카르파티아산 기슭의 숲속에 자리잡은 평화롭고 소박해 보이는 아름다운 마을…… 소나무들은 향긋한 냄새를 풍기며 나직하게 두런거리고, 주위를 둘러싼 녹음 사이로 눈을 즐겁게 해주는 빨간 덧문이 건물마다 달려 있으며, 지붕에는 종종 하트 모양의 천창이 나 있다. 하지만 그런 겉모습에 속아선 안 된다. 이 마을은 음모를 숨기고 있는 엉큼하고 위험하고 위선적인 곳이다. 러시아 군대의 총성이 울리자마자 이곳 주민들은 SS* 분견대를 공격해 그들을 똥개 쫓듯 쫓아버리지 않았던가? 유정油井들이 적의 손에 넘어가는 것을 막기 위해 독일에 호의적인 이들

---

* 나치 친위대 슈츠슈타펠(Schutzstaffel)의 약자.

이 거기에 불을 놓으려는 순간, 그들은 경솔하게 그곳을 점령하기까지 하지 않았던가? 그래서 그 빌어먹을 유정들은 아무 피해 없이 때를 기다리고 있다. 하지만 잠시 후면 건전한 주민들—촌장, 정유소 사장, 그 지역 애국 저널 〈전진〉 발행인, 경찰서장, 그리고 특별히 출옥한 믿을 수 있는 이들—이 코프의 명령 아래 행동을 개시할 것이다. 그들의 수는 많지 않지만, 중무장을 하고 있다. 그들의 목적은 간단하다. 유정에 불을 놓고 도망치는 것이다. 파나이트가 얼빠진 듯한 둥근 얼굴을 코프 쪽으로 돌린다. 파나이트는 군데군데 이가 빠진 잇몸을 드러내며 늘 침이 가득 고인 입을 벌리고 있다. '달덩이가 침흘리는 것 같군.' 코프는 생각한다.

"시작할까?" 파나이트가 날카롭게 묻는다.

그는 다이너마이트 약포를 얼른 던져버리고 싶어 조바심이 난다. 그 폭탄은 마리아 크리스티아누의 애인이자, 밉살스럽지만 운좋은 자신의 연적인 페도르를 겨냥한 것이다. 파나이트는 그 딱한 마리아에게 크나큰 욕망을 갖고 있지만 그가 아무리 침을 흘려도 소용없다. 그녀는 그를 달팽이 바라보듯 할 뿐이다.

"아직 시간이 안 됐잖아!" 코프가 무뚝뚝하게 대답한다.

그는 지붕에서 살짝 몸을 숙인다. 달빛이 바래고 별이 빛을 잃어감에 따라, 유정의 탑들이 보초처럼 서 있는 가운데 언덕의 사면에 자리 잡고 있는 작은 마을이 조금씩 모습을 드러낸다. 옆집 지붕 위에서 누군가 두 팔을 흔든다. 소프로소(사회번영조합의 약칭) 정유소 사장 말레스쿠다. 서너 개의 지붕 위에서도 또다른 그림자들이 움직이고 있는 것이 보인다. 아니, 느껴진다고 하는 편이 옳다. '우린 아마 죽을 것이다.' 하지만 우리의 생명은 총통 각하의 것이 아니던가. 이 세 야만스러운 루마니아인, 이 쓰레기 같은 열등 종족의 목숨은 중요하지 않다. 이들의 목숨은 미개척지의 땅값처럼 싸구려니까.

"이제 놈은 여자들에게 지분거린 대가가 어떤 건지 알게 되겠지!" 아드리엔이 침을 뱉으며 중얼거린다.

"그래! 뼛속 깊이 알게 될 거야!" 파나이트가 신음하듯 말한다.

그는 침을 흘리며 울기 시작한다. 그의 눈물에도 침 같은 더러운 무언가가 들어 있는 것 같다. 미켈 크리스티아누 노인은 입을 열지 않는다. 뻣뻣한 수염이 나 있는 뺨에 총의 개머리판을 좀더 밀착시켰을 뿐이다. 나이가 그에게 지혜와 절제를 가르쳐주었던 것이다. '저놈들은 자기들끼리의 천박한 싸움을 결판지을 참이군. 치사하고 더러운 원한을 풀려는 거야……' 코프는 생각한다. 그의 얼굴에는 험상궂은 기운이 서려 있고, 땀방울이 이마를 적신다. 그는 외알박이 안경을 쓴 채 이를 악물고 인상을 쓴다. '후세 사람들이 저 분별없는 야수들을 추모해 기념물을 세우고, 대리석판의 내 이름 옆에 저들의 이름을 새겨넣을 걸 생각하면……'

그는 손목시계를 들여다본다.

"시…… 십 분 저…… 언!" 그가 소리친다.

2

"저렇게 계속 악을 써대다간 페도르가 깨고 말겠어!" 아드리엔이 말한다.

조금 전부터 집안에서 마리아가 악을 써대고 있다. 페도르의 집으로 달려가지 못하게 그들이 그녀를 집안에 가둬놓았던 것이다. 그녀는 부른 배를 안고 부엌에서 고함을 치고 있다. 틀림없이 애인에게 사태를 알리기 위해서이리라.

"내가 가서 조용히 시키고 오겠어." 아드리엔이 결심한 듯 말한다.

"아니, 아니!" 파나이트가 침을 흘린다. "내가 가게 해줘!"

그는 지붕 위로 기어올라가 천창을 통해 집안으로 내려선다. 그의 몸이 부엌 한가운데 둔중하게 떨어진다. 아프다. 몸을 일으킨 그는 동그래진 눈으로 마리아를 바라본다. 마리아는 문 옆에 웅크리고 앉아 있다. 빨래터에 가져갈 빨래 바구니처럼, 그녀는 두 팔로 배를 꼬옥 안고 있다.

"내 배 건드리지 마! 손끝이라도 댔다간 페도르가 널 죽여버릴 거야!" 그녀가 소리친다.

늙은 크리스티아누 부인 역시 소리를 지르기 시작한다. 남편이 아내를, 아비가 딸을, 오라비가 누이를 때리는 거야 괜찮지만…… 그건 집안일이니까. 하지만 남에게 맞는 건 도저히…… 그녀는 울부짖는다.

"입들 다물어요!" 파나이트가 명령조로 말한다.

있는 대로 흥분한 그는 마리아의 치맛자락 쪽으로 두 손을 뻗는다. 하지만 마리아는 말 그대로 그에게 몸을 날린다. 파나이트는 몹시 놀란다. 어쨌든 이윽고 그는 그녀를 구석에 몰아붙이고, 침을 흘리며 그녀의 치마 속을 헤집기 시작한다. 하지만 뒤에서 가차없는 발길질을 당한 그는 이내 비명을 지르며 몸을 돌린다.

“그애를 놔줘!” 아드리엔이 명령조로 말한다.

“난 친구잖아. 친구를 이렇게 대하는 법이 어디 있어!” 파나이트가 침을 흘린다.

앙심을 품은 채 그는 다시 지붕 위로 올라간다. 부엌에서 아드리엔은 정확하게 겨냥을 해서 때리기 시작한다. 그가 미운 건 누이가 아니다. 그는 누이를 사랑한다. 그는 뱃속의 아이를 겨눈다. 페도르 놈의 저주받은 자식…… 이윽고 그는 다시 지붕 위로 올라가고, 마리아는 전보다 잠잠해졌지만 그래도 소리를 지르고 있다.

“내가 가서 조용히 시켜야겠다.” 연륜이 가져다준 지혜와 절제를 발휘해 크리스티아누 노인이 침착하게 말한다. 그는 천창을 통해 아래로 내려가 빗자루를 집어들고 패기 시작한다. 마리아가 울부짖는다. 늙은 크리스티아누 부인은 잠자코 있다. 오라비가 누이를, 아비가 딸을 때리는 거야…… 그건 집안일이니까! 하지만 그녀는 걱정스럽게 남편을 바라본다. 남편이 딸을 호되게 때리고 있는데, 빗자루가 그것 하나뿐이기 때문이다. 팍, 팍, 팍…… 우두둑! 빗자루가 부러진다. 크리스티아누 노인은 침을 탁 뱉고 지붕 위로 올라간다. 파나이트가 침으로 범벅이 된 채 몹시 흥분한 모습으로 그를 맞는다.

“나도 한두 대쯤은 때리고 싶어요! 어쨌든 난 그녀의 약혼자잖아요!” 그가 애원한다.

노인이 그의 뺨을 한 대 갈기자, 파나이트가 투덜거리기 시작한다.

“주…… 주운비!” 코프가 명령한다.

그림자들이 자취를 감추고 달이 하늘빛으로 물들었다. 갑자기 닭이 울고 개가 짖는다.

“조…… 조…… 조오심!”

파리한 새벽빛 속에 개 짖는 소리가 들린다…… 베를린 체육관에서 마지막 연설을 하던 총통 각하의 얼굴이 희미한 빛 속에서 떠오른다…… “새로운 세상의 선구자들에게 영광과 구원이 있으라!” 초침이 문자판 위를 미친 듯한 속도로 달려간다…… 가슴이 터질 듯 뛴다…… “줄곧 더 나아가고 줄곧 더 높아지는 고상함과 위대함의 도상에서! 지크 하일!*” 총통 각하의 목소리가 자신을 부추기고 있는 것일까, 아니면 파리한 새벽빛 속에 여전히 개가 짖고 있는 것일까? 더 이상 아무것도 보이지 않는다…… “안경.” 그는 주위를 더듬는다, 떨리는 손으로…… 주위의 지붕들 위에 못박힌 듯 서 있는 검은 그림자들에게 마지막 눈길을…… “해…… 해…… 행운을 빈다, 동…… 동지들! 해…… 해…… 행운을. 아니, 자…… 자…… 장렬한 주…… 죽…… 죽음을!”

“도…… 도…… 돌격!”

그는 자신의 약포를 들어올린다……

“친구를 이런 식으로 대하는 법이 어디 있어!” 파나이트가 침을 흘리며 말한다.

갑자기 주위가 온통 아수라장이 된다. 폭발이 몰고 오는 바람의 여파로 그들의 몸이 아무렇게나 포개진다.

“살려주세요, 하느님! 살려주세요!” 파나이트가 울부짖는다.

마을의 한쪽 끝에서 다른 쪽 끝까지 폭발이 이어진다. 질서의 친구

---

* 나치식 경례에 곁들이는 구호, ‘승리 만세’라는 뜻이다.

들—건전한 주민들—이 행동을 개시한 것이다. 맥 놓고 있던 파나이트는 굴뚝에 몸을 바짝 붙이고 혀를 내민 채로 오줌을 지리면서 웅크린 자세로 꼼짝하지 않는다.

"이리 와, 머…… 멍청아!" 코프가 명령한다.

"날 내버려둬." 파나이트가 날카롭게 외친다.

파나이트는 눈동자가 돌아가 있고, 취한 사람처럼 침을 줄줄 흘린다. 코프는 그의 엉덩이를 걷어찬다. 이 덜떨어진 놈이 침을 질질 흘리며 바람 빠진 공처럼 주춤거리도록 내버려둘 때가 아니다. 녀석이 필요하다.

"초…… 총을 들…… 들어!"

"날 내버려둬!" 파나이트가 침을 흘리며 말한다.

그는 위협적으로 이를 드러낸다. 공포가 그를 위험한 인물로 만든다. 코프는 그의 멱살을 잡아 목덜미에 권총을 갖다댄다.

"느…… 느…… 껴지지?"

총의 차가운 감촉이 파나이트를 마비시킨다. 그의 몸이 코프의 손 안에서 한순간 무기력하게 축 늘어진다. 코프는 걸음을 내디딜 때마다 그의 엉덩이를 걷어차면서 지붕 끝으로 밀어붙이기 시작한다. 크리스티아누 부자는 그들에게 등을 돌리고 있다. 부자는 목을 꼿꼿이 세우고 눈앞에 산산이 부서진 원수의 집을 바라본다. 구멍에서 한줄기 검은 연기가 솟아오른다. 하지만 누가 아는가. 벽들이 여전히 건재하니, 페도르는 죽지 않았을지도 모른다. 목덜미에 와닿는 차가운 권총의 감촉에도 불구하고, 파나이트는 피둥피둥한 몸을 떨며, 코프의 손에서 빠져나가려 애쓴다. 그는 이제 침을 흘리지 않는다. 그의 턱은 마비된 듯 긴장되어 있다.

"총을 들…… 들…… 들어!" 코프가 더듬거리며 명령한다.

파나이트는 저항한다. 그는 입을 다문 채 짐승 같은 소리로 울부짖는다. 이제 마을 여기저기에서 총성이 울려퍼진다. 건전한 주민들이 반격을 당하고 있는 것이다.

"저놈 저기 있어요!" 돌연 아드리엔이 외친다.

크리스티아누 노인은 이미 방아쇠를 당긴 다음이다. 나이와 경험이 그에게 쓸데없는 말로 시간을 허비하지 않는 법을 가르쳐주었던 것이다. 아드리엔 역시 방아쇠를 당긴다. 코프가 고개를 든다. 그 틈을 타서 파나이트는 그의 손을 벗어나 공중으로 훌쩍 뛰어내린다. 이층 높이에서 뛰어내리는 것이다. 하지만 그는 두 팔과 두 손으로 땅을 짚는다, 원숭이처럼…… 연기 속에서 옆구리에 기관총을 낀 페도르가 모습을 드러낸다. 질서의 적은 축 늘어진 채 천천히 걷고 있다. 분명 부상을 당했을 터…… 집안에서 마리아가 다시 소리를 지르기 시작한다. 질서의 적이 그녀의 목소리를 알아들은 모양이다. 비틀거리면서도 달리려 애쓰고 있다.

"이…… 이…… 이봐!" 그 순간, 코프가 파나이트에게 소리친다.

코프가 겨냥한다. 총알이 파나이트의 엉덩이에 맞는다. 그는 펄쩍 뛰었다가, 끔찍한 신음을 내지르더니 달리기 시작한다. 어디로 달리고 있는 것인지 모른다. 눈앞이 깜깜해진다. 생각도 하지 않는다. 상처 입은 동물의 공포가 그의 내장을 채운다. 그는 앞으로 돌진한다, 질서의 적과 부딪칠 때까지. 그가 고개를 숙인 채 숫양처럼 상대를 들이받는 바람에, 두 사람은 모두 땅바닥에 나동그라진다.

“놈을 죽여, 파나이트!”

하지만 파나이트의 머릿속에는 도망칠 생각뿐이다. 그는 몸을 빼내려 애쓴다, 도망치기 위해…… 아드리엔은 그런 그에게 넌더리가 난다. 아드리엔은 수류탄을 집어들고 이로 물어뜯은 다음 던진다. 파나이트가 안됐지만 할 수 없는 일이다. 우리 나라 속담에, 아니 다른 나라에도 있을 것이다, 오믈렛을 만들기 위해서는 달걀을 깨야 한다는 말이 있지 않은가. 수류탄은 멋진 오믈렛을 만든다. 질서의 적과 파나이트가 사이좋게 인도에 누워 있다.

“잘했다, 아들아!” 크리스티아누 노인이 목소리를 높이지 않고 말한다. 나이가 그에게 절제를 가르쳐주었던 것이다.

“모두 아…… 아…… 아래로, 빠…… 빠…… 빨리!” 코프가 명령한다.

하지만 크리스티아누 부자는 그의 말을 무시해버린다. 그들은 마지막 침을 흘리며 질서의 적과 인도에 나란히 누워 있는 파나이트도 무시한다. 이윽고 크리스티아누 노인이 온기어린 목소리로 이렇게 말했을 뿐이다.

“파나이트가 더이상 침을 흘리지 않는구나!”

그런 다음 그는 코프 쪽을 슬쩍 쳐다본다. 권총을 손에 쥔 채 코프는 아래로 내려가기 위해 천창을 들어올리려 애쓰고 있다. 크리스티아누 부자는 그가 하는 양을 주의깊게 바라본다. 그들은 천창이 반쯤 들어올려지기를 끈기 있게 기다린다. 왜냐하면 그때부터는 녹슨 경첩 때문에 들어올리기가 힘에 겨워 두 손을 써야 할 것이기 때문이다. 코프가 두 손으로 천창을 들어올리는 것이야말로 그들이 고대하는 바다. 자신들이 하려는 일에 대해 그들은 의논한 적이 없다. 눈길조차 교환하지 않는다. 그들의 동의는 완전히 본능적인 것이다. 장황한 토론이나 긴 추론이나 계산에 의한 것이 아니라, 루마니아의 우직한 농부라면 누구나 갖고 있는 건전하고 근원적인 감정들에 기초한 것이다. 그들은 개인적인 원한을 갚기 위해 코프와 손을 잡았다. 이제 그 일은 끝났다. 명예는 실추되지 않았고, 정의가 돌아왔다. 그들은 이제부터 벌어질 일에 연루되고 싶은 생각이 조금도 없다. 더 늦기 전에 무기와 짐을 들고 몸을 피하고 싶다. 어쩌면 선한 편, 정의의 편, 주도권을 쥔 편에 서려는 것인지도 모른다. 자신들에게 명령을 내리고, 자기네 마을—조상의 마을이 아닌가!—을 점령지인 양 활보하는 그 독일 놈이 싫다. 순박한 농부들을 죽인 그놈, 그 독재자가…… 하지만 신중해져야 한다. 그래서 그들은 녹슨 경첩이 달린 천창을 열기 위해 코프가 두 손을 다 사용할 때를 참을성 있게 기다리고 있는 것이다.

"날 조…… 조…… 좀 도와줘!" 코프가 외친다.

그들은 꼼짝하지 않은 채, 다만 시선으로 그를 부추긴다. 코프는 권총을 내려놓고 두 손으로 천창을 잡는다. 천창은 쉽게 열리지 않는다. "이…… 이…… 이런 쓰레기 같으니라고!" 그는 두렵지 않다. 어서 가서 싸워야 한다. 눈앞의 저…… 저…… 적을 응시하고, 위대한 저…… 저…… 전통에 따라, 초…… 초…… 총알들 아래로 노래하며 나아가야 한다. 위…… 위…… 위험에, 전투의 서…… 서…… 섬광에 취하고 싶다. '지…… 지크! 하…… 하일!'을 외치며, 자신의 파…… 파…… 팔꿈치에 동료의 파…… 파…… 팔꿈치가 와닿는 것을 느끼며 가…… 가…… 가벼운 걸음으로 도…… 도…… 돌격

하고 싶다. 그에게는 야…… 약속이 있다. 그곳으로 서둘러 다……
달려가야 한다. 저기서 멋진 스…… 승리 혹은 호쾌한 주…… 죽음이
그를 기다리고 있다!

　하지만 그는 그 약속을 지킬 수 없다. 안타깝게도 그 약속을 지키지
못한다. 마침내 천창이 열린다. 천창이 열림과 동시에 코프는 목덜미
에 두 발의 총알을 맞고 쓰러진다. 그는 불쾌감을 전혀 느낄 수 없다.
쾌감 역시 느껴지지 않는다. 거의 아무것도 느끼지 못한다. 자신의 최
후가 자신이 원하던 것과는 전혀 다르다는 것조차 느끼지 못한다. 거
기에는 무엇보다도 위대함이 결여되어 있다. 왜냐하면 그가 마지막
으로 한 생각은 초…… 초…… 총통 각하나 위…… 위…… 위대한
독일이나 스…… 승리나 대…… 대…… 대의나, 그 비…… 비……
비…… 비슷한 무엇이 아니기 때문이다. 아…… 아니고말고. 그의 머
릿속에 마지막으로 떠오른 생각은 쓰…… 쓰레기다. "이 쓰레기 같은
천…… 천창이 드…… 드디어 열리는군." 그러고는 더이상 아무 생각
도 하지 않는다. 요컨대 그는 새…… 새…… 생선 꼬…… 꼬…… 꼬
리처럼 죽어간 것이다.

비둘기 시민

1932년, 나는 동료 라쿠센과 함께 모스크바를 방문했다. 우리는 뉴욕 증시에서 끔찍한 손해를 본 참이었다. 고된 노력으로 점철된 평생의 수고가 이십사 시간 만에 무로 돌아가버린 셈이다. 의사들은 적어도 몇 달 동안 월 스트리트와 그곳의 흥분 상태에서 벗어나 분위기를 완전히 바꿔 단순하고 조용한 생활을 해야 한다고 우리에게 말했다. 우리는 소련행을 결정했다. 여기서 중요한 점을 짚고 넘어가야겠다. 그런 결정을 내린 것은, 소련이라는 나라의 현금 가치에 대해 우리가 열렬한 호감과 진심어린 열의를 갖고 있었기 때문이다. 사실 그런 기분은 월 스트리트 주식시장에서 완전히 파산한 중개인들만이 이해할 수 있으리라. 정확히 말하자면 우리에겐 새로운 주식이 필요했던 것이다……

1월이었다. 모스크바는 눈옷을 입고 있었다. 우리는 혁명 기념관을 방문한 참이었다. 그곳을 나오면서 우리는 썰매를 타고 숙소인 메트로폴호텔로 곧장 돌아가기로 했다. 우리의 소련 여행은 국영 여행사의 후원을 받고 있었는데, 보름 전부터 가이드는 우리를 이 박물관에서 저 박물관으로, 이 극장에서 저 극장으로 인정사정없이 끌고 다녔다.

"이 모든 것들은 미국에 오래전부터 있던 거잖아." 계단을 내려오며 라쿠센이 말했다.

가이드가 우리를 어떤 장소로 데려갈 때마다 라쿠센은 "우리 미국에도 이런 게 있다"고 말해야 할 것 같은 기분이 드는 모양이었다. 이어 그는 대개 "더 훌륭하다"는 말을 덧붙이곤 했다. 크렘린궁전에서도 그랬고, 혁명 기념관에서도 그랬다. 레닌 묘에서까지 그렇게 말하자, 마침내 가이드는 우리를 곱지 않은 시선으로 바라보기에 이르렀다. 진심으로 말하는데, 라쿠센의 이런 무례한 말이 우리에게 일어난 일과 완전히 무관하지는 않은 것 같다. 눈이 내리기 시작했다. 썰매가 지나갈 때마다 우리는 크게 손짓을 하고 발을 굴러댔다. 마침내 이즈보시크* 하나가 마차를 끌고 와서 섰고, 우리는 기분좋게 올라탔다. 라쿠센이 소리쳤다. "메트로폴호텔로 가주시오." 썰매가 미끄러지기 시작했고, 그제야 나는 마부가 있어야 할 자리에 없다는 것을 알았다.

"라쿠센," 나는 소리쳤다. "마부가 안 탔다네!"

하지만 라쿠센은 내 말에 대답하지 않았다. 그의 얼굴에는 커다란 당혹감이 떠올라 있었다. 그의 눈길을 좇아가보니 마부석에 비둘기 한

---

* 러시아어로 '마부'.

마리가 앉아 있는 것이 보였다. 그 자체로는 전혀 이상한 일이 아니었다. 수많은 비둘기들이 거리에서 똥을 쪼아먹고 있었던 것이다. 그런데 정말로 충격적인 것은 비둘기의 태도였다. 그 비둘기는 마부 일을 대신하고 있는 것이 분명했다. 실제로 그 비둘기는 고삐에 매여 있지 않았고, 옆좌석에는 가는 끈이 늘어뜨려진 작은 종이 달려 있었다. 비둘기는 이따금 부리로 줄을 물어 끌어당기곤 했다. 한 번 당기자 말이 왼쪽으로 돌았고, 두 번 당기자 오른쪽으로 돌았다.

"저 비둘기는 말을 잘 다루는군." 나는 약간 탁해진 목소리로 말했다.

라쿠센은 나에게 힐난의 눈길을 던졌지만 아무 말도 하지 않았다. 딱히 할말이 없었다. 살아오는 동안 믿을 수 없는 일들이 일어나는 것을 수없이 보지 않았던가. 세계적으로 확실한 가치가 있는 것으로 간주되던 마르스 석유회사의 주식이 이십사 시간 만에 휴짓조각이 되어버리는 것을 목격한 참이 아니던가. 하지만 유럽 대도시의 거리에서 비둘기가 허가를 받고 대중교통수단을 모는 것은 미국인 사업가인 나로서는 한 번도 경험하지 못한 일이었다.

"이렇게 되면, 결국 미국에 없는 것을 한 가지 경험하게 되는 셈이군!" 나는 농담을 하려 애썼다.

하지만 라쿠센은 위대한 소비에트공화국 교통 분야의 현금 가치를 음미할 기분이 아닌 모양이었다. 교양 없는 사람들을 대할 때 종종 그러듯이, 그는 자신이 이해할 수 없는 일들에는 모조리 화를 냈다.

"난 내려야겠어!" 그가 소리쳤다.

나는 비둘기를 바라보았다. 비둘기는 소련의 모든 이즈보시크들이 그러듯이 몸을 데우기 위해 날개를 푸득거리며 제자리에서 종종걸음을 치고 있었다. 그 비둘기에게서는 사회주의 선구자에게 걸맞은 인상적인 태도라곤 전혀 찾아볼 수 없었다. 사실 그렇게 몸치장에 신경을 쓰지 않은 비둘기는 본 적이 없었다. 솔직히 말해서 그 비둘기는 몹시 더러웠고, 대도시 거리에서 두 사람의 미국인 관광객을 태우고 다니기에 부적합했다.

"난 내려야겠어." 라쿠센이 조금 전에 한 말을 되풀이했다.

비둘기는 그를 곁눈질로 살펴보더니, 종이 있는 자리까지 종종걸음으로 걸어가 끈을 세 차례 당겼다. 말이 멈춰 섰다. 내 왼쪽 무릎에 경련이 일기 시작했다. 커다란 내적 동요의 증거였다. 나는 지붕을 들어올리고 내리려 했다. 하지만 라쿠센은 갑자기 생각을 바꾼 모양이었다.

"이 일의 진상을 명확히 밝혀야겠어. 영문도 모른 채 가만있진 않겠다고. 저들이 이런 식으로 미국 시민을 모욕할 수 있다고 생각했다면 오산이야!" 그는 자리에 그대로 앉아 팔짱을 끼며 말했다.

그가 어째서 모욕당했다고 느끼는지 그 이유를 전혀 알 수 없었던 나는 내 생각을 그에게 말했다. 우리는 신랄한 토론을 벌였다. 다음 순간 나는 인도에 사람들이 모여들고 있다는 것, 행인들이 걸음을 멈추고 놀란 눈길로 우리를 바라보고 있다는 것을 깨달았다.

"저들은 비둘기는 쳐다보지도 않는군. 저들이 바라보고 있는 건 우리라고." 라쿠센이 낙담한 듯 말했다.

"이보게, 라쿠센." 내가 그의 어깨에 손을 얹으며 말했다. "어설픈 시골뜨기 같은 행동 그만두세나! 어쨌든 여긴 우리 나라가 아니란 말일세. 자기네 나라이니만큼 여기서 어떤 게 정상이고 어떤 게 비정상인지는 우리보다 저들이 더 잘 알고 있을 거 아닌가. 이 나라가 엄청난 혁명을 겪었다는 사실을 잊지 말아야 하네. 우리에겐 늘 소련에 대한 정보가 턱없이 부족해. 저들은 정말이지 새로운 세상을 건설하는 중일세. 비둘기의 교육 분야에서, 해묵은 관습에 매몰되어 있는 우리 나라에서는 꿈도 꾸지 못했던 일을 저들이 새로운 방식으로 해냈을 수도 있네. 저 비둘기가 그런 선구자라고 치고, 이 문젠 덮어두세나. 크게 보세, 라쿠센. 우리를 상황에 맞추는 수밖에 없네. 참을성을 가지세. 라쿠센, 너그러움을 갖자고. 노동력의 합리적인 활용이라는 점에서 우리 미국인들이 아직 배워야 할 것이 많다는 걸 왜 인정하지 않는 건가?”

“노동력의 합리적인 활용이라니, 설마.” 라쿠센이 퉁명스럽게 말을 받아쳤다.

하지만 나는 썰매에서 내리지 않았다.

“이즈보시크,” 나는 최선을 다해 러시아 억양을 흉내냈다. “이즈보시크, 앞으로! 콜러콜치크*를 울리시오! 아이 다 트로이카! 볼가, 볼가!**”

“입다물지 못하겠나! 그러지 않으면, 자네 목을 비틀어버리겠어!” 라쿠센이 날카롭게 외쳤다.

그는 갑자기 울기 시작했다.

“이런 모욕이 있나!” 그는 내 가슴에 고개를 묻고 흐느꼈다. “오! 이런 모욕이 있나! 엄마 어디 있지? 엄마가 보고 싶어!”

“내가 있잖나, 이보게, 라쿠센. 나만 믿게!” 내가 소리쳤다.

---

* 러시아어로 ‘종’.

** ‘달려라, 삼두마차! 볼가강, 볼가강으로!’라는 뜻으로 러시아 민요 〈트로이카〉에서 유래했다.

그러는 동안에도 인도의 구경꾼들은 관심을 늦추지 않고 줄곧 우리를 바라보고 있었다. 그 소동에 먼저 지친 쪽은 비둘기였다. 비둘기가 갑자기 종을 당기자, 말이 움직이기 시작했다. 썰매는 눈 위를 빠르게 미끄러지듯 달렸다. 비둘기는 이따금 고개를 돌려 우리를 혐오어린 눈길로 바라보았다. 라쿠센은 줄곧 흐느꼈고, 나는 머리에 이상한 압박감을 느끼기 시작했는데, 나로서는 전혀 좋을 것이 없는 조짐이었다. 썰매는 소련 국기가 내걸린 건물 앞에 멈춰 섰다. 비둘기는 자리에서 뛰어내려 종종걸음으로 건물 안으로 들어가더니 얼마 안 되어 경관 한 사람을 데리고 나왔다.

"동무, 우리가 믿을 거라곤 당신의 보호뿐입니다. 우리 두 사람은 평범한 미국인 관광객인데, 아주 부당한 대우를 받았습니다. 이 이즈보시크가……" 내가 설명했다.

"이 고약한 비둘기가 왜 우리를 우체국으로 데려온 거요?" 라쿠센이 내 말허리를 잘랐다.

경관은 자신이 어떻게 알겠느냐는 듯이 어깨를 으쓱해 보였다.

"당신들이 한 시간 전에 이 썰매를 탔는데, 목적지를 제대로 모르고 있는 것 같다더군요. 게다가 이 비둘기에겐 당신들의 태도가 이상해 보였답니다. 당신들이 자신을 위협적으로 바라보았다고까지 하던데요. 그를 겁에 질리게 한 겁니다, 동무들. 이 이즈보시크는 관광객이나 그들의 괴상한 태도에 익숙지 않답니다. 이해해주셔야 합니다." 그는 유창한 영어로 설명했다.

"그 모든 설명을 이 비둘기가 당신에게 했단 말입니까?" 라쿠센이 침울한 어조로 물었다.

“그렇습니다.”

“그렇다면 이 비둘기가 러시아어를 한단 말입니까?”

경관은 진짜 충격을 받은 것 같았다.

“여행객 동무들, 단언하건대 우리 국민의 구십오 퍼센트가 모국어를 정확하게 말하고 쓸 줄 안답니다.” 그가 말했다.

“비둘기들까지도요?”

“여행객 동무들, 나는 미국에는 가보지 못했습니다만, 우리 나라에서는 인종차별 없이 누구에게나 교육의 혜택이 골고루 돌아간다고 분명히 말씀드릴 수 있습니다.” 경관이 힘주어 대답했다.

“미국에는 말이오, 하버드대학교를 졸업한 비둘기들도 있소. 상원의원이 된 비둘기만 해도 내가 아는 것만 열둘이오!” 라쿠센이 악을 썼다.

그는 썰매 밖으로 뛰쳐나갔다. 나도 그를 뒤따랐다. 비둘기는 썰매와 함께 그 자리에 선 채 요금 지불을 기다리고 있었다. 나는 비둘기를 바라보았다. 내 머릿속에 치명적인 생각이 떠오른 것은 바로 그때였다. 우체국 바로 옆에는 ‘유니버스맥’ 지점이 있었다. 나는 그 안으로 뛰어들어가 보드카 두 병을 사들고 의기양양하게 밖으로 나왔다.

“이보게, 라쿠센.” 나는 손가락으로 비둘기를 비난하듯 가리키며 소리쳤다. “의문이 풀렸네. 이 비둘기는 존재하지 않는다네! 이건 환영이야. 우리가 의사의 지시를 어기고 과음했기 때문에 벌어진 빌어먹을 결과라고. 우리의 마비된 몸으로는 이 체제를 감당할 수가 없는 거라네! 마시자고! 그러면 저 비둘기는 악몽처럼 스러져버릴 걸세.”

“마시자고!” 라쿠센이 신이 나서 외쳤다.

비둘기는 우리에게 오만하게 등을 돌렸다.

"아하! 녀석의 기운이 약해지는군. 자신의 때가 끝났다는 걸 알고 있는 거야." 내가 외쳤다.

우리는 마셨다. 병의 사분의 일을 비울 때까지도 비둘기는 자리를 뜨지 않았다.

"계속 마시자고. 기운을 내게, 라쿠센. 마지막 깃털 하나까지 뽑아버리는 거야!" 내가 소리쳤다.

삼분의 일쯤 비우자, 비둘기는 고개를 돌려 우리를 지그시 응시했다. 나는 그 눈빛의 의미를 알 수 있었다.

"싫어, 싫다고! 동정은 필요 없어!" 내가 더듬거렸다.

우리가 반병을 비우자 비둘기는 한숨을 내쉬었고, 사분의 삼을 비우자, 브롱크스 억양이 강한 영어로 말문을 열었다.

"여행객 동무들, 당신들은 지금 남의 나라에 와 있습니다. 당신네 위대하고 아름다운 나라를 대표하고 있는 셈인데, 단정하고 품위 있는 태도로 당신네 나라에 대해 좋은 인상을 주는 게 아니라, 되레 길 한복판에서 짐승들처럼 술에 취해 있군요. 시민 동무들, 정말이지 역겹기 짝이 없군요!"

……지금 나는 내 집 안락의자에 앉아 이 글을 쓰고 있다. 우리에게 새 삶의 시발점이 된 그 끔찍한 모험이 있은 후로 약 이십 년이 지났다. 라쿠센은 내 옆의 샹들리에 위에 앉아, 언제나처럼 내 일을 방해하고 있다. 간호사, 간호사, 저 빌어먹을 비둘기에게 내 날개 좀 가만히 놔두라고 말 좀 해주겠소? 난 글을 써야 한단 말이오.

역사의 한 페이지

쪼그라 붙은 초가 헐떡거린다. 작은 촛농 웅덩이 속으로 갑작스레 불꽃이 빠져든다. 이윽고 천천히 빛이 들어온다. 빛은 창살 사이로 미끄러져 들어와 벽을 따라 흘러내려서는 구석에 이른다. 빛은 거기 웅크리고 앉아서 바라본다. 즈보나르가 미소를 지어 보이자, 빛이 그에게 화답한다. 겨우 느낄 수 있을 정도의 수줍은 분홍빛 미광 같은 것으로.

마케도니아 사내는 그의 어깨에 기대어 코를 골고 있다. 좀더 온기를 느끼려고 그들은 몸을 꼭 붙이고 자는 것이다. 이제 벽의 낙서들을 볼 수 있을 만큼 날이 밝았다. 즈보나르는 아침마다 낙서들을 다시 읽는다. 혈액순환을 촉진시키는 데는 분노만한 것이 없다. "나는 너에게 인사한다, 인간이여, 너 자신의 영원한 선구자여! 즈드라브코 안드리치, 베오그라드대학교 문과대학 재학중." "인간이란 아직도 전신前身에 지나지 않는다. 언젠가는 완성된 존재가 되리라. 파벨 포블로비치, 사라예보대학교 법과대학 재학중." 그리고 프랑스 시인 앙리 미쇼가 그런 주제에 대해 쓴 글을 자랑스럽게 인용한 낙서도 있다. "걷다가 돌멩이에 걸려 비틀거린 지 이십만 년 만에 자신을 겁주려는 증오와 경멸의 외침 소리를 들었다." 더 아래에는 다른 글씨체로 이런 글이 휘갈겨져 있다. "이런 고상한 사상을 품은 유고슬라비아의 애국자들, 오늘 독일군에게 총살당하다."

하지만 독일인은 바통을 이어받았을 뿐인걸, 즈보나르는 생각한다. 그들은 횃불을 좀더 멀리 가져갔을 뿐. 우리 고매한 선구자들의 위업을 계승했을 뿐. 그 자신도 결론 삼아 낙서에 한 줄을 덧붙였다. "인간의 문제, 그것은 모두가 연루되는 치사한 역사다." 그로서는 어쩔 수 없는 일이었다. 보자마자 오줌을 갈기고 싶은 벽이 있지 않은가. 티토의 항독 지하운동에 합류하기 전, 그는 베오그라드에서 신문기자로 일하고 있었고, 아내와 세 아이도 있었다. 그런데 육 주 전부터는 기운을 북돋워줄 로마 경관도 없이 지루하게 생애의 마지막 아침을 기다리고 있는 것이다.

그의 어깨에 기대 자고 있는 마케도니아 사내가 갑자기 상처 입은 동물의 비명소리를 내지른다. 또 꿈을 꾸는 모양이군, 즈보나르는 생각한다. 그가 사내의 팔을 붙잡아 세차게 흔들자 사내가 깜짝 놀라 눈을 뜬다.

"그 여자가 또 와서 내게 혀를 내보였어요. 이렇게……" 사내가 중얼거린다.

사내가 혀를 길게 뺀다. 양가죽 같은 피부, 텁수룩한 머리카락과 턱수염, 황소 같은 목과 거인 같은 두 손을 지닌 사내는 현실에 좌초한 신화 속의 괴물을 연상시킨다. 마케도니아 사내는 '정치범'이 아니다. 그는 누군가―어떤 노파―를 죽였는데, 이념 때문이 아니라 단지 돈을 털기 위해서였다. 요컨대 순수한 동기인 셈이다.

"노파가 자네한테 와서 항상 혀를 내보이다니, 이상한데……"

"이상할 것 없어요. 내가 그 여잘 목 졸라 죽였거든요."

"아! 그랬군." 즈보나르가 대답한다.

그가 하품을 한다.

"그렇다면 어느 날 그녀가 엉덩이를 보여준다면, 자넬 용서했다는 뜻이겠군……"

그는 문 쪽을 바라본다. 복도에서 누군가 걸어오는 것 같은 느낌이 들었던 것이다. 신경이 곤두서서 그럴 거야, 그는 생각한다.

"한판 할까?"

마케도니아인이 빙그레 웃는다. 그는 자신이 천하두적이라는 것을 알고 있는 것이다. 그곳에 들어온 후, 즈보나르는 그를 이긴 적이 없다. 그에게 원기를 돋워줄 거야, 즈보나르는 생각한다. 세상만큼이나 오래된 게임이다. 자기 몸에 있는 이들을 헤아려 더 많은 쪽이 이기는 것이다. 그들은 자기 몸을 뒤지기 시작한다.

"다섯 마리." 마케도니아 사내가 거의 즉각적으로 패를 보여준다.

그는 능숙한 손길로 몸을 긁고는 이내 이렇게 덧붙인다.

"세 마리에다 두 마리, 전부 합쳐서 열 마리네요. 이거면 됐어요."

사내는 자신만만하게 기다린다. 즈보나르는 열심히 몸을 뒤진다. 한 마리도 없다. 그는 셔츠를 벗고 주의깊게 살펴본다. 여전히 없다.

"모두 도망쳤는걸." 그가 말한다.

마케도니아 사내는 겁에 질린 모습이다.

"잘 찾아보면……"

즈보나르는 한참을 찾는다. 한 마리도 없다. 하지만 몸을 긁어대며 밤을 보내지 않았던가. 두 사람은 서로를 바라본다. 그러다 마케도니아 사내가 눈을 내리깐다.

"그래, 그렇다면 알 만하군." 즈보나르가 말한다. "바로 오늘 아침인 거야."

"미신 같은 건 믿을 필요가 없어요." 마케도니아 사내가 기운 없는 목소리로 반박한다.

즈보나르는 육 주 전부터 준비해둔 편지를 주머니 속에서 꺼내 그에게 건넨다.

"이걸 내 아내에게 잊지 말고 전해주게."

"이들이 다시 돌아올지도 모르잖아요?"

"어쨌든," 즈보나르가 대답한다. "이들은 앞일을 어떻게 알 수 있는 걸까? 예지력을 갖고 있는 모양이야. 육감일까? 언젠가는 밝혀져야……"

"이들한텐 습관이 있어요. 일이 일어나기 직전에 알 수 있는…… 이들은 항상 때맞춰 도망치는 걸로 유명해요." 마케도니아 사내가 설명한다.

"요컨대 민간 지혜 같은 거로군." 즈보나르가 말한다.

마케도니아인이 자신의 실수를 만회하려 애쓴다.

"하지만 이들이 틀린 적도 여러 번 있어요. 모두들 실수는 하니까요."

복도에서 발소리가 나더니, 이내 열쇠 돌아가는 소리가 들린다. 두 사람의 간수가 나치 친위대 하사관과 사제와 함께 들어온다. 사제의 가슴에는 굵은 은십자가가 걸려 있다. 하사관은 손에 명단을 들고 있다.

"신문기자, 즈보나르?"

"나요."

마케도니아 사내가 겁에 질린 눈동자를 굴린다. 성호를 긋는다.

"예수님, 성모님!" 사내가 더듬거린다.

즈보나르 자신도 충격을 받았다. 어쨌든 신비감에 젖어 지상을 떠날 수 있다는 것도 좋은 일이다. 이들이 정말 미래를 읽을 수 있다면, 그들에게 위험을 알려 때맞춰 그들을 구해줄 신비로운 힘이 정말 존재한다면, 희망을 가져도 좋지 않은가. 그는 기적적인 일을 목격한 것 같은 기분이다. 신의 존재를 증명한 것 같은, 어쨌든 보다 신빙성 있게 만들어주는 일을…… 그는 평생 무신론자였지만, 어쨌든 분명한 징후들과 굴복하지 않을 수 없는 증거들이 있다. 초자연적인 계시를 목격하고 죽는 것보다 더 좋은 일이 어디 있는가. 그는 사제를 바라보고 웃음을 터뜨린다.

"난 준비됐소." 그가 말한다.

베오그라드궁전의 널찍한 서재 안, 세르비아 총독이 책상 앞에 앉아 있고, 그 맞은편에는 그의 충성스러운 체코인 당번병인 모범 군인 쉐바이크가 바지 솔기에 새끼손가락을 대고 차려 자세로 서 있다. 책상에는 맥주병들이 놓여 있다. 한 병에 오십 페니히인, '맛을 아는 이들을 위한 플젠*'이다. 양탄자 위에도 병들이 놓여 있지만 그것들은 빈 병이다. 새벽 다섯시. 아침임에도 불구하고 자기 발치에서 꾸물거리고 있는 유고슬라비아의 빛, 창백한 빛, 정복당한 빛, 지친 빛을 세르비아 총독은 혐오스러운 눈길로 바라본다. 그는 이미 여러 차례 청원과 사면 요청을 했다. 사정도 해보고 고집도 부려보고…… 그가 군홧발로 발길질을 해도, 빛은 여전히 그 자리에 있다. 더 분명하고, 더 맑고, 더 오만해지기까지 한 것 같다. 책상 앞에 앉아 서류나 뒤적이고 있지 않을 수만 있다면. 세르비아 총독은 몹시 화가 나 있다. 빛은 그에게 술로 지새운 지난밤을 환기시킨다. 그 중요한 '보고서' 작성을 아직 시작도 못했다는 것을……

"다시 읽어보게, 쉐바이크!" 그가 명령한다.

"야볼**!" 헌신적인 모범 군인 쉐바이크가 대답한다. "'저는 이 문제에 대해 관할 고위층에서 관심을 가져달라고 요청하게 된 것을 영광으로 생각하며…… 다음과 같은 내용을 보고하게 된 것을 영예로 생각합니다.'"

그가 읽기를 멈춘다.

"그게 다인가?"

"야볼!"

"그럼, 마시게!"

그들은 마신다. 세르비아 총독은 취해 있다, 지독히도 취했다. 그 문제는 미묘하고 어렵기 짝이 없다. 문제가 그의 뇌리를 떠나지 않고 그

---

* 1842년부터 제조된 체코의 맥주. '필젠'은 영어명.
** 독일어로 '예'라는 뜻.

를 괴롭히지만, 언어로 표현되는 것을 끈질기게 거부한다.

"쉐바이크!"

"야볼!"

"오늘 아침, 인질 하나가 또 처형될 거야…… 누가 선택될까? 무시무시한 기사를 쓴 유명한 신문기자라지, 전복적인 일에 익숙한…… 그의 혁명적인 영혼이 저 위에 도착하는 순간, 무엇을 하게 될까?"

"야볼?"

"틀림없어! 그 영혼은 우리에게 맞서 일을 벌일 거야! 신문을 발행하겠지! 우리에게 반대하는 선동적인 칼럼과 저항을 호소하는 글을 써댈 거야. 영혼들을 모조리 선동해 우리에게 맞서게 할 거라고, 쉐바이크!"

"우리에게 맞설 겁니다, 야볼!" 모범 군인 쉐바이크는 상관의 말을 시원스럽게 되풀이한다.

"그 영혼은 우리를 비방할 거야, 우리를 고발하고, 막강한 힘을 동원해 우리에게 맞설 거야! 우린 정신이 나갔어, 쉐바이크, 정신이 나갔다고! 수백만에 달하는 적의 영혼들을 저 위로 보내고 있어. 그들에게 교통수단을 제공하고 있다고! 강하고 끈질기고 고집 센 영혼들이 때로는 진지한 종교적 지지까지 얻으면서 우리에게 정면으로 맞서 다섯번째 식민지를 구축하고 있어! 총동원령이 내려진 셈이야! 철저히 무장하고, 철저히 훈련되고, 철저히 장비를 갖춘 영혼들이 전선을 이루고 있다고!"

"야볼!"

"받아쓰게. '다음과 같은 내용을 보고하게 된 것을 영광으로 생각합니다. 처형은 개개의 정치범에게서 특히 혁명적인 부분이자 국가사회주의의 불구대천의 원수, 곧 영혼을 해방시킬 뿐이라는 것을…… 그 영혼들이 일단 저 위에 도착하면 뭘 하겠습니까? 그 영혼들은 조직을 만들고 음모를 꾸밉니다. 신문을 발행하고, 전단을 배포하고, 집회를 열고, 군대를 모으고, 유대인과 기독교인들의 지지를 얻어 정치투쟁에 능숙한 과감한 세력을 형성해 우리에게 맞설 것입니다. 우리는 그런 세력을 우리 손으로 만들어냈을 뿐 아니라 지금도 매일같이 만들어내고 있는 것입니다.' 마침표를 찍게."

"야볼!"

"자, 마시자고!"

그들은 술을 마신다.

"'관할 고위층에 이런 질문을 하게 된 것을 영광으로 생각합니다. 저 위의 우리 경찰은 잘 조직되어 있습니까? 그 행동 지침과 병력은? 해당 관청은 우리에게 호의적입니까? 저 위에는 질서 유지에 요구되는 충분한 인력과 더불어 영혼들을 감금할 수용소나 감옥이 있습니까? 천만의, 만만의 말씀이라고 대답하지 않을 수 없습니다. 맙소사!'"

"비테*?"

"아무것도 안 되어 있습니다! 아무 대비도 되어 있지 않단 말입니다! 아무것도 조직되어 있지 않습니다. 저언혀. 저 위의 우리에겐 지지자가 필요합니다. 친구들이 필요합니다. 확고하고…… 이해심 많은…… 왜냐하면 그날 그곳에 탱크와 전투기로 무장한 용감한 우리

---

* 독일어로 공손하게 요청할 때 쓰는 말로, 여기에서는 '뭐라고 말씀하셨습니까'라는 뜻이다.

군대를 이끌고 들어갈 수는 없으니까 말입니다! 우리는…… 우리는 거기에…… 홀로 들어가야 하는 겁니다!"

그의 목소리가 갈라진다.

"홀로, 난 거기 들어가야 해…… 홀로!" 그가 중얼거린다.

"홀로!" 모범 군인 쉬바이크가 충실하게 상관의 말을 반복한다. "야 볼!"

세르비아 총독은 맥주병을 비운다.

"소용없습니다, 여기서 우리가 아무리 당당하고 위압적이고 강력 하다 해도…… 유럽을 이 끝에서 저 끝까지 점령했다 해도…… 우리 는 홀로 거기 들어가야 합니다. 우리 모두…… 우리 중에서 가장 높 은…… 총통 각하도…… 쯧쯧!"

"쯧쯧! 야볼!"

"쯧쯧! 총통 각하도 거기에 홀로 들어가야 합니다!"

"쯧쯧!"

"쯧쯧! 각하가 그곳에 가는 그날, 저 위에는 우리 친구들이 많지 않 을 겁니다! 우리에겐 지지가…… 보호가 필요합니다!"

그는 앞으로 몸을 숙인다.

"그런데, 기초를 다질 사람으로 우리는 지금 누구를 보내고 있습니 까? 도대체 누구를? 가장 지독한 우리의 적들, 그 영혼들을 보내고 있 지 않습니까! 박해받은 자들, 굶어죽은 자들, 절망으로 죽은 자들의 영 혼들을…… 그들이 거기 있습니다. 우리를 기다리고 있습니다. 음모 를 꾸미고, 조직하고, 무장하고 있습니다. 준비를 갖추고…… 그들은 모든 전략 거점들을 장악하고…… 진지를 구축하고……" 그가 중얼거린다.

그가 갑자기 울부짖는다.

"우린 끝장입니다! 내 말을 받아적게, 쉐바이크!"

"야볼! 우리는 끝장입니다!" 모범 군인 쉐바이크가 시원스럽게 대답한다.

미할리치는 눈을 뜬다. 그의 눈길은 맞은편 벽을 타고 바닥으로 내려와 마침 감방을 가로질러 지나가는 쥐에게 고정된다. 쥐는 서두르지 않고 품위 있게 감방을 가로지르고 있다. 심지어 걸음을 멈추고, 미할리치에게 분명히 모욕적인 석연찮은 눈길을 던지기까지 한다. 미할리치는 몸을 굽히고 신발 한 짝을 집어들고는……

"그 쥐를 내버려두시오! 여기는 녀석의 집이잖소!" 어떤 목소리가 말한다.

미할리치는 깜짝 놀라 몸을 일으킨다. 줄곧 비어 있던 맞은편 초라한 침대 위에 한 신사가 앉아 있다. 아주 말쑥하게 차려입은 나이 지긋한 신사다. 그는 안경을 쓰고, 구겨진 깃에 나비넥타이를 매고, 외투를 벗지 않은 채 모자를 손에 들고 있다. 미할리치는 자기 등을 긁은 다음 우울한 눈빛으로 침입자를 바라본다.

"알아차렸는지 모르지만, 지난밤 난 가능한 한 소리를 내지 않았소. 솔직히 말하자면, 선생, 난 당신 은신처에 까치발로 걸어들어왔소!"

그는 얘기하는 데 익숙한 사람처럼 무심하고 안정된 어조로 말한다. 미할리치는 당혹감을 느낀다.

“당신은 누구요?” 자신의 불안을 상쇄하려는 듯 그가 엄한 말투로 묻는다.

“난, 난 몰리네츠-클리시 철도 환승역이오. 내가 도울 일이라도 있는지.” 신사가 말한다.

신사는 모자를 들어 보인다. 또라이군, 미할리치는 조금 불안한 마음으로 생각한다. 그는 다시 신발을 움켜쥐고는 기회를 엿본다.

“물론 난 아주 중요한 존재요.” 위선적인 겸손 같은 것 없이 신사가 말한다. “나를 경유하는 이탈리아 전선의 그 모든 보급품을 생각해봐도…… 지난 한 주 동안만 해도 매일 다섯 차례씩 군인과 탄약을 실은 독일군 수송대가 나를 지나갔다는 걸 아시오? 유럽 전쟁에서 내가 하고 있는 역할이 얼마나 중요한지 생각하면 밤에 잠이 안 온다오! 내겐 아주 예쁜 환승역 건물이 있소.” 신사는 자신의 은밀한 매력을 털어놓기라도 하는 것처럼 꿈꾸듯 말을 잇는다. “난 강을 관통해 건설되었소. 한쪽 끝에는 터널이 있고, 다른 쪽에는 현수교가 매달려 있는데……”

미할리치는 직업적인 관심을 보이며 그를 바라본다.

“수송대가 하루에 다섯 차례나 지나가다니. 누군가 당신을 폭파시키려 한 적은 없었소?” 그가 불만스럽게 묻는다.

“네 차례 있었소.” 몰리네츠-클리시 철도역이 안경을 코 위로 올리면서 자랑스럽게 대답한다. “하지만 그 일을 꾸민 건 아마추어들이었을 거요. 내가 입은 피해는 대수롭지 않았소. 조금 지체되긴 했지만, 독일 수송대들은 전선을 향해 다시 출발했소. 그래서 난 내 손으로 그 일을 하기로 결심했소. 계획을 세웠고, 필요한 자재를 구입했고, 중요한 작전들을 감독했소만…… 총독부 고위층에서 뭔가를 감지한 것 같았소. 몰리네츠-클리시 시장이라는 당신의 직위 때문에 우리는 당신을 인질로 잡아두기로 한 거요. 이 중요한 철도 분기점 때문에 당신은 목숨을 내놓아야 한다오.”

“그렇다면?”

“다행히 내 아들은 여전히 자유롭소. 그애는 숙련된 엔지니어라오. 그애를 교육시키는 데 돈이 얼마나 많이 들던지……”

그는 자신의 손목시계를 바라본다.

“그 일은 새벽 세시로 예정되어 있었소, 오늘…… 그러니까 정확히 두 시간 전이오. 이탈리아 전선에서는 증원군을 기다려봤자 소용없을 거요…… 내 생각에는 그리 오래 기다리지 않아도 될 것 같소!”

군홧발 소리가 들려온다, 복도에서…… 자물쇠 구멍에서 열쇠가 돌아간다. 신사가 자리에서 일어나 코안경을 치켜올리고 모자를 쓴다.

“몰리네츠-클리시 철도역의 작별인사를 받으시오, 동지!”

“쉐바이크!”

“야볼!”

“내 눈에는 그 영혼들이 모두 보인다네! 그들은 도처에 있어! 그들이 모여들고 있어! 포복하고 있어! 그들이 부르짖고 있어! 세르비아어로…… 폴란드어로…… 프랑스어로…… 러시아어로…… 이디시어*로 말이야! 파시즘 타도! 창살 타도! 냉혈함과 잔인함과 무신론 타도!

---

* 동유럽의 유대인들이 쓰는 독일어와 히브리어의 혼합어.

타도……"

그는 손가락 하나로 자기 가슴을 누른다.

"세르비아 총독 타도! 그가 우리 손에 들어오기를! 그의 영혼이 우리에게 던져지기를! 그가 악취나는 독방 속에 갇히기를! 그를 굶기고 고문하리. 정신을 잃게 만들리…… 쉐바이크?"

"야볼!"

"난 아직 죽지 않았지, 그렇지? 난 여전히 여기 있는 거지? 그 일은 아직 시작되지 않은 거지? 혹시…… 쉐바이크!"

"야볼! 각하는 아직 죽지 않았습니다. 하지만 그 일은 이미 시작되었습니다." 충성스러운 쉐바이크가 대답한다.

"그들의 소리가 들리는군, 그 모든 영혼들의 소리가…… 자유, 평등! 박애! 정의! 인간미! 그들은 사방으로 돌진하고, 교통을 방해하고, 치안을 교란시킨다네…… 가로등 위로, 공공 기념물 위로 기어올라간다네…… 그들이 요구한다네, 살 권리를! 평화로울 권리를! 생각할 권리를! 말할 권리를, 외칠 권리를! 꼽추, 말더듬이, 흑인, 유대인, 인간이 될 권리를! 밤색 머리가 될 권리를! 붉은 머리, 녹색 머리, 노랑 머리, 검은 머리가 될 권리를! 우리 자식들이 수를 누리고 죽을 수 있게 해달라! 그들은 도처에 퍼져 있어. 포석을 뜯어내고, 파시스트 문화원에 불을 지르고, 경찰의 비상선을 돌파하고, 전철들을 전복시키고 있어! 철십자가를 목에 건 영혼 하나가 짓밟힌 채 하수구에 던져지는군. 구름은 온통 '자유로운 영혼들이여, 앞으로!' '영혼의 공동 전선을 위해 단결하라!' 같은 표어들로 가득차 있어. 쉐바이크!"

"비테?"

"상황이 좋지 않아! 그들이 발전소와 방송국을 점령했네. 아무도 그들에게 저항하지 않네. 교황은 연민의 메시지를 띄웠네! 도대체 국가사회주의자들의 영혼은 어디 있는 건가, 쉐바이크?"

"그걸 알려드리게 되어 영광입니다. 그런 건 없습니다! 야볼!"

"저건 홍수와 다를 바 없군! 그들이 모든 걸 휩쓸어가고 있어! 굉장한 군중이군! 베드로 성인이 구름 위로 올라갔어. 그가 연설을 하고 있네! 그가 그들에게 천국의 열쇠를 던지는군! '인종에 상관없이 누구든 자유로이 들어오라!'고 외치는군. 사람들이 그를 헹가래 치고, 군중이 삼박자로 일제히 고함을 치고 있어. '신은-우리와-함께! 신은-우리와-함께!'라고 말일세. 쉐바이크, 자넨 정말 신을 믿나…… 응?"

"야볼!"

"쉿……! 정연한 군홧발 소리가 들리는군…… '질서의 적' 영혼들이 주춤하는 것 같군…… 그들이 걸음을 멈추는군…… 이 노랫소리는 뭐지? 〈기를 높이 들어올려라〉가 아닌가! 우리 군대가 진군하고 있네, 쉐바이크! 저건 죽은 우리 군사들의 영혼이야! 반볼셰비키 영혼 군단이라고! 그들은 독일군답게 무릎을 굽히지 않고 함께 나아가는군. 저 걸음걸이 좀 보게! 맙소사, 저 걸음걸이 좀 보라고! 빛나는군! 반짝이는군! 단도, 군화, 허리띠…… 그런데…… 그런데 지휘관들은 어디 있나, 쉐바이크?"

"아래에 계십니다." 모범 군인 쉐바이크가 냉정하게 대답한다.

상관을 바라보는 그의 눈빛에는 어떤 희망이 어려 있다. 세르비아 총독은 일어나기 위해 안간힘을 쓴다.

"낭비할 시간이 없어!" 그가 중얼거린다.

그는 웃옷을 바닥에 떨구고, 멜빵을 벗기 시작한다.

"저들을 싸움터로 인도해야 해." 그가 딸꾹질을 한다. "우리 영웅적인 선구자들에게 지휘관을 보내줘야 해. 쉐바이크, 날 도와주게!"

"기꺼이 돕겠습니다. 야볼!" 쉐바이크가 대답한다.

쉐바이크는 책상 위로 올라간다. 잡아당기면 조여지도록 멜빵으로 고리 매듭을 만들어 샹들리에에 단단히 잡아맨다. 그런 다음 그는 상관을 도와 책상 위로 올라가게 하고 헌신적으로 그를 붙든다.

"망설이지 말고, 앞으로!" 충성스러운 쉐바이크가 그의 목에 고리 매듭을 거는 동안 세르비아 총독이 중얼거린다. "대담하게…… 앞장서서…… 지크 하일! 날 따르라!"

충성스러운 쉐바이크가 정중히 총독의 몸을 민다. 총독은 멜빵에 매달려 흔들린다. 충격 때문에 술이 좀 깨는 것 같다. 모범 군인 쉐바이크는 주의깊은 눈길로 그가 하는 양을 바라본다. 매달린 몸뚱이가 연신 흔들린다. 그 규칙적인 움직임이 쉐바이크에게 현기증을 일으키는지, 그는 상관의 다리를 꼭 붙잡는다, 흔들림이 멎을 때까지. 이윽고 쉐바이크는 상관의 몸을 등지고 돌아선다.

벽

짤막한 크리스마스 이야기

내 의사 친구 레이는 클럽 '부들즈'의 낡고 편안한 가죽 소파에 나와 마주보고 앉아 있었다. 그 클럽은 영국의 수많은 유명인사들이 드나들었던 곳이다. 우리는 열기가 딱 기분좋게 느껴질 정도로 난롯불과 거리를 두고 앉아 있었다.

"그러니까 아무 생각도 해내지 못했단 말인가?" 그가 재촉하듯 물었다.

"전혀. 보름 전부터 벽만 바라보고 있는 것 같다네." 내가 털어놓았다.

내가 오랜 친구인 그를 찾아온 것은 원기와 낙관주의와 집중력을 불러일으키는 새로운 '기적의 약' 한 가지를 처방해달라고 하기 위해서였다. 12월이 다가오고 있었다. 나는 유수한 어린이신문사의 편집장에게, 청소년 독자들이 내게서 기대함직한 교훈적이고도 멋진 크리스마스 이야기를 쓰겠다고 약속한 터였다.

"크리스마스가 다가오면, 대개 아름답고 사랑스럽고 멋진 이야깃감이 떠오르곤 하지. 밤이 길어지고, 상점 진열장에 장난감들이 가득찰 때가 되면, 그런 이야기가 절로 떠오른다네. 하지만 이번엔 내게서 영감이 떠나버린 것 같아. 벽 앞에 있는 것 같다니까……" 나는 낙담한 어조로 그에게 설명했다.

훌륭한 의사의 두 눈에 꿈꾸는 듯한 표정이 떠올랐다.

"이런, 자넨 멋진 주제를 찾아낸 것 같은데……"

"무슨 말을 하는 건가?"

"벽이라…… 난 자네에게 약을 처방하지 않겠네. 부들즈에서는 의사가 아니니까 말이야. 그 빌어먹을 알약을 원한다면, 병원으로 날 찾아오든지. 오 기니* 정도 들 걸세. 하지만 그 대신 벽에 대한 실화 하나를 들려줄 순 있네. 여기서 말하는 벽은 원래의 뜻도 되고 비유적인 뜻이기도 해. 이 사건은 혹한의 추위가 몰아치던 어느 해 성 실베스트르 축일**에 일어났네. 사람들이 우정과 따스함과 기적을 간절히 필요로 하는 때에 말일세. 한마디로 말하자면, 이 이야기는 바로 그런 것에 관한 거라네. 사회에 첫발을 내디딘 내가 런던경찰청 소속 법의학자로 일하던 때였네. 영원히 깨어날 수 없는 잠을 자고 있는 가엾은 사내를 들여다봐달라고 사람들이 한밤중에 나를 침대에서 끌어내는 일이 종종 있었지. 12월의 어느 희뿌연 새벽―이 점에서 런던을 당해낼 곳은 없을 거야―나는 그런 식으로 얼스코트의 가구 딸린 누추한 건물로

———————————

* 21실링에 해당하는 옛 금화.
** 12월 31일.

사망 확인을 하러 갔었네. 그곳의 서글픔과 더러움에 대해서는 자네에게 설명할 필요가 없겠지. 일 실링짜리 동전을 몇 개 넣어야 가스난로가 작동하는 초라한 방으로 들어서자, 그날 밤 목을 대어 자살한 스무 살가량의 젊은 남학생의 시신이 내 앞을 가로막았네. 얼어붙을 듯한 방안에서 사망확인서를 쓰기 위해 탁자 앞에 앉았을 때, 신경질적인 글씨로 빼곡한 몇 장의 종이가 내 시선을 끌었네. 힐끗 눈길을 주었다가 문득 관심이 생겨 그것을 읽기 시작했네. 그 불쌍한 청년은 자신이 왜 그런 행동을 했는지 적어두었더군. 얼핏 보기에 그는 고독의 발작에 꺾이고 만 것 같았네. 그에게는 가족도, 친구도, 든도 없었네. 크리스마스가 되자, 그의 온 존재가 애정을 갈구하게 되었던 거지, 사랑과 행복을…… 사건은 여기서부터 꼬인다네. 스 코르세* 되는 거지. 옆방에는 안면은 없지만 때때로 층계에서 마주치던, '천사 같은 아름다움'—이런 표현에서 젊음의 극단적인 면을 읽을 수 있을 걸세—으로 그를 깊이 감동시킨 여자가 살고 있었네. 그런데 그가 슬픔과 낙담에 맞서 싸우고 있는 동안 옆방에서는 벽을 통해 삐걱임, 신음, 그리고 특이한 소리가 들려왔네. 청년은 그게 정확히 무슨 소리인지 너무 쉽게 짐작할 수 있는 '특징적인 소리'라고 유서에 써놓았더군. 그가 유서를 쓰고 있는 동안 그 소리는 줄곧 이어졌던 모양이야. 그 가엾은 청년이 분노와 경멸에 차서 그것으로부터 벗어나려는 듯 그 소리를 자세히 묘사해놓았으니 말일세. 그의 글씨는 몹시 흥분한 심리 상태를 반영하고 있었네. 영국 청년이 쓴 것치고 그 글은 상당히 노골적이었네. 분노에

---

* '이야기나 사건 따위가 복잡하게 꼬이다'라는 뜻.

찬 절망적인 풍자를 곁들여 아주 세세한 것까지 묘사하고 있었지. 그가 써놓은 바에 따르면, 적어도 한 시간에 걸쳐 침대가 삐걱이고 요동치는 소리와 명백한 쾌락의 헐떡임이 들려왔다는 거야. 내가 그 소리를 묘사할 필요는 없겠지. 자네나 나나 벽에 귀를 대고 그런 추잡한 쾌락의 소리를 들은 적이 있으니 말일세. '천사 같은 옆방 여자'의 쾌락에 겨운 신음소리는 그러잖아도 고독과 낙담과 총체적인 혐오감에 사로잡혀 있던 그의 마음에 일격을 가한 것 같네. 그는 또한 자신이 남몰래 그 미지의 여자를 사랑하고 있었노라고 털어놓았네. '그녀가 어찌나 예쁘던지 감히 말도 걸 수 없었다'고 적어놓았더군. 그는 그 또래의 제대로 교육받은 영국 젊은이가 함직한 신랄한 비난을 '구역질나는 추잡한 세상'을 향해 던지고 있었네. '그런 세상을 더이상 살지 않겠다'면서 말이야. 요컨대 애정의 갈망에 찢기고 수줍음 때문에 말조차 걸어보지 못한 채 신비로운 '천사'에게 마음을 빼앗긴, 지나치게 예민하고 너무나 순수하고 극도로 외로웠던 그 청년이 벽 너머에서 들려오는, 충분히 알 만한 너무나 세속적인 그 여자의 신음소리를 듣고 어떤 심정이었을지 쉽게 짐작할 수 있을 걸세. 그래서 청년은 커튼 줄을 잡아 뽑고는 돌이킬 수 없는 행동을 저지르고 만 걸세. 나는 그 글을 다 읽고 확인서에 서명을 한 다음 방을 나서기 전 잠시 귀를 기울여보았지만, 옆방은 조용했네. 아마도 오래전에 사랑의 유희를 끝내고 기분 좋은 잠에 빠져 있는 모양이라고 생각했지. 그게 인간 본능의 한계니까 말일세. 만년필을 주머니에 넣고 왕진 가방—내가 프랑스어로 뫼랑빌*이라고 부르는—을 집어들고, 심기가 몹시 불편해 보이는 잠이 덜 깬 집주인 여자 그리고 경찰관과 함께 층계를 내려가려는 순간 문득,

뭐랄까? 호기심에 사로잡혔다네. 물론 그럴싸한 구실이야 찾아낼 수 있었지. 어쨌든 그 여자와 쾌락의 파트너는 비극이 일어난 방과 얇은 벽―얼마나 얇은지 충분히 짐작할 수 있을 걸세―하나를 사이에 두고 있었으니 말일세. 그들이 우리에게 뭔가 새로운 사실을 알려줄 수도 있었지. 하지만 내가 그런 행동을 한 주된 동기는 특별한 호기심―변태적이든 파렴치한 것이든 마음대로 생각하게―에서였다는 사실을 자네에겐 숨기지 않겠네. 나지막한 신음과 숨소리로 그런 비극적인 결과를 초래한 그 '천사 같은 여자'를 한번 보고 싶었다네. 나는 그 방문을 두드려보았네. 아무 대답이 없었지. 그 여자가 아직도 남자를 안고 있는 모양이라고 생각하자, 이불을 뒤집어쓴 채 겁에 질려 있을 두 사람의 모습이 떠올랐네. 내가 어깨를 으쓱하고는 그냥 층계를 내려가려 할 때였지. 두세 차례 문을 두드리며 '존스 양! 존스 양!'을 외치던 주인 여자가 열쇠꾸러미에서 열쇠를 찾아 문을 열었네. 외마디 소리가 들려오더니, 주인 여자가 일그러진 얼굴로 방에서 달려나왔네. 나는 방으로 들어가 커튼을 젖혔네. 침대 위를 한 번 바라보는 것만으로도 벽을 통해 들려와 청년을 절망적인 행동으로 몰아간 그 탄식과 소스라침과 신음소리의 정체를 청년이 완전히 오해했다는 사실을 알 수 있었네. 베개 위에서 나는 비소중독으로 인한 온갖 증상과 고통에도 불구하고 사랑스러운 아름다움을 잃지 않은 금발머리 여성의 얼굴을 보았네. 여자는 몇 시간 전에 죽은 것 같았네. 그녀의 마지막은 길고 고통스러웠던 모양이야. 탁자 위에는 자살 동기를 분명하게 알려주는 유서

---

* '도시에서 죽다'라는 뜻.

가 놓여 있었지. 그녀가 죽은 이유는 고통스러운 고독과…… 삶에 대한 총체적인 혐오감 때문이었네."

말을 마친 의사 레이는 우정어린 눈빛으로 나를 바라보았다. 나는 분에 겨워 소파에서 몸을 일으키고, 항의의 말조차 입 밖에 내지 못한 채 망연자실해 있었다.

"그렇다네, 벽은, 자네의 아주 참신하고 흥미로운 크리스마스 이야기의 주제가 될 걸세. 사람들의 가슴속에 이제 신비의 계절이 다가오고 있으니 말이야." 의사가 꿈꾸듯이 중얼거렸다.

킬리만자로에서는
모든 게 순조롭다

마르세유에서 엑스 방향으로 십 킬로미터 가면 투샤그라는 작은 도시가 나온다. 그 도시의 중앙 광장 한가운데에는 청동상이 하나 서 있다. 당당하게 머리를 뒤로 젖히고, 한 손은 허리에, 또 한 손은 막대기를 쥐고 한쪽 발을 정복자처럼 앞으로 내민 한 사내의 동상으로, 횡단이 불가능하다는 사막을 이제 막 넘었고 미답의 정상과 맞설 참이라는 것을 한눈에 알 수 있다. 표지판에는 이렇게 적혀 있다. "알베르 메지그, 위대한 탐험가이자 미개척지 정복자(1860~18××), 동향인 투샤그 주민들이 세우다."

그 도시에는 박물관은 없지만, 시청의 특별실에 그 탐험가의 기념품이 전시되어 있다. 그중에서 특히 눈에 띄는 것은 알베르 메지그가 세계 각지에서 고향 사람들에게 보낸 천여 장의 엽서들이다. 아주 평범한 그 엽서들은 1900년대 초 마르세유의 술림 프레르 출판사에서 발행한 '세계의 비경' 시리즈로, 투샤그의 견습 이발사였던 그 탐험가가 몹시 좋아해 여행할 때 언제나 갖고 다녔던 것이다. 그 엽서들은 흔한 것이고, 우표는 수집가들 손에 뜯겨나가고 없지만, 아주 특별한 상황에서 급하게 갈겨쓴, 이국적인 이름들로 가득찬 내용은 마음을 먹먹하게 하는 매력을 지니고 있었다. "세자르 비루에트에게, 포도주, 치즈, 프티포스티용광장, 건배. 킬리만자로에서는 모든 게 순조롭다. 이곳에는 만년설이 쌓여 있다. 안부를 전하며. 알베르 메지그." 혹은 "탕티뇰 파사주 탕티뇰 빌딩 주인 조제프 탕티뇰에게, 북위 80도. 우리는 무시무시한 광풍에 휘말렸다. 여기서 살아 나갈 수 있을까, 아니면 라루스*와 그의 영웅적인 동료들의 비극적인 운명이 우리를 기다리고 있을까? 내 온전한 헌신의 마음을 받아주기를. 알베르 메지그." 이런 엽서들 중에는, 한 투샤그 여인의 마음을 두고 다투었던 그 탐험가의 오랜 연적이자 신의 없는 경쟁자인 올리비에가의 이발사 마리위스 피샤르동에게 온 것도 있다. "콩고에서 안부를 묻네. 이곳엔 보아 뱀들이 우글거리네. 자네 생각을 하며." 어쨌든 바로 이 이발사 피샤르동이 훗날 투샤그 시의원들을 설득해 그 훌륭한 동향인의 동상을 세우게 했다는 사실은 짚고 넘어갈 일이다. 그 사실로 미루어, 진정한 위대함은 비루한 영혼마저 감동시킨다는 사실이 다시 한번 증명된 셈이다.

하지만 대부분의 엽서에는 "미모자 파사주 피송 식품점, 아들린 피송 양"이라는 주소가 쓰여 있다. 현재 연애—특히 약간 슬픈 연애인

---

* 작가가 지어낸 허구의 인물로 보인다.

경우―중인 여행객들에게 그런 엽서들은 그야말로 크나큰 즐거움을 안겨준다. "아들린, 난 지금 막 달라이라마(불교도인 티베트인들에게 살아 있는 신으로 여겨지는 존재)의 왕관에 당신 이름을 새겨넣었어. 친애하는 당신 어머님께 안부 전해줘. 어머님의 관절염이 나아졌기를 바라며, 당신의 알베르." 그로부터 이 년 뒤에 보내온 또다른 엽서에는 이런 글이 쓰여 있다. "여기는 차드호(길이 끊긴 검은 아프리카 한가운 데에 있는 커다란 호수. 악어들. 고원의 흑인 여자들. 코끼리와 영양과 멧돼지 사냥. 주요 재배 작물은 없음). 이곳 원주민들의 말에 따르면 관절염에 특히 카사바 기름이 잘 듣는다더군. 당신 어머님께 말씀드려 줘." 극도로 비극적인 상황에서도 그는 그녀 어머니의 관절염을 잊지 않고 있다. "아라비아사막에서 길을 잃었어. 모래 위에 당신 이름을 쓰 지. 난 사막이 좋아. 당신 이름을 쓸 자리가 많으니까. 목이 몹시 마르 지만, 우리는 기운을 잃지 않고 있어. 구원은 언제나 마지막 순간에 온 다는 걸 여행가들이라면 모두 알고 있거든. 습도가 높아서 당신 어머 님이 고생하시지 않았으면 좋겠는데."

또다른 엽서에는 이렇게 쓰여 있다. "모기들이 앵앵거리는 아마존 의 정글 속이야. 강에다, 나비에다 당신 이름을 붙여준 참이야. 피샤르 동은 내 고객을 빼앗으려 애쓰고 있겠지." 또 이런 엽서도 있다. "바다 위야. 아들린, 내가 유명해지면 평생 내 여자가 되어준다고 약속했지. 미친듯이 날뛰는 이 높은 파도 아래에서 난 당신에게 외치고 있어. 곧 만나자고 말이야." 이 모든 엽서들의 내용은 오래전에 한데 모여 '알베 르 메지그의 여행과 모험'이라는 제목으로 출간되었다. 이 엽서들이야 말로 프로방스 지방의 문학적 보물이라는 부제에 걸맞다.

어쨌든 이 훌륭한 투샤그 시민의 실제 삶과 기묘한 종말은 훨씬 덜 알려져 있는 것이 사실이다. 이십 년 전에 그가 훌륭한 탐험가와 결혼하고 싶어하는 고향 여인을 사랑하는 마음에서 고향 마을을 떠났다는 사실은 잘 알려져 있다. 하지만 그후 어디에서도 그를 만나본 사람이 없는 듯하다. 그의 이름은 그 어떤 지리연구회 회원 명단에서도 찾아볼 수 없다. 당시의 신문들에 그의 기사가 나온 적도 없다. 그는 자신의 동상이 기다리고 있는 고향으로 돌아온 적이 없다. 마르세유 선원들의 말에 따르면, 그 '지리의 선구자'와 인상착의가 비슷한 어떤 신사가 자신들에게 여행에 관해 묻곤 했다고 한다. 그들에게 파스티스*를 사준 다음, 신사는 엽서 한 장을 내밀며 "이 엽서를 멕시코에서 부쳐주겠소?" 하고 부탁하곤 했다는 것이다. 하지만 뱃사람들의 객설로 위인전을 쓸 수는 없는 법. 그의 적들—사자한테도 이가 있기 마련 아닌가—은 메지그가 대모험을 떠난 지 칠 년 만에 피송 양에게 보낸, 다음과 같은 알쏭달쏭한 내용의 엽서를 즐겨 문제삼는다. "사람들이 내 동상을 세웠다더군. 이젠 끝장이야. 난 이제 영영 돌아갈 수 없을 거야. 아들린, 난 당신의 영광스러운 꿈을 실현시켰어. 하지만 도대체 어떤 대가를 치른 거지?" 묘사적 문체의 특징 때문에 '프로방스의 시인'이라는 별명을 얻은 그 탐험가가 그후 어떻게 되었는지는 아무도 알지 못했다, 1913년이 될 때까지는. 투샤그 시민들은 그가 에베레스트산을 오르다가 산소결핍증으로 죽었다는 설을 믿고 있었고, 『알베르 메지그의 여행과 모험』 초판본 서문에서 코르뉘 교수 역시 그런 견해를

---

* 아니스 향료를 넣은 술.

피력했다.

어쨌든 1913년, 퓌졸 경관이 『옛 마르세유의 추억』을 간행함으로써 그 프로방스 시인과 그의 잔인한 운명에 대한 새로운 사실이 밝혀졌다. 그 경관은 이렇게 쓰고 있다. "1910년 6월 20일 목요일, 이십여 년 동안 내 턱수염과 콧수염을 손질해준 비외포르의 이발사 알베르가 심장마비로 죽었다. 부둣가로 창들이 나 있는 그의 다락방에서 나는 그 가엾은 친구의 시신을 발견했다. 그의 손에는 편지가 한 장 들려 있었는데 나로서는 도무지 그 내용을 종잡을 수가 없다. 편지는 '친애하는 알베르 메지그 씨'라는 말로 시작되었다. '리우데자네이루(브라질)에서 띄운 당신의 마지막 엽서 잘 받았습니다. 부디 계속 보내주세요. 다만 이름 말인데요. 이미 이십 년 전부터 아들린 피샤르동 부인이랍니다. 저는 유명한 이발사인 마리위스 피샤르동과 합법적인 부부입니다. 게다가 그 결실로 그의 아이들을 일곱 명 낳았어요. 따라서 삼가 알려드리니, 1885년 6월 2일 증인들 앞에서 당신이 했던 청혼은 무효라고 생각합니다. 이런 내용을 언제나처럼 유치우편으로 당신께 좀더 일찍 알리고 싶었습니다만, 매번 남편이 그러지 말라고 말리더군요. 남편이 그런 이유는 우선 그가 당신의 엽서들을 매우 좋아해서 그것을 읽으면서 몹시 즐거워하기 때문이고, 두번째는 당신 덕택에 아름다운 우표들을 수집할 수 있기 때문이에요. 죄송하지만, 마다가스카르의 50상팀짜리 장미꽃 우표를 남편이 갖고 싶어한다는 사실을 말씀드려야겠군요. 그걸 갖지 못했다고 언제나 투덜대는 통에 제가 몹시 힘듭니다. 남편의 생각처럼 당신이 일부러 그를 화나게 하려는 것은 아닐 거라고, 그저 깜빡 잊은 것뿐이리라고 저는 생각해요. 그러니 부디 즉시 그 우

표를 보내주세요.'" 그녀는 '영원히 당신의 것인 아들린 피샤르동'이라
고 서명했는데, 그런 식으로 영원이라는 시간을 제멋대로 축소시킨 것
이다.

영웅적 행위에 대해 말하자면
영웅적 행위에 대해 말하자면

몇 해 전 아이티의 프랑스연구소에서 적당한 주제로 문학 강연을 해 줄 것을 요청해왔을 때, 나는 조금도 망설이지 않고 영웅적 행위라는 주제를 선택했다. 그것은 내게 익숙한 주제였고, 그것을 연구하면서 서재에서 오랜 시간을 보냈다. 말하자면 위험, 용기, 희생정신에 대해 더이상 모르는 게 없을 정도였으므로, 포르토프랭스에 도착했을 때 나는 정말이지 내가 가진 최대치를 끌어낼 만반의 준비가 되어 있었다.

포르토프랭스의 청중은 더할 나위 없이 세련되고 교양 있는 이들이 었다. 수수한 차림으로 단춧구멍에 아카데미프랑세즈의 종려나무 가지 리본을 꽂고 연단에 올라간 나는 최선을 다했다. 청중 가운데에는 예쁜 여자들이 많았다. 나는 때맞춰 다이어트로 이십 킬로그램을 빼는데 성공했다는 사실이 만족스러웠다.

나는 생텍쥐페리, 말로, 리처드 힐러리를 언급했고, 장거리를 비행한 내 개인적인 경험을 언급하지 않고도 은근하긴 하지만 충분히 암시적인 '우리'라는 단어를 몇 차례 노련하게 끼워넣을 수 있었다. 음향효과는 탁월했고, 조명은 내 모습의 사분의 삼을 적절히 비춰주었다. 일부러 죽음을 무릅씀으로써 삶에 의미를 부여하는 것이 어떻게 가능한지를 단호한 어조로 설명하면서, 나는 우리 대사관 직원들이 제대로 자리를 지키고 있는 것을 확인했고, 청중 가운데 예쁜 여자들의 수가 얼마나 되는지 계산했다.

그런데 문득 내 얼굴에 부담스러운 시선이 와닿는 것이 느껴졌다. 그 눈길은 첫번째 줄에서 나오는 것이었다. 홀의 어둠보다 더 짙은 색 옷을 입은 신사가 주의깊은 눈길로 줄곧 나를 바라보고 있었다. 그런 집요한 시선에 짜증이 난 나는 그의 표정에서 조롱기를 발견한 것 같은 느낌마저 들었다. 하지만 나는 동요하지 않고, 오늘날 죽음의 위험에 처한 영웅이 어떻게 그 최후의 순간에 잊혔던 온갖 항구적인 가치들을 재발견하는지, 그런 경험이 어떻게 작품과 삶을 풍요롭게 할 수 있는지 이야기하며 강연을 마쳤다.

내가 연단을 내려오자, 집요한 관심을 갖고 내 말을 들었던 그 신사가 제일 먼저 내 수고를 치하했다.

"봉봉 박사입니다." 그가 자신을 소개했다. "아주 멋진 강연이었습니다. 선생님이 그 주제와 관련해 개인적으로 대단한 경험을 하셨다는 것을 느낄 수 있었습니다."

나는 실제로 쥘 루아와 개인적인 친분이 있으며, 같은 출판사에서 책을 냈노라고 그에게 말했다.

"그건 그렇고, 난 선생님의 독자들로부터 선생님의 아이티 체류를 멋지게 만들어달라는 부탁을 받았습니다. 이로쿼이족*이 암초에서 하는 상어 사냥을 즐거워하실 것 같은데요. 선생님께서는 강렬한 감정을 싫어하실 리 없을 테니까⋯⋯" 그가 말했다.

사실 그 생각이 내 마음에 들지 않을 이유는 없었다. 문인에게는 자신의 신화를 갖는 것이 중요한 법이다. 카리브해에서 상어 사냥을 한 경험은 그런 점에서 미래 전기작가들의 특별한 관심을 불러일으킬 터였다. 나는 친절한 박사의 호의어린 제안을 기꺼이 받아들였다. 자리를 지키며 낚시에 걸린 거대한 물고기와 사력을 다해 겨루고 있는 내 모습이 떠올랐다. 이튿날 오후 나는 카프아이시앵에서 다시 강연을 해야 했으므로, 우리는 아침 여섯시에 출발하기로 했다. 약속 시간에 박사의 모터보트 위에서 다시 만난 우리는, 진부한 표현일지 모르나 에메랄드빛이라고 말하지 않을 수 없는 물위를 지나 먼바다로 향했다. 박사는 불이 붙은 짤막한 파이프를 입에 물고 평온한 눈길로 나를 바라보았다.

"그건 그렇고, 선생님의 '쿠스토'를 시험해보시는 게 좋을 텐데요." 그가 말했다.

"쿠⋯⋯ 뭐라고요?"

"호흡 장비 말입니다. 뱃전에서 오 미터 정도 깊이의 산호초 위로 내려서면, 산소통 덕택에 적어도 이십 분 동안은 자유롭게 움직이실 수 있을 겁니다. 잠수용 작살총 다루는 법을 설명해드리지요. 아주 간단

---

* 북아메리카 원주민의 부족 중 하나.

합니다." 박사가 설명했다.

그가 갑자기 주의깊은 눈길로 나를 응시했다.

"왜 그러시죠? 어디 안 좋으십니까?" 그가 조심스레 물었다.

나는 서 있을 수가 없었다. 몇 초 동안 나는 그 명백한 사실을 부정하려 애썼다. 하지만 선원들은 호흡 장비를 조립하고 있었고, 박사는 손에 작살총을 들고 나에게 친절하게 기술적인 설명을 해주고 있었다. 의심의 여지가 없었다. 그것은 낚시가 아니었다. 그들은 나를 상어들이 우글거리는 카리브해 속으로 들여보낸 다음, 손에 작살총 하나만 쥐여주고 무시무시한 상어떼 한가운데 혼자 남겨둘 작정이었다. 나는 무어라 항변하려 입을 벌렸지만……

"아시다시피," 박사가 불쾌하기 짝이 없는 나긋한 태도로 말을 이었다. "우리 모두가 선생님의 강연에 얼마나 감명을 받았는지 이루 표현할 수가 없습니다. 아이티의 인사들 모두가 이 얘기를 입에 올리게 될 겁니다. 이런 일을 맡게 되어서 전……"

우리는 서로를 바라보았다. 나는 아무 말도 하지 않고 얼굴을 찌푸렸다. 살다보면 자신의 밥줄을 지켜야 할 때가 있는 법. 이 거친 세상에서 내가 갖고 있는 것은 강연자로서의 명성뿐이었으므로, 그것을 지키기 위해 상어에게 잡아먹혀야 한다면 나는 그럴 준비가 되어 있었다. 사람들이 마스크를 씌워주었다. 내게 잘 맞았다. 나는 침울한 시선으로 녹색 물결을 바라보았다. 십만 부짜리 베스트셀러도 내지 못한 채 이렇게 어이없이 가게 되다니.

"이제 납 허리띠를 매십시오. 그러면 좀더 쉽게 아래로 내려가실 수……"

겉보기에는 호의 같았지만, 나는 문득 그에게서 악마적인 태도를 발견했다. 나는 그가 허리띠를 매어주도록 몸을 내맡겼다.

"이 청년들이 선생님과 함께 내려갈 겁니다." 그는 내 주위에서 분주하게 움직이고 있는 건장하고 잘생긴 네 명의 흑인 사내를 가리키며 말했다.

'아! 경호대로군.' 나는 안도하며 생각했다. 내 기분은 한결 나아졌다.

"저들은 몰이꾼입니다. 선생님 양쪽에서 앞으로 나가 상어들을 선생님 쪽으로 쫓을 겁니다. 그러면 선생님은 다가오는 상어들을 쏘시기만 하면 됩니다." 박사가 설명했다.

나는 항의할 용기마저 잃어버렸다. 그러자 갑자기 모든 게 아무래도 상관없다는 느낌이 들었다. 사람들이 내 발에 커다란 물갈퀴를 달아주고, 허리띠와 마스크를 채워주고, 손에 작살총을 쥐여주고, 배 아래로 내려가도록 친절하게 도와주었다.

"풍덩!" 소리와 함께 나는 물속으로 들어갔다.

처음 몇 분간 나는 팽이처럼 맴돌면서도 사방을 경계하려 애썼다. 놀라운 속도로 맴돌았던 것 같다. 하지만 이내 지쳐, 아무것도 분간할 수 없는 뿌연 녹색 속에서 몇 초간 모래 위로 가라앉아버렸던 모양이다. 이윽고 나는 오른쪽에서 산호초를 발견하고, 뒤에서 공격당하는 일을 막기 위해 게걸음으로 그쪽을 향해 가기 시작했다. 그 순간, 바위 속 구멍에서 길고 호리호리한 물고기 한 마리가 나오더니 내 앞을 막아섰다. 나는 비명을 질렀다. 하지만 그건 상어가 아니었다.

그것은 바라쿠다였다.

평생 바라쿠다를 본 적은 없었지만, 나는 그 물고기를 보자마자 알아볼 수 있었다. 몇 가지 분명한 특징을 모두 갖고 있었던 것이다. 다음 몇 초 동안 무슨 일이 일어났는지는 잘 기억나지 않는다. 내가 말할 수 있는 것은 다만, 내가 강연에서 말했던 것과는 달리, 제아무리 영웅이라도 죽음의 위험에 직면해서는 삶의 항구적인 가치를 발견하는 일 같은 것은 할 수 없다는 것, 그런 경우 영웅이라도 전혀 다른 태도를 취하게 된다는 것뿐이다. 내가 눈을 떴을 때, 바라쿠다는 가버리고 없었다. 난 혼자였다.

나는 수면 위로 올라가려 애썼다. 거의 다 올라갔을 무렵, 괴물 크기에 가까운 검은 형체가 머리 위에서 내 쪽으로 달려오는 것이 보였다. 나는 날카로운 비명을 내지르고는 작살총을 찾아 쥐고 두 눈을 감은 채 방아쇠를 당겼다.

작살총 전체가 어찌나 강한 힘으로 내게서 떨어져나갔던지 두 팔이 빠져버리는 줄 알았다.

나는 힘차게 팔다리를 움직여 순식간에 물위로 올라갔다. 정말 다행스럽게도 배가 내 바로 왼편에 있었다. 내가 두 다리를 턱에 갖다대고 새우등 뜨기를 시도하는 동안, 배는 굉장히 느린 속도로 내 쪽으로 다가오기 시작했다. 배가 다가오자, 나는 내 나이답지 않은 기민함을 동원해 순식간에 갑판으로 올라갔다.

"그런데 선생님 총은요?"

나는 숨을 돌렸다. 이윽고 나는 박사에게 무슨 일이 일어났는지 설명했다. 내가 상어를 쏘았다는 것, 그러자 상어의 몸에 로프가 감겨 총이 내 손에서 떨어져나갔다는 것을. 흑인 잠수부들 역시 배로 올라왔다. 그들 중 하나가 내 총을 들고 있었다. 흑인은 박사에게 크레올어로 무어라 설명했다. 박사는 재미있다는 듯한 눈길로 나를 바라보았다.

"선생님이 쏜 작살은 십중팔구는 모터보트의 선체에 박혀 있었던 것 같습니다." 그가 말했다.

그 파렴치한 인간은 내가 겁에 질린 나머지 머리 위를 지나가는 배의 밑부분을 상어로 착각했다고 암시하고 있는 게 분명했다. '좋아, 그렇다면 그걸 증명해보시지.' 나는 생각했다.

"난 분명 상어가 머리 위로 지나가는 걸 보았소. 작살이 빗나가서 배에 박힌 모양이오. 그럴 수 있잖소. 다음번에는 좀더 잘할 수 있겠지." 나는 단언했다.

그날 밤 카프아이시앵에 도착한 나는 우리 연구소 소장에게 그날 아침 이로쿼이족 방식으로 상어 사냥을 했노라고 차분한 어조로 설명했다.

"이로쿼이족 방식이오?" 그가 되물었다. "하지만 유사 이래 이로쿼이족 방식의 상어 사냥이란 건 없는데요. 상어는 산호초 위를 지나가지 않는답니다."

연단에 올라간 나는 놀랍게도 봉봉 박사가 첫 줄에 조용히 앉아 있는 것을 보았다—카프아이시앵은 포르토프랭스에서 비행기로 한 시간이나 걸리는 곳이었다. 그는 영웅적 행위에 관한 내 강연을 다시 한번 듣기 위해 일부러 비행기를 타고 온 것이 분명했다. 그와 나는 서로를 바라보았다. 그 못된 인간이 자신의 존재로 나를 혼란케 하고 당황하게 만들 수 있으리라고 생각했다면, 그건 천만의 말씀이었다. 내게 아무도 부인할 수 없는 자질이 있다면, 바로 기개가 아닌가. 제단엔 호의적인 척하지만 그만큼 비꼬는 기색이 담긴 눈빛으로 나를 바라보는 그를 보고, 나는 다시 한번 기운을 내서 그 주제를 논하기로 마음먹었다.

"신사 숙녀 여러분," 나는 강연을 시작했다. "홀로 죽음의 위험에 처할 경우, 오늘날의 영웅이 처음으로 발견하는 것은……"

봉봉 박사는 뭔가 감탄의 빛이 역력한 눈길로 나를 바라보고 있었다.

지상의 주민들
지상의 주민들

전쟁 전에 함부르크에서 노이게른으로 가는 길에 파터노스터키르헌이라는 작은 마을이 있었다. 그 지역은 과거에 유리 산업으로 유명했던 곳으로, 관광객들은 마을의 중앙 광장에 있는 부르그메스트르* 관저 앞에 와서, 전설적인 유리의 명인 요한 크룰의 모습을 나타낸 수플뢰르**라는 유명한 분수를 구경하곤 했다. 요한 크룰은 고장을 유명하게 만든 그 산업이 천국에서도 명성을 유지할 수 있도록 파터노스터키르헌의 유리 제품에 자신의 영혼을 불어넣겠다고 결심했던 사람이다. 자신의 일에 몰두하는 성실한 요한의 상像과, 파터노스터키르헌에서 만들어진 모든 제품의 견본이 보관되어 있던 독특한 18세기 건물인 부르

---

* '시장(市長)'이라는 뜻.

** 유리 제품을 불어서 만드는 사람을 의미한다.

그메스트르 관저는 지난 세계대전중에 있었던 우발적인 폭격으로 그 작은 마을의 나머지 부분과 함께 사라져버렸다.

때는 오후 네시였고, 수플뢰르의 광장은 비어 있었다. 서쪽에서는, 노랗게 부풀어오른 해가 구 주택가의 폐허 위를 떠도는 거무스름한 먼지 속으로 천천히 빠져들고 있었다. 철거반원들이, 지난날 독일에서 가장 유명한 합창단들을 키워낸 것으로 이름이 나 있는 슐라 칸토룸 음악원 건물의 철거를 마친 참이었다. 슐라 칸토룸은 1760년 그 마을 유리 공장 소유주들이 세운 것으로, 공장 직원들의 자식들은 어릴 때부터 그곳에 다니면서 사제의 지도 아래 호흡을 단련했다. 조금씩 눈발이 날렸다. 땅에 닿기를 주저하기라도 하듯 눈송이들은 천천히 내렸다. 광장은 한동안 비어 있었다. 뼈만 남은 개 한 마리가 코를 땅에 박고 생각에 잠긴 모습으로 그곳을 재빨리 지나가는가 하면, 까마귀 한 마리가 신중한 자세로 내려앉아 뭔가를 쪼아보고는 이내 다시 날아올랐다. 남자 하나와 젊은 여자 하나가 지난날 간츠게뮈틀리히게셴*로路가 시작되던 지점인 공터에서 나왔다. 손에 트렁크를 든 나이든 남자는 키가 작고 모자 없는 맨머리에 해진 외투를 입고 있었으며, 목에는 얇은 머플러를 정성스레 매고 있었다. 하지만 추위에 노출되는 부위를 최대한 줄이려는 듯 어깨를 잔뜩 움츠리고 고개를 집어넣으려 애쓰는 모습이었다. 둥글고 주름진 얼굴에는 잿빛 수염이 나 있었고, 눈빛은 얼이 빠진 듯했다. 그는 완전히 정신이 나간 사람 같았다. 손으로는 입가에 묘하게 경직된 미소를 지은 채 골똘히 앞을 응시하고 있는

---

* 독일어를 조합해 만든 단어로, '아주 아늑한 골목'이라는 뜻.

202

금발 여자의 손을 잡고 있었다. 여자는 나이에 비해 지나치게 짧은, 조금은 천박해 보이기까지 하는 미니스커트를 입고 머리에는 어린아이처럼 리본을 꽂았다. 자신이 어른이 되었다는 사실을 의식하지 못하는 사람 같았다. 이십대로 보이는 그녀의 얼굴 화장은 어딘가 어색하고 지나친 데가 있었다. 고르게 펴바르지 않은 황토색 얼룩들이 광대뼈를 뒤덮었고, 립스틱이 입술에 불균형한 형태감을 부여했다. 곱은 손으로 화장을 한 것 같았다. 그녀는 모직 스타킹에 남자 구두를 신고, 소매가 지나치게 짧은 작고 초라한 털 재킷에, 구멍난 장갑을 끼고 있었다. 두 사람은 몇 걸음 더 걷다가 텅 빈 광장 한가운데서 걸음을 멈추었다. 그곳은 과거에는 요한의 상이 세워져 있었지만 이제는 함부르크 고속도로로 진입하려는 트럭들이 젖은 땅에 남겨놓은 바큇자국들만이 선명했다. 눈송이가 그들의 머리와 어깨 위에 천천히 내려앉았다. 제 목표를 달성하지 못하고 세상의 모든 잿빛을 강조할 뿐인, 내려앉을 곳을 잘못 선택한 초라한 눈이었다.

"여기가 어디예요?" 여자가 물었다. "그 동상을 찾으셨어요?"

남자는 텅 빈 광장을 둘러본 다음 한숨을 내쉬었다.

"그래, 바로 우리 앞에, 옛날 그 자리에 있구나." 그가 대답했다.

"아름다운가요?"

"아주 아름답지."

"그럼 만족하시겠네요?"

"그렇단다."

그는 자그마한 트렁크를 땅에 내려놓았다.

"잠깐 앉자. 트럭들이 이리로 지나가니까 우리를 태워줄 사람이 있을 거야. 물론 곧장 고속도로로 갈 수도 있었지만, 이 마을 근처를 지나는 김에 요한 크룰의 동상을 다시 보고 싶었단다. 어릴 때 이곳이 내 놀이터였거든." 그가 말했다.

"그럼 보세요. 급할 거 없잖아요." 여자가 말했다.

그들은 몸을 바싹 붙인 채 작은 트렁크 위에 앉아 한동안 입을 열지 않았다. 그들의 태도는 가라앉아 있었고, 갈 곳 없는 사람들 같은 분위기가 감돌았다. 여자는 줄곧 미소를 지었고, 나이든 남자는 눈송이를 헤아리는 듯했다. 그는 이따금 몽상에서 벗어나 요란스럽게 입김을 내뿜으며 두 팔로 가슴을 두드려대다가는 다시 차분해지곤 했다. 그 운동으로 필요한 온기를 잠시 동안이나마 얻는 듯했다. 여자는 온기가 필요치 않은 듯 꼼짝도 하지 않았다. 남자는 오른쪽 신발을 벗고는 얼굴을 찌푸리며 발을 꾹꾹 주무르기 시작했다. 이따금 쓰레기를 실은 트럭이 광장을 지나갈 때면, 남자는 튕겨지듯 일어나 막무가내로 손짓을 해댔다. 하지만 트럭은 멈추지 않았다. 그러면 그는 다시 조용히 자리에 앉아 언 발을 열심히 주무르기 시작했다. 트럭들이 지나가면서 먼지와 오물을 날리는 바람에, 한참이 지나서야 다시 하얀 눈발을 볼 수 있었다.

"아직도 눈이 내리나요?" 여자가 물었다.

"오, 그럼! 이제 곧 땅바닥이 보이지 않을 정도로 쌓일 거야."

"잘됐네요."

"뭐라고?"

"잘됐다고요."

남자는 눈앞을 스쳐가는 빈약한 눈송이를 서글픈 시선으로 좇다가는 손을 뻗어 얼어붙은 눈물 같은 그것을 받아 쥐었다.

"눈은 분명 예쁠 것 같아요. 전 눈이 좋아요. 그 조각상도 보고 싶고요." 여자가 말했다.

남자는 그 말에 대답하지 않고, 주머니에서 작은 브랜디 병을 꺼내 이로 마개를 뽑은 다음 아까운 듯 조금 마셨다. 이어 겁에 질린 눈길로 주변을 둘러보고는 다시 병의 주둥이를 재빨리 입으로 가져갔다.

"술냄새가 나요." 여자가 말했다.

나이든 남자는 황급히 술병을 주머니에 넣었다.

"행인이 지나가고 있어. 술을 마신 모양이야. 넌 뭘 하고 싶어? 내일은 크리스마스잖아." 그가 말했다.

"분을 더 발라주세요. 얼굴이 새파래졌을 것 같아요." 여자가 말했다.

"추위 때문이야." 남자는 이렇게 말하고 한숨을 내쉬었다.

그는 주머니를 뒤져 분갑을 찾아내고는 그것을 열어 여자의 얼굴로 가져갔다. 그의 곱은 손에서 분첩이 두세 차례 떨어졌다.

"자, 됐다." 이윽고 그가 말했다.

"그 사람이 절 쳐다봤나요?"

"뭐라고?" 남자는 소스라쳤다. "누구? 아! 물론이지." 그는 정신을 수습했다. "지나가는 사람들 모두가 널 쳐다본단다. 넌 아주 예뻐."

"아무래도 상관없어요. 하지만 미친 여자처럼 보이고 싶진 않아요. 전 언제나 머리와 옷차림을 단정히 해왔어요. 부모님이 꼭 그래야 한다고 하셨거든요."

공터에서 갑자기 날아오른 까마귀들이 황량한 광장 위를 잠시 떠돌다가 까악까악 울면서 멀어져갔다. 여자는 고개를 살짝 들고 미소를 지었다.

"들리세요? 전 까마귀 소리가 참 좋아요. 곧 멋진 풍경을 볼 수 있겠죠."

"그래." 남자가 대답했다.

남자는 두려운 듯 주위를 둘러보다가, 주머니에서 재빨리 브랜디 병을 꺼내 한 모금 들이켰다.

"크리스마스 풍경 말예요." 여자는 눈길을 들고 줄곧 미소를 지으며 말했다. "전 직접 본 것처럼 그 광경을 선명하게 눈앞에 그릴 수 있어요. 황혼녘에 연기를 피워올리는 굴뚝, 전나무를 실은 손수레를 밀고 가는 상인, 물건이 잔뜩 들어찬 흥청거리는 상점들, 환하게 밝혀진 창문 밖으로 보이는 하얀 눈송이들……"

남자는 술병을 든 손을 내리고 입가를 닦았다.

"그래, 그래, 바로 그렇지. 또 실크해트를 쓰고 파이프를 물고 있는 눈사람도 있고. 분명히 아이들이 만들어놓았을 거야. 우리도 크리스마스 땐 언제나 눈사람을 만들곤 했지." 그가 약간 쉰 목소리로 말했다.

"제가 정말 시력을 되찾아야 한다면, 크리스마스를 보기 위해서였으면 좋겠어요. 크리스마스 때에는 모든 게 너무나 하얗고 너무나 깨끗하니까요."

남자는 우울한 표정으로 발치의 진흙 웅덩이를 바라보았다.

"맞는 말이야."

"잊지 마세요, 저로서는 급할 게 없다는 걸요. 전 지금 이대로도 좋아요."

자그마한 남자는 갑자기 활기를 되찾더니, 두 팔을 들어올려 요란하게 손짓을 했다.

"천만에, 천만에, 그렇게 말해선 안 돼. 네가 볼 수 없는 건 그저 심리적인 이유에서란다…… 의사들이 그 치료는 시간이 오래 걸릴 수도 있고 완치가 어려울지도 모른다고 말하긴 하지만, 넌 분명히 나을 거야. 네가 보는 것에 줄곧 저항감을 갖고 있으면, 슈테른 박사라도 속수무책일 거야. 난 잘 알아, 네가 뭘 봤는지, 사람들이 네게 뭘 보게 했는지……" 그는 말했다.

남자는 작은 트렁크 위에 앉아 손짓을 해가며 장광설을 늘어놓았다. 그의 머플러 양끝도 흔들렸다.

"넌 큰 충격을 받은 거야. 하지만 그들은 군인들이었어. 전쟁중인 야수들이었다고…… 남자들이 다 그렇진 않아. 사람을 믿어야 해. 넌 진짜 눈이 먼 게 아냐. 네가 보고 싶어하지 않기 때문에 볼 수 없는 거야…… 의사들이 한결같이 말하잖아, 정신적인 충격 대문이라고…… 네가 조금이라도 보고 싶어한다면, 보는 것에 저항하지 않는다면, 보기를 원한다면, 슈테른 교수는 분명히 네가 볼 수 있게 해줄 거야. 어쩌면 내년 크리스마스가 되기 전에 말이야. 다만, 믿음을 잃어선 안 된단다!"

"아저씨한테서 술냄새가 나요." 여자가 말했다.

남자는 입을 다문 채 두 손을 외투 소매 속에 집어넣고 다시 목을 움츠렸다. 그는 여자에게 몸을 더 가까이 밀착했다. 눈이 줄곧 머뭇거리며 춤추듯 내리는 가운데, 그들은 작은 트렁크 위에 앉아 다시 침묵 속으로 빠져들었다.

트럭 한 대가 슐라 칸토룸 건물 잔해 쪽에서 나와 광장을 가로질렀다. 작은 체구의 남자는 차를 세우기 위해 다시 한번 일어섰다. 하지만 그는 트럭이 속도를 늦추었을 때도 기대감을 드러내지 않았고 멀어졌을 때도 실망감을 표시하지 않았다. 쓰레기를 실은 그 트럭은 붉은 먼지를 일으키며 지나갔다. 얼굴에 먼지를 덮어쓴 여자가 눈을 비비자, 남자는 주머니에서 깨끗한 손수건을 꺼내 여자의 눈꺼풀과 이마를 세심한 손길로 닦아주었다. 마치 한 치의 더러움도 남기지 않으려는 듯이.

"트럭이 우리를 태우려 하질 않나요?" 여자가 물었다.

"우리를 못 봤나보다."

어둠이 점차 그들을 감쌌고, 하늘에는 눈송이 대신 별들이 들어찼다. 반쯤 잠든 채 남아 있던 까마귀들이 소리를 지르며 날아가고 나자, 달이 떠올라 사태를 조금 정돈하며 어둠을 누그러뜨려주었다. 트럭 한 대가 또다시 지나갔다. 헤드라이트가 두 사람을 똑바로 비추더니 무심하게 방향을 바꾸었다.

"걸어가야 할 것 같구나. 우리와 같은 방향이 아닌 모양이다. 어쨌든 행선지를 바꿔달랄 수는 없는 노릇이지." 남자가 말했다.

여자는 자리에서 일어나 기다렸다. 남자는 트렁크 안을 뒤적거렸다.

"여기, 여기 있군."

그는 슬쩍 여자를 쳐다본 다음, 트렁크에서 좀더 큰 술병을 재빨리 꺼내서 들이켰다. 그는 마시던 것을 멈추고 숨을 쉬더니 다시 마셨다. 트렁크 안에는 장난감, 인형, 봉제 곰, 천사 가발과 색색의 공들이 들어 있었다. 또 가장자리에 하얀 천이 둘린 빨간 옷, 술 달린 모자, 가짜 흰 수염 같은 산타클로스 소품도 있었다. 남자는 트렁크를 닫고, 여자의 손을 잡았다. 그들은 고속도로를 향해 걷기 시작했다. 아스팔트가 눈에 젖어 그들의 발아래에서 반짝였다. 얼마 지나지 않아 함부르크까지 육십오 킬로미터가 남았음을 알리는 표지판이 나왔다. 나이든 남자는 글자를 힐끔 보고는 걸음을 재촉했다.

"거의 다 왔다." 그가 만족스럽게 말했다.

길 위에 트럭의 헤드라이트가 나타났다. 단조로운 부르릉 소리가 울리는 가운데 불빛이 순식간에 커졌다. 남자는 펄쩍 뛰더니 몸을 흔들며 두 팔을 들어올려 과장되게 손짓을 했다. 트럭은 처음에는 그들을 지나쳤다가, 이윽고 브레이크를 밟은 다음 천천히 후진해 왔다. 남자는 종종걸음으로 차문에 이르렀다.

"함부르크까지 가는데요." 그가 소리쳤다.

운전석에 깊숙이 앉아 있는 사람의 얼굴은 보이지 않았다. 차폭등의 푸른 불빛을 받으며 핸들 위에서 떨고 있는 두 손과 희미한 전체 윤곽만 보일 뿐이었다. 운전석의 사내는 잠시 그들을 살펴보는 듯하더니, 한쪽 손을 핸들에서 떼며 타라고 손짓했다. 트럭 안은 따뜻했다. 여자는 차문에 몸을 붙이고 앉아 두 손을 재킷 소매 속으로 밀어넣고는 트럭이 다시 속도를 내기도 전에 잠이 들었다. 남자는 그녀의 옆자리에 앉아 트렁크를 무릎에 올려놓았다. 그는 정말이지 작았다. 가죽이 트고 진흙투성이인 거친 군화를 신은 그의 두 발이 바닥에 닿지 못하고 대롱거렸다. 차폭등 불빛 아래 그의 창백하고 둥근 얼굴은 뺨과 턱의 잿빛 수염과 주름살에도 불구하고 어린아이처럼 보였다. 그의 몸이 트럭의 진동에 따라 흔들렸지만, 그는 여자에게 부딪히지 않기 위해, 그녀를 깨우지 않기 위해 극도의 주의를 기울였다. 모터 소리와 차 안의 열기에 유난히 머리가 몽롱해졌고, 피로와 알코올 기운까지 합세해 취기가 몰려왔다. 그는 운전사에게 수다스럽게 이야기를 하기 시작했다. 내 이름은 아돌프 카닌첸*이고, 하노버 출신의 행상입니다. 장난감을 팔고 있으니까 혹시 아이들이 있다면 기꺼이 물건을 보여드릴 수…… 운전사는 그의 말을 듣지 않는 듯했다. 그의 얼굴에서 보이는 거라곤 번들거리는 반점 하나뿐이었다. 이따금 사내는 구석에 잠들어 있는 여자를 힐끔거렸다. 불행히도 자신의 사업은 대단한 게 못 된다고 남자는 말했다. 그는 크리스마스에 큰 기대를 걸었고, 크리스마스 상품과 자신이 입을 의상을 사는 데 상당한 돈을 투자했지만, 빨간 모자와 하얀 수염을 달고 몇 시간이고 돌아다녔어도 두 사람의 끼니조차 해결할 수 없었다. 대도시 함부르크에서는 상황이 나아질 터였다. 그랬다, 그들은 함부르크로 가는 길이었다. 여자 때문이었다. 이애는…… 어떻게 말하면 좋을까요? 이애는 환자랍니다. 이애의 부모는 죽었고, 이 가 없은 어린것에게도 불행이 닥쳤지요. 오! 자세한 이야기는 하고 싶지 않아요. 군인들이란 다 그러니까, 그들을 탓할 수만은 없지요. 하지만 결국 그 일이 이 어린것에게는 커다란 충격이었습니다. 그래서 갑자기 앞을 볼 수 없게 되었지요. 좀더 정확히 말하자면 의사의 말대로 심리적인 실명입니다. 이애는 세상에 대해 눈을 감아버린 거지요. 상당히 복잡한 문제예요. 꼭 맹인이라고는 할 수 없지만, 앞을 볼 수 없으니까 결국 마찬가지인 셈이죠. 물론 이애 자신이 보기를 거부하고 있는 거지만, 의사들의 말에 따르면 결국 똑같다더군요. 결코 꾀병이 아니에

---

* 독일어로 '토끼'라는 뜻.

요. 일종의 히스테리라고 의사들은 부르더군요. 이 아이는 더이상 보고 싶어하지 않습니다. 의사들 말에 따르면 실명 속으로 도피한 거지요. 무척 낫기 어렵고, 많은 배려와 헌신과 애정을 필요로 하며…… 운전사는 번들거리는 얼굴의 반점을 다시 한번 여자 쪽으로 돌려 그녀를 한동안 바라본 다음 다시 눈앞의 길을 주시했다. 그래요, 이 어린것은 금간 유리처럼 연약하지요. 폭격, 폐허 속에서의 생활, 그리고 그 딱한 군인들…… 오! 물론 그들은 자신들이 무슨 짓을 하는지 알았겠지만, 전쟁이란 다 그런 것이라며 당연하게 여겼겠지요. 그런데 그때 이후로 이 어린것이 모든 것에 대해 눈을 감아버린 겁니다. 다시 말해서 두 눈을 자기 내부에 가두어버린 거죠. 그러니까 줄곧 눈을 뜨고 있고, 푸른 두 눈은 아름답기까지 한데도 말입니다. 요컨대 설명하기 어려운 문제입니다. 그 모든 것이 심리적인 것에 달려 있답니다. 과학이 크게 발전한 만큼 그런 증상은 틀림없이 치료할 수 있을 거예요. 다행히도 특히 독일에서는 주위를 둘러보면 적들조차 인정하지 않을 수 없는 위대한 학자들, 새로운 세계의 진정한 선구자들을 찾을 수 있지요. 다만 의사들의 말에 따르면, 이 분야의 진짜 전문가는 함부르크의 슈테른 교수 한 사람뿐이라더군요. 그는 전례를 찾아볼 수 없는 인물, 지상에 출현한 하나의 사건입니다. 그 점에 대해 의사들 모두가 같은 의견이더군요. 흥미로운 경우라면 돈을 받지 않고도 치료해준다더군요. 그런데 이 어린것의 경우는 무척 흥미로운 경우임이 틀림없어요. 의사들이 심리적인 실명이라고 하니까요. 아주 드문, 이례적인 경우랍니다. 심리치료를 통해 못 고치는 것이 없는 슈테른 교수가 찾고 있는 바로 그런 경우일 겁니다. 교수는 환자에게 친절하게—다른 데서도 그렇듯이 여기서도 친절이 핵심이지요—이야기를 건넨 다음 메모를 한다더군요. 그렇게 몇 개월을 지내면, 그렇습니다, 환자가 완치되는 겁니다. 너무 오래 걸리는 것이 흠이죠. 아주 천천히 진행해야 한다더군요. 아시다시피 이 어린것은 금간 유리처럼 면으로 싸놓아야 합니다. 그래서 난 이애에게 무슨 말인가를 할 때 몹시 주의를 기울이고, 모든 것을 언제나 밝게 묘사하지요. 폐허나 군인들에 대해서는 말하지 않고, 빨간 기와에 채소밭이 딸린 아담한 집들과 친절한 사람들만 사방에 있다고 말합니다. 아시다시피 난 무슨 얘기든 이애에게 할 때만은 조금 낭만적으로 한답니다. 타고난 낙관주의자인지라 그런 일은 내게 잘 어울리지요. 난 사람을 믿어요. 그래서 언제나 이렇게 말하죠. 사람을 믿으세요, 그러면 그들은 여러분에게 백 배로 보답해줄 겁니다, 라고 말입니다. 나를 좀 불안하게 하는 건, 치료가 너무 오래 걸린다는 겁니다. 하지만 함부르크 사람들은 장난감을 아주 좋아할 거라 믿어요. 독일의 아이들은 장난감이 부족하지 않아요. 오히려 부족한 쪽은 어른들이죠. 장난감 업계의 불경기를 조금은 설명해주는 셈입니다. 어쨌든 난 낙관주의자예요. 우리 인간들은 말이죠, 아직 목적지에 이르지 못하고 겨우 출발했을 뿐이니까, 나아가기만 한다면 언젠가는 정말 어떤 존재가될 겁니다. 난 미래를 믿어요. 이 아이는 내 딸도, 내 조카도 아니지만요. 이웃을 낯선 사람이라고 해야 한다면, 그렇다면 모르는 여자일 뿐이지만……

트럭 앞좌석에 앉아 트렁크를 무릎에 올려놓은 그는 작은 얼굴을 차폭등 불빛에 온통 파랗게 물들인 채, 요란한 몸짓을 곁들여가며 이야기하고 있었다. 운전사의 시선이 다시 한번 여자 쪽으로 향하더니, 분

212

을 바른 뺨, 꿈속에서 미소 짓느라 살짝 벌어진 입술, 금발에 꽂힌 머리핀에 머물렀다. 나이든 남자는 계속 수다를 늘어놓고 있었는데, 그의 몸은 점점 더 흔들리면서 턱이 가슴까지 닿곤 했다…… 끼익 하고 브레이크 소리가 났다. 어느새 남자는 트렁크 위에서 몸을 접은 채 잠이 든 참이었다. 그는 몸이 앞으로 쏠리는 바람에 코를 앞유리창에 박고는 외마디 소리를 질렀다.

"맙소사, 무슨 일인가요?"

"내려."

"더 가야 하지 않나요?"

"내리라니까."

남자는 서둘러 짐을 챙겼다.

"아니, 괜찮습니다, 상관없어요…… 어쨌든 고맙다는 말을……"

남자는 길로 뛰어내려 트렁크를 내려놓고, 여자가 내리는 것을 도와주려 두 팔을 내밀었다. 하지만 운전사는 몸을 기울여 남자의 코앞에서 차문을 쾅 닫아버리고는 차를 출발시켰다. 남자는 두 팔을 뻗고 입을 벌린 채 홀로 길에 서 있었다. 그는 어둠 속으로 빠르게 멀어져가는 트럭의 붉은 등을 바라보다가, 이윽고 비명을 내지르며 트렁크를 들고 트럭을 뒤쫓기 시작했다. 이제 눈이 본격적으로 내리고 있었다. 팔다리를 허우적거리며 달려가는 그의 뒷모습이 하얀 눈송이 속에서 애처로워 보였다. 꽤 오랫동안 달린 끝에 그는 숨을 헐떡이며 속도를 늦추다가 걸음을 멈추고 길에 주저앉아 울기 시작했다. 눈송이가 그의 주위에서 가볍게 춤추며 머리 위에 내려앉고, 목덜미 속으로 미끄러져들어왔다. 그는 흐느낌을 그쳤지만 딸꾹질을 멈추기 위해 가슴팍을 두드려야 했다. 그는 땅이 꺼질 듯이 한숨을 내쉬고 머플러 끝으로 눈물을 닦고는 트렁크를 들고 다시 걷기 시작했다. 반시간은 족히 걷고 난 그는 문득 익숙한 형체가 자기 앞에 서 있는 것을 발견했다. 그는 환성을 지르며 여자에게 달려갔다. 그녀는 길 한가운데 꼼짝 않고 서서 그를 기다리고 있었다. 그녀는 한쪽 손을 내민 채 미소를 지어 보였다. 탐스러운 눈송이들이 그녀의 손가락 사이에서 천천히 녹아내렸다. 남자는 그녀의 어깨를 얼싸안았다.

"미안하다, 잠시나마 믿음을 잃었는데…… 어찌나 두려웠던지! 최악의 일을 상상하고선…… 다시는 널 못 볼 줄 알았단다." 그가 우물거렸다.

분홍 비단으로 된 예쁜 리본은 풀어져 있고, 화장은 엉망이 된 채 립스틱이 뺨과 목에 번져 있었다. 스커트의 지퍼는 떨어져나갔다. 그녀는 자꾸 흘러내리는 한쪽 스타킹을 어설프게 붙잡고 있었다.

"그런데 알 수 없지, 혹시 놈이 네게 나쁜 짓이라도……"

"항상 최악의 경우를 생각할 필요는 없어요." 여자가 대답했다.

남자가 기운차게 그녀의 말에 동의했다.

"그럼, 그럼."

그는 손을 들어 눈송이 하나를 잡았다.

"네가 이걸 볼 수만 있다면." 그가 감탄했다. "이번엔 진짜 눈이란다! 내일은 눈 외에는 아무것도 보이지 않을 거야. 모든 게 하얗고 새롭고 아주 깨끗할 거야. 자, 가자꾸나! 거의 다 왔을 거야."

얼마 지나지 않아 표지판이 나왔다. 남자는 고개를 빼고, '함부르크, 백이십 킬로미터'라고 적힌 표지판을 읽었다. 그는 서둘러 안경을 벗었다. 놀라움에 그의 눈이 휘둥그레지고, 벌어진 입은 닫힐 줄 몰랐다. 그 서툰 운전사는 그들을 반대 방향으로 육십 킬로미터나 더 멀리 데려다놓았던 것이다. 그는 함부르크로 가는 길이 아니었던 것이다. 그 딱한 사내가 자신의 말을 잘못 알아들은 게 분명했다.

"가자, 이제 다 왔단다." 남자가 쾌활하게 말했다.

그는 그녀의 손을 잡았다. 그들은 얼굴을 어루만져주는 하얀 밤 속으로 계속해서 걸어갔다.

도대체 순수는 어디에
도대체 순수는 어디에

내가 마침내 문명과 그 거짓된 가치들을 뒤로하고, 물질적인 부에 완전히 경도된 탐욕스러운 세상에서 가능한 한 멀리 떨어진, 푸른 석호가 있고 바닷속 산호초가 있는 태평양의 어느 섬에 은둔하기로 결심한 것은, 정말 철저한 기질을 지닌 이들만이 문득 부딪히는 그런 이유에서였다.

나는 순수에 목말라 있었다. 나는 이익을 위한 싸움과 정신 나간 경쟁을 일삼는 분위기, 예술가적 기질과 섬세한 성품을 지닌 나 같은 이들이 정신적 평화를 느끼는 데 꼭 필요한 몇몇 물질적인 편의를 조달받기가 점점 더 어려워지는, 뻔뻔함이 기본이 되는 그런 분위기로부터 벗어날 필요를 느껴오던 터였다.

그랬다, 내가 필요로 했던 것은 무엇보다도 무사무욕이었다. 나를 아는 이들이라면 내가 그것에 어느 정도로 가치를 두는지 알 것이다. 그것은 아마도 내가 친구들에게 요구하는 유일하고도 으뜸가는 자질이다. 나는 치사한 계산이라고는 전혀 할 줄 모르는 소박하고 다감한 사람들에게 둘러싸여 사는 것을 꿈꾸었다. 그러면 어떤 치사스러운 이해관계가 개입할 수 있다는 우려 없이 그들에게 우정을 주고 그 대가로 무엇이든 요구할 수 있으리라.

그래서 나는 하고 있던 몇 가지 개인적인 일을 정리하고, 여름이 시작될 무렵 타히티섬으로 갔다.

하지만 타히티의 수도 파페에테에 실망했다.

그 도시는 매혹적이었지만, 문명이 도처에서 마각을 드러내고 있었다. 모든 것에 가격과 임금이 매겨져 있었고, 시중드는 사람은 친구가 아니라 월급쟁이로서 월말에는 급료를 기다렸으며, '생활비를 번다'는 말이 고통스러울 정도로 집요하게 자주 등장했다. 그런데 앞서 말한 대로 돈이야말로 내가 가능한 한 멀리 떠나고자 했던 것 중 하나가 아니었던가.

그래서 나는 마르키즈제도에 있는 이름 없는 작은 섬 타라토라에 정착하기로 결정했다. 내가 지도에서 우연히 선택한 그 섬은 오세아니아 페를리에 상사商社의 배가 일 년에 세 차례 닻을 내리는 곳이었다.

그 섬에 도착하자마자 나는 마침내 내 꿈의 실현이 임박했음을 느낄 수 있었다.

내가 그곳 해변에 발을 내디디는 순간, 수없이 들었음에도 마침내 직접 보고 나면 언제나 놀라움을 감출 수 없는 폴리네시아의 아름다운 풍경이 자태를 드러냈다. 산에서 바다로 가파르게 떨어져내리는 종려나무들, 산호들이 보호하듯 둘러싸고 있는 석호의 느른한 평화로움, 그 경쾌함 자체로 근심 걱정이라곤 없어 보이는 초가집들이 모여 있는 작은 마을, 두 팔을 벌리고 어느새 나를 향해 달려나오는 마을 사람들을 보는 순간, 나는 친절과 우정으로 모든 것을 얻을 수 있으리라는 것을 느낄 수 있었다.

그도 그럴 것이, 언제나처럼 나는 인간의 성정性情에 가장 민감했던 것이다.

나는 걸어다닐 만한 반경 내에서 우리네 천박한 자본주의적 사고에 전혀 물들지 않은 주민들을 수백 명 만날 수 있었다. 그들이 영리에 얼마나 무심한지, 나는 마을에서 제일 좋은 초가집에 자리를 잡고, 생활에 당장 필요한 온갖 생필품을 갖추고, 전용 낚시꾼과 정원사와 요리사를 두는 그 모든 일을, 지갑을 열지 않고도 가장 소탁하고 가장 감동적인 형제애와 우정을 바탕으로 상호 존중 속에 해결할 수 있었다.

그것은 그곳 주민들의 순수한 영혼과 놀라운 무구함 덕택이기도 했지만, 타라통가가 내게 베푼 특별한 선의에 힘입은 것이기도 했다.

타라통가는 오십대의 여인으로, 과거 마르키즈제도의 이십여 개 섬들을 통치했던 추장의 딸이었다. 섬 주민들은 그녀를 부모처럼 사랑했다. 나는 도착하자마자 그녀의 우정을 얻기 위해 온갖 노력을 기울였다. 나 자신을 특별하게 보이려 애쓰지 않고 그녀에게 마음을 열어 보임으로써 아주 자연스럽게 그 일을 해냈다. 내가 그 섬까지 오지 않을 수 없었던 이유, 천박한 물질주의와 비열한 상업주의에 대한 공포, 인간이 내세를 갖는 데 필요한 무욕과 순수 같은 자질들을 다시 발견해야 할 절박한 필요를 느끼고 있다고 털어놓았고, 마침내 그 모든 것들을 그녀의 부족민들에게서 발견한 것에 대한 감사와 기쁨을 고백했다. 자신은 나를 완벽하게 이해하고 있으며, 자기 필생의 목표 역시 돈이 자기 동족들의 영혼을 더럽히는 걸 막는 것뿐이라고 타라통가는 말했다. 나는 그 암시를 이해하고서, 타라토라에 머무는 동안 내 주머니에서 단 한 푼도 내보내지 않겠노라고 엄숙하게 단언했다. 집으로 돌아온 나는 내게 아주 신중하게 전달된 그 수칙을 지키기 위해 그후 수주일간 최선을 다했다. 갖고 있던 돈을 모두 모아 오두막 한구석에 파묻기까지 했다.

내가 그 섬에 체류한 지 석 달째 되던 어느 날이었다. 아이 하나가 이제 내가 내 친구라고 부르고 있는 타라통가의 선물을 가져왔다.

그것은 그녀가 나를 위해 직접 구운 호두과자였다. 그런데 첫눈에 나를 놀라게 한 것은 그 과자를 싼 천이었다.

그것은 거친 포대 천으로, 내게 막연히 뭔가를 상기시키는 특이한 색채의 그림이 그려져 있었다. 처음에는 그게 무엇인지 알 수 없었다.

나는 좀더 주의깊게 그 천을 살펴보았고 심장이 마구 뛰었다.

자리에 앉아야 했다.

나는 그 천을 무릎에 올려놓고 조심스럽게 매듭을 풀었다. 그것은 가로 오십 센티미터, 세로 삼십 센티미터의 직사각형 천으로, 그림에는 자잘하게 금이 가 있고 군데군데 반쯤 지워진 곳도 있었다.

나는 꼼짝도 하지 않고 믿어지지 않는 눈길로 잠시 그 천을 뚫어져라 바라보았다.

의심의 여지가 없었다.

내 앞에 있는 것은 폴 고갱의 그림이었다.

나는 그림에 조예가 깊지는 못했다. 하지만 오늘날 그 화풍을 한눈에 알아볼 수 있는 대가들이 있지 않은가. 나는 떨리는 손으로 다시 한번 천을 펼쳐 들여다보았다. 그 그림은 타히티산의 한 귀퉁이와 샘가에서 목욕하는 여자들을 그린 것으로, 상태는 좋지 않았지만 그 색채와 형태와 모티프 자체에는 의심의 여지가 없었다.

심장이 너무 빨리 뛰면 언제나 느껴지는 고통스러운 죄어듦이 오른쪽 옆구리, 간 언저리에서 느껴졌다.

이 이름 없는 작은 섬에서 고갱의 작품을 만나다니! 타라통가는 그것으로 과자를 싸 보내다니! 파리에서라면 오백만 프랑은 족히 나갈 그림이 아닌가! 도대체 타라통가는 이런 그림들을 얼마나 많이 물건을 싸거나 구멍을 막는 데 써버렸을까? 인류의 입장에서 볼 때 이 얼마나 큰 손실인가!

나는 튕기듯 자리에서 일어나, 과자를 보내준 데 감사를 표하기 위해 타라통가의 집으로 달려갔다.

그녀는 석호가 보이는 집 앞에서 파이프 담배를 피우고 있었다. 그녀는 머리가 희끗희끗한 강인한 여성으로 가슴을 드러내고 있었는데, 그런 자세에서도 감탄을 자아내는 권위가 풍겨나왔다.

"타라통가, 보내주신 과자 잘 먹었습니다. 정말 맛있더군요. 고맙습니다." 내가 말했다.

그녀는 기분이 좋은 듯했다.

"오늘 당신에게 또 과자를 만들어드리리다."

나는 입을 벌렸지만 아무 말도 하지 않았다. 기지를 발휘할 때였다. 그 위엄 있는 여인에게, 그녀가 이 세상의 위대한 천재 중 한 사람의 작품을 물건 싸는 데나 쓰는 야만인이라는 사실을 환기시킬 권리가 내게는 없었다. 지나치게 예민한 감수성 때문에 내가 고통받고 있다는 점은 인정하지만, 어떻게 해서든 그 일은 피하고 싶었다.

고갱의 또다른 그림으로 포장된 과자를 받을 수도 있었지만, 나는 침묵을 지켜야 했다. 유일하게 값을 매길 수 없는 것이 있다면, 그게 바로 우정이 아니겠는가.

나는 내 오두막으로 돌아가 기다렸다.

그날 오후, 고갱의 또다른 그림으로 포장된 과자가 도착했다. 이번 것은 지난번 것보다 상태가 더 나빴다. 누군가 그림을 칼로 긁은 것 같았다. 나는 당장이라도 타라통가의 집으로 달려갈 뻔했지만 자제했다. 신중하게 처신해야 했다. 나는 그저 다음날 그녀를 찾아가, 그녀의 과자가 내가 이제껏 먹어본 것 중 최고였다고 말했다.

그녀는 너그럽게 미소를 지으며, 파이프에 담뱃잎을 채웠다.

다음 일주일 동안, 나는 타라통가로부터 세 점의 고갱 그림으로 포장된 과자를 세 차례 받았다. 나는 특별한 시간을 살고 있었다. 내 영혼은 노래하고 있었다. 당시 내가 처해 있던 강렬한 예술적 감동으로 채워진 그 시간들을 묘사할 만한 표현이 달리 없다.

그후에도 과자는 계속 도착했지만, 포장지는 없었다.

나는 통 잠을 이룰 수 없었다. 이제 그림이 다 떨어진 것일까, 아니면 단순히 타라통가가 과자를 포장하는 것을 잊어버린 것일까? 나는 화가 났고 약간 모욕당한 것 같은 느낌마저 들었다. 타라토라의 원주민들이 품성은 선하지만 몇 가지 심각한 결점도 갖고 있다는 것, 그중에는 그들을 완전히 믿을 수 없게 만드는 경박함도 있다는 것을 인정해야 한다. 나는 마음을 진정시키기 위해 알약을 몇 알 삼키고는, 타라통가에게 그녀가 무식하다는 사실을 환기시키지 않고 그 이야기를 꺼낼 방법을 궁리했다. 마침내 나는 솔직하게 말하기로 마음먹고 친구의 집을 다시 찾아갔다.

"타라통가, 당신은 내게 몇 차례 과자를 보내주었지요. 정말 맛있었습니다. 게다가 과자를 싼 채색된 포대 천들에 무척 관심이 끌리더군요. 그 밝은 색채가 정말 마음에 듭니다. 그 그림들은 어디서 난 건가요? 또 있습니까?" 내가 말했다.

"오! 그거…… 제 할아버지는 그것을 뭉치로 갖고 계셨지요." 타라통가가 무심하게 대답했다.

"무…… 뭉치로?" 나는 말을 더듬었다.

"그래요, 이곳에 살면서 포대 천에다 그런 식으로 색칠하는 걸 좋아했던 어떤 프랑스인에게서 받았다더군요. 내게 남은 게 있을걸요."

"많은가요?" 내가 중얼거리듯 물었다.

"오! 모르겠어요. 직접 봐요. 이리 와요."

그녀는 말린 생선들과 야자들로 가득찬 곳간으로 나를 안내했다. 열두어 점의 고갱 그림이 바닥의 모래로 덮여 있었다. 모두 포대 천들에 그려진 것으로 손상이 심했지만 그중 몇 점은 아직 상태가 괜찮았다. 나는 얼굴빛이 창백해지고 다리가 후들거렸다. '맙소사, 내가 이곳에 오지 않았다면, 인류에게 정말 돌이킬 수 없는 크나큰 손실이 일어날 뻔했군!' 나는 생각했다. 가격으로 치자면 삼천만 프랑은 나갈 터였다……

"갖고 싶으면 가져요." 타라통가가 말했다.

내 마음속에서 끔찍한 싸움이 벌어졌다. 나는 그 훌륭한 종족의 무사무욕을 알고 있었으므로, 상업적인 가치와 가격의 개념을 그 섬과 그 주민들의 머릿속에 심고 싶지 않았다. 그것들은 이미 수많은 지상 천국들을 끝장내지 않았던가. 하지만 그럼에도 불구하고 마음속 깊숙이 자리잡고 있는 우리네 문명의 온갖 편견들이 나로 하여금 그런 선물을 무상으로 받는 것을 허락하지 않았다. 나는 비싼 금시계를 얼른 손목에서 풀어 타라통가에게 내밀었다.

"이번에는 내가 당신에게 선물을 할 수 있도록 해주십시오." 내가 사정했다.

"여기서는 시간을 아는 데 그런 게 필요하지 않아요. 해를 쳐다보는 것으로 충분하지요."

그래서 나는 고통스러운 결론을 내렸다.

"타라통가, 불행히도 난 프랑스로 돌아가야 합니다. 인도적인 이유들이 내게 돌아갈 것을 명하고 있습니다. 마침 일주일 후에 배가 도착하니까 그때 떠날 겁니다. 당신의 선물은 받겠습니다. 하지만 그 대신 내가 당신과 당신 부족민들을 위해 뭔가 하도록 해주셔야 합니다. 내겐 돈이 좀 있습니다. 오! 얼마 안 되지만, 그걸 당신에게 남겨놓고 가게 해주십시오. 어쨌든 당신에게도 연장과 약품이 필요하잖습니까." 내가 말했다.

"그럼 그렇게 하시구려." 그녀는 무심하게 대답했다.

나는 친구 타라통가에게 칠십만 프랑을 주었다. 그런 다음 그림들을 들고 내 오두막을 향해 달렸다. 나는 배를 기다리며 불안한 일주일을 보냈다. 정확히 뭘 불안해하고 있는지 나도 알 수 없었다. 하지만 서둘러 그곳을 떠나고 싶었다. 아름다움을 혼자 응시하는 것으로 만족하지 못하고, 그 기쁨을 자신과 비슷한 이들과 공유하고 싶은 강한 욕구를 느끼는 독특한 예술적 기질의 소유자가 있는 법이다. 나는 프랑스로 돌아가 화랑에 들러 내 보물들을 보여주고 싶어 조바심이 났다. 일억 프랑은 나갈 터였다. 내 신경을 곤두서게 하는 유일한 문제는 분명히 매매가의 삼사십 퍼센트를 국가에 세금으로 내야 한다는 것이었다. 아름다움이라는 가장 사적인 영역에 대한 우리네 문명의 침해가 그런 정도였다.

프랑스행 배를 타기 위해서는 타히티에서 보름을 기다려야 했다. 나는 내가 머물렀던 산호초 섬과 타라통가에 대해 가능한 한 입을 다물었다. 나는 내 낙원에 상업적인 손길이 뻗치게 하고 싶지 않았다. 그런데 내가 투숙한 호텔의 주인은 그 섬과 타라통가를 잘 알고 있었다.

"대단한 계집이죠." 어느 날 그가 내게 말했다.

나는 침묵을 지켰다. 내가 아는 사람 중 가장 고상한 사람에게 '계집'이란 단어를 쓴다는 것이 너무나 어이없었다.

"그 여자가 당신에게도 틀림없이 그림을 보여줬을 텐데요?" 그가 물었다.

나는 자세를 바로 했다.

"뭐라고요?"

"그 여자의 그림 솜씨는 솔직히 썩 괜찮은 편이죠. 이십 년 전 파리에서 삼 년간 응용미술을 공부했다더군요. 그런데 알다시피 야자 시세가 폭락하는 바람에, 물감을 들고 섬으로 돌아왔죠. 그 여잔 놀라운 솜씨로 고갱의 그림을 모사한답니다. 오스트레일리아와 정규 계약을 맺고 있죠. 그곳에선 그녀가 그린 모작이 한 점당 이만 프랑씩에 팔린답니다. 그걸로 먹고사는가본데…… 왜 그러시죠, 손님? 어디 안 좋으십니까?"

"아무것도 아니오." 내가 더듬거렸다.

내가 무슨 기운으로 자리에서 일어나 방으로 올라가 침대에 몸을 던졌는지 모르겠다. 나는 저항할 수 없는 깊은 혐오감에 사로잡혀 낙담한 채 그 자리에서 꼼짝할 수 없었다. 세상은 다시 한번 나를 배신했다. 대도시에서든 태평양의 가장 작은 산호초 섬에서든, 천박하기 이를 데 없는 계산이 인간의 영혼을 더럽히고 있다. 순수에 대한 내 끈질긴 욕구를 만족시키기 위해선 정말이지 무인도로 들어가 혼자 살아야 하는 것인가.

세상에서 가장 오래된 이야기

라파스는 해발 오천 미터 높이에 있다—그 이상으로 올라가면 더는 숨을 쉴 수 없을 터. 그곳에는 라마, 인디오, 메마른 고원, 만년설, 죽은 도시, 독수리 들이 있고, 열대 계곡에는 황금 채굴자들과 엄청나게 큰 나비들이 돌아다닌다.

독일 토렌베르크 수용소에서 보낸 이 년 동안, 쇼넨바움은 거의 매일 밤 볼리비아의 수도 라파스를 꿈꾸었다. 미군이 와서 저세상과도 같았던 그곳의 문을 활짝 열자, 그는 진짜 몽상가들만이 동원할 수 있는 집요함으로 온갖 노력을 기울여 볼리비아 비자를 받아냈다. 쇼넨바움은 폴란드 우치 출신의 재봉사로, 그의 집안은 오 대에 걸쳐 유명한 재봉사들을 배출해낸 전통 있는 유대계 가문이었다. 그는 라파스로 와서 정착했다. 몇 년간 악착같이 일한 끝에 마침내 개업을 했고,

얼마 지나지 않아 '파리의 재봉사 쇼넨바움'이라는 간판을 내걸고 상당한 재산을 모을 수 있었다. 주문이 쇄도하자 그는 이내 자신을 도와줄 사람을 구해야 했다. 그것은 쉬운 일이 아니었다. 안데스 고원지대의 인디오들 중에서 '파리의 재봉사'가 될 만한 이들의 수는 놀랄 정도로 적었다. 가느다란 바늘이 그들의 손가락에 맞지 않았던 것이다. 쓸만한 조수로 만들기 위해서는 쇼넨바움이 아주 오랜 시간을 들여 어렵게 기술을 가르쳐야 할 터였다. 몇 차례의 시도 끝에, 그는 일감은 점점 늘어가지만 혼자 감당할 수밖에 없겠다고 체념했다. 하지만 섭리의 손길이라고밖에 할 수 없는 예상치 못한 만남이 그 문제를 해결해주었다. 그 손길이 언제나 그를 지켜주었다는 것은, 삼십만 명에 달하는 우치의 폴란드인 중 얼마 안 되는 생존자 가운데 그가 낀 것만 보아도 알 수 있는 일이었다.

쇼넨바움은 그 도시의 언덕 위에 살고 있었다. 동이 트자마자 라마 행렬이 그의 창 아래를 지나가곤 했다. 수도에 현대적인 모습을 부여하고자 애쓰던 볼리비아 당국은 규정을 만들어 라마들이 라파스의 도로를 다니는 것을 금지했다. 하지만 도로가 제대로 정비되어 있지 않은 산길이나 오솔길에서는 라마가 유일한 교통수단이었으므로, 새벽녘 도시 외곽에서 상자들과 자루들을 싣고 오는 라마 행렬의 장관은 지금은 물론 앞으로도 오랫동안 그 나라를 찾는 모든 관광객들에게 친숙한 모습으로 남을 터였다.

매일 아침 가게로 가는 길에 쇼넨바움은 그런 행렬을 만나곤 했다. 정확한 이유는 알 수 없었지만 그는 라마가 좋았다. 어쩌면 독일에 없는 동물이라는 단순한 이유 때문인지도 몰랐다. 라마는 제 몸무게의 몇 곱절에 해당하는 짐을 나를 수 있었다. 그런 라마 이삼십 마리를 두세 명의 인디오들이 몰고 안데스산맥의 외딴 마을로 가곤 했다.

어느 날이었다. 해가 뜨자마자 라파스로 내려가던 쇼넨바움은 그 행렬 중 하나와 마주쳤다. 라마떼 행렬을 보면 그는 언제나 애정어린 미소를 머금었다. 걸음을 늦추고 손을 뻗어 지나가는 라마를 어루만졌다. 그는 독일에서 흔히 볼 수 있는 고양이나 개를 만진 적도 없었고, 독일에서 새들의 노랫소리에 귀를 기울인 적도 없었다. 강제수용소에 갇혔던 경험 때문에 독일과 연관된 것에 대해 그가 다소 유보적인 태도를 갖게 된 것이 분명하다. 라마의 옆구리를 어루만지던 그는 그 곁에서 걷고 있는 인디오의 얼굴에 눈길을 주었다. 한 손에 막대를 쥐고 맨발로 걷고 있는 그 사내에게 쇼넨바움은 처음엔 그다지 관심을 기울이지 않았고, 하마터면 남자의 얼굴을 영영 보지 못하고 스칠 뻔했다. 사내의 얼굴은 누르스름하고 앙상했다. 수세기 동안 생리적인 고통이 가공해낸 돌처럼 마모된 모습이었다. 하지만 어디선가 본 듯한 익숙한 그 무엇, 소름 끼치는 동시에 악몽과도 같은 그 무엇이 문득 쇼넨바움의 마음속에서 꿈틀댔다. 좀처럼 기억이 나지 않았지만, 그의 마음속에서 극도의 흥분이 일었다. 라마 곁에서 걷고 있는 그 사내의 이 빠진 입, 마치 아물지 않는 상처처럼 세상을 향해 열려 있는 부드럽고 커다란 갈색 눈, 서글픈 코, 그리고 얼굴에서 떠나지 않는 질책의 표정─반은 묻는 것 같고 반은 비난하는 듯한─이 이미 등을 들린 쇼넨바움의 몸으로 말 그대로 와락 달려들었다. 쇼넨바움은 탁해진 목소리로 비명을 내지르며 몸을 돌렸다.

"글루크만! 자네 거기서 뭘 하고 있나?" 그가 외쳤다.

본능적으로 그는 이디시어로 말했고, 그렇게 갑작스러운 질문을 받은 사내는 몸에 불이라도 붙은 것처럼 소스라치며 옆으로 물러섰다. 사내는 길을 따라 달리기 시작했다. 라마들은 특유의 오만한 태도로 절도 있게 계속 걷고 있었고, 쇼넨바움은 스스로도 낯설게 느껴지는 기민한 동작으로 사내의 뒤를 쫓기 시작했다. 길모퉁이에서 사내를 따라잡고 그의 어깨를 잡아 강제로 멈춰 세웠다. 틀림없는 글루크만이었다. 이목구비만 같은 게 아니었다. 무엇보다도 그 고통에 찬 태도, 말없이 묻는 듯한 표정을 몰라볼 수가 없었다. 구석에 몰린 사내는 붉은 바위에 등을 대고 서서 이 빠진 잇몸을 드러내고 있었다.

"자네군, 틀림없는 자네야!" 쇼넨바움이 줄곧 이디시어로 소리쳤다.

글루크만은 필사적으로 고개를 저었다.

"아닙니다! 내 이름은 페드로예요, 난 당신을 몰라요." 그 역시 이디시어로 소리쳤다.

"그럼 어디서 이디시어를 배웠지? 라파스의 유치원에서?" 쇼넨바움이 의기양양하게 소리쳤다.

글루크만의 입이 더 크게 벌어졌다. 그는 도움이라도 청하는 듯 라마들 쪽으로 절망적인 시선을 던졌다. 쇼넨바움은 그를 잡은 손을 놓았다.

"그런데 이 딱한 친구야, 뭘 두려워하는 건가? 난 친구잖나. 무엇 때문에 신분을 속이려는 거지?" 그가 물었다.

"내 이름은 페드로란 말입니다!" 글루크만이 날카롭고도 애원하는 듯한 어조의 이디시어로 항변했다.

"완전히 *메슈게아**, 그래, 자네 이름이 페드로라면…… 그러면 이

234

건……" 쇼넨바움이 딱하다는 듯 말했다.

그는 글루크만의 손을 잡고 그의 손가락을 들여다보았다. 손톱이 하나도 남아 있지 않았다……

"그러면 이건? 자네의 손톱을 뿌리까지 뽑아버린 건 인디오들이란 말인가?"

글루크만은 바위에 몸을 더욱 밀착했다. 그의 입이 천천히 다물어지고, 눈물이 두 뺨 위로 흘러내리기 시작했다.

"자네, 날 고발하진 않겠지?" 글루크만이 더듬거리며 물었다.

"내가 자넬 고발한다고? 누구한테 자넬 고발해? 왜 자넬 고발한단 말인가?" 쇼넨바움이 그의 말을 되풀이했다.

갑자기 무시무시한 불안 때문에 쇼넨바움은 목이 죄어들었고 이마가 땀으로 범벅이 되었다. 그는 공포에 사로잡혔다. 그건 지구 전체를 돌연 끔찍한 위험으로 채우는 무서운 공포였다. 이윽고 그는 정신을 수습했다.

"그건 끝난 일 아닌가! 십오 년 전에 끝났네, 끝난 일이라고!" 그가 소리쳤다.

글루크만의 길고 앙상한 목 위로 목울대가 경련하듯 움직거렸고, 약삭빠른 이죽거림 같은 것이 그의 얼굴을 재빨리 스쳤다가 이내 사라졌다.

"사람들은 항상 그렇게 말하지! 하지만 난 그런 약속 같은 건 믿지 않아."

---

* 이디시어로 '미친'이라는 뜻. (원주)

쇼넨바움은 숨이 가빴다. 고도 오천 미터 지점에 있었지만, 그 때문에 숨이 가쁜 것이 아님을 잘 알고 있었다.

"글루크만," 그가 엄숙하게 말했다. "자네는 언제나 바보 같았지. 하지만 어쨌든 노력은 해봐야 할 것 아닌가! 끝난 일이네! 이제 더이상 히틀러도 없고, 나치 친위대도, 가스실도 없네. 우리에겐 우리의 나라까지 있잖나. 이스라엘 말일세. 우리에겐 군대와 사법부와 정부가 있어. 그건 끝났네! 더이상 숨을 필요가 없단 말일세!"

"하하하!" 즐거워하는 기색이라고는 전혀 없이 글루크만이 웃었다. "그럴 리 없지."

"뭐가 그럴 리 없단 말인가?" 쇼넨바움이 물었다.

"이스라엘 말이야! 그런 건 있을 수 없네." 글루크만이 단호하게 말했다.

"뭐라고, 있을 수 없다고? 분명히 존재한다네! 자넨 신문도 안 읽었나?" 쇼넨바움은 발을 구르며 고함을 질렀다.

"하!" 글루크만은 지독히 꾀바른 태도로 감탄사를 연발할 뿐, 아무 말도 하지 않았다.

"이곳 라파스에도 이스라엘 영사관이 있잖나! 비자를 받을 수도 있고, 그곳에 갈 수도 있단 말일세!"

"그건 말이 안 된다네! 그건 독일 놈들의 또다른 속임수야." 글루크만이 단언했다.

쇼넨바움의 몸에 소름이 돋기 시작했다. 특히 그를 겁에 질리게 했던 것은, 글루크만의 꾀바르고도 오만한 태도였다. 독일인들은 그런 종류의 책략에 너무나 능란했다. 당신이 유대인이라는 것을 증명하는 서류를 갖고 모처로 나오시오, 그러면 우리가 당신을 공짜로 이스라엘로 보내주겠소. 그래서 그곳으로 나가면, 체포되어 죽음의 수용소로 보내지는 것이다. 맙소사, 그는 생각했다. 도대체 내가 무슨 상상을 하고 있는 거지? 그는 이마의 땀을 닦고 애써 미소를 지었다. 이윽고 그는 글루크만이 예의 그 약삭빠르고 뭔가 알고 있는 듯한 태도로 이야기하고 있다는 것을 깨달았다.

"이스라엘 운운하는 것은 안전한 곳에 숨어든 우리 같은 이들을 모두 적발해내기 위한 계략이네. 우리를 가스실로 보내려고 말일세…… 괜찮은 생각이지. 독일 놈들이라면 그런 짓을 하고도 남지. 놈들은 우리를 마지막 한 사람까지 그곳으로 끌어들여서는 한꺼번에…… 난 그들을 알아."

"우리에겐 우리만의 유대 국가가 있잖나." 쇼넨바움은 아이를 대하듯 부드럽게 말했다. "대통령의 이름은 벤구리온이고, 군대도 있네. 우리는 국제연합의 회원이라고. 단언하는데, 그건 끝난 일이야."

"그럴 리 없어." 글루크만이 단호하게 말했다.

쇼넨바움은 그의 어깨에 팔을 둘렀다.

"자, 내 집에 가서 같이 지내세. 의사를 만나보자고." 그가 말했다.

그 가엾은 사내의 맥락이 닿지 않는 이야기를 통해 사태를 파악하는 데에는 이틀이나 걸렸다. 유대인 배척자들 사이에서 일시적으로 불화가 생기는 바람에 풀려난 글루크만은 언젠가는 사태가 진정되리라는 희망을 갖고, 안데스산맥 꼭대기의 고원지대로 숨어들었다. 그런 다음 시에라산맥을 오가는 대상隊商의 라마몰이꾼이 됨으로써 게슈타포의 손길에서 벗어날 수 있었다. 게슈타포는 더이상 존재하지 않고, 히틀러는 죽었으며, 독일은 점령당했노라고 쇼넨바움이 설명할 때마다, 그는 어깨를 으쓱해 보이며 꾀바른 태도를 보였다. 자신이 아는 게 더 많다, 함정에 빠지지 않겠다는 것이었다. 설전 끝에 쇼넨바움이 이스라엘의 학교, 군대, 믿음직하고 단호한 젊은이들의 사진을 보여주자, 글루크만은 갑자기 죽은 이들을 위한 기도문을 읊조리기 시작했다. 바르샤바의 게토에서처럼 집단학살을 보다 쉽게 하기 위한 적의 계략에 속아 그곳에 출두한 순진한 희생자들이라 여기고 눈물을 흘리기까지 했다.

그가 좀 모자란다는 사실을 쇼넨바움은 오래전부터 알고 있었다. 좀 더 정확히 말하자면, 그가 당한 이루 말할 수 없는 학대를 견디는 데 그의 머리가 몸보다 훨씬 약했던 것이다. 수용소에서 글루크만은 나치 친위대 지휘관인 하우프트만 슐체가 가장 좋아하는 먹잇감이었다. 당국에 의해 신중하게 선발된 슐체는 자신에게 보여준 신임에 십분 보답할 줄 아는 자였고, 남에게 고통을 가함으로써 기쁨을 느끼는 야수 같은 인간이었다. 어떤 이유에서인지는 모르지만, 그는 가엾은 글루크만을 자신의 노리개로 삼았다. 그 일에 대해 알고 있는 수용자들 중에서 글루크만이 그의 손아귀에서 살아 나갈 수 있으리라고 여긴 사람은 아무도 없었다. 글루크만 역시 쇼넨바움처럼 재봉사였다. 그의 손가락이 바늘 다루는 법을 조금 잊긴 했지만, 그는 이내 일을 시작해도 좋을 만한 숙련된 솜씨를 되찾았다. 그래서 '파리의 재봉사' 양복점은 마침내 넘쳐나는 주문을 감당해낼 수 있었다. 글루크만은 아무와도 이야기를 나누지 않았고, 손님들의 눈길을 피해 카운터 뒤쪽의 어두운 구석 바닥에서 일했다. 그는 밤에만 밖으로 나가 라마들을 찾아가서는 거친 털로 덮인 그들의 옆구리를 오랫동안 부드럽게 어루만지곤 했다. 그의 눈빛 속에는 언제나 모든 것을 알고 있다는 가혹한 인식의 미광이 타오르고 있었다. 그런 눈빛은 입가를 스치는 오만하고 약삭빠른 미소로 이따금 더욱 두드러지곤 했다. 그는 두 차례에 걸쳐 도망치려 했다. 첫번째는 쇼넨바움이 지나가는 말로 그날이 히틀러 치하의 독일이 망한 지 십육 년째 되는 날이라고 했을 때였고, 두번째는 어떤 술 취한 인디오가 길에서 "위대한 지도자가 산에서 내려와 모든 것을 장악할 것"이라고 외쳐대던 때였다.

마침내 글루크만은 그들의 만남으로부터 육 개월이 지난 욤 키푸르* 기간이 되어서야 눈에 띄게 변화를 보였다. 그는 마치 해방된 사람처럼 한결 확신에 차고 평온하기까지 한 모습을 보였다. 일할 때에도 더이상 숨지 않았다. 어느 날 아침 가게에 들어서던 쇼넨바움은 귀를 의심했다. 글루크만이 노래를 부르고 있었던 것이다. 보다 정확히 말하면, 그는 과거 러시아 국경지대의 유대인들이 부르던 곡조를 나지막하게 흥얼거리고 있었다. 그는 쇼넨바움을 힐끗 바라보고는, 입술에 실을 물어 침을 묻혀서는 바늘에 꿴 다음 서글프고 부드러운 그 옛 곡조를 연신 흥얼댔다. 쇼넨바움은 한순간 희망을 품었다. 그 가엾은 친구의 머릿속에 살아 있던 잔인한 기억이 마침내 사라지는 모양이라고. 평소에는 저녁식사가 끝나기 무섭게 글루크만은 가게 뒷방에 마련해놓은 매트리스 위에 가서 눕곤 했다. 그는 그 구석에 웅크리고 누워 환각―익숙하기 그지없는 물건들을 무시무시한 것으로, 들려오는 모든 소리를 죽음의 비명으로 착각하게 하는―에 사로잡힌 눈길로 벽을 응

시한 채 긴 시간을 보내면서 뜬눈으로 밤을 새우다시피 했다. 어느 날 저녁이었다. 가게 문을 닫고 나갔다가 열쇠를 두고 온 것을 깨닫고 돌아온 쇼넨바움은 글루크만이 바구니에 차가운 음식들을 황급히 담고 있는 것을 보았다. 쇼넨바움은 열쇠를 찾아 쥐고 밖으로 나왔다. 하지만 그는 집으로 돌아가는 대신 길에서 어느 집 대문에 몸을 숨기고 친구가 나오기를 기다렸다. 이윽고 글루크만이 음식이 든 바구니를 팔에 걸고 가게를 빠져나와 어둠 속으로 사라지는 것이 보였다. 쇼넨바움은 자기 친구가 그렇게 매일 저녁 음식이 담긴 바구니를 가지고 가게를 나간다는 것을 알아차렸다. 얼마 후 돌아온 글루크만의 바구니는 비어 있었고, 얼굴에는 마치 대단한 일이라도 해낸 것처럼 꾀바르고도 만족스러운 기색이 역력했다. 재봉사는 그런 밤마실의 목적이 무엇인지 친구에게 묻고 싶은 마음이 간절했다. 하지만 글루크만의 폐쇄적인 성격을 알고 있었으므로 겁을 먹을까봐 묻지 않기로 했다. 하루 일이 끝난 후 길에서 참을성 있게 망을 보고 있던 쇼넨바움은 어떤 형체가 재빨리 가게를 빠져나와 어딘가를 향해 가는 것을 보았다. 그는 그 뒤를 좇기 시작했다.

글루크만은 혹시 있을지도 모르는 미행을 따돌리려는 듯 이따금 지나온 길을 힐끔거리며, 스칠 듯 벽에 붙어서 빠르게 걸었다. 글루크만의 그런 조심스러운 행동에 재봉사의 호기심은 절정에 달했다. 글루크만이 뒤를 돌아볼 때마다 쇼넨바움은 이 대문 저 대문으로 몸을 숨겼다. 밤의 어둠이 내려와 있었으므로 쇼넨바움은 여러 차례 친구의 행방을 놓칠 뻔했다. 몸집이 뚱뚱하고 정신적으로 조금 지쳐 있긴 했지만, 그는 줄곧 친구를 따라잡을 수 있었다. 마침내 글루크만은 혁명로路 앞뜰로 접어들었다. 재봉사는 잠시 기다렸다가 그의 뒤를 바짝 좇았다. 그곳은 에스툰시온 시장에 있는 라마몰이꾼들의 마당 중 하나로, 매일 아침 라마들이 짐을 싣고 산악 지방으로 출발하는 곳이었다. 짐승의 똥냄새가 진동하는 가운데 인디오들이 땅바닥에 깔린 짚에서 자고 있었고, 상자들과 물건들 가운데에서 라마들이 긴 목을 치켜올렸다. 정면의 두번째 출구는 희미하게 불이 밝혀진 좁은 골목길로 통했다. 글루크만의 모습은 이미 보이지 않았다. 재봉사는 잠시 기다렸다가 어깨를 으쓱하고는 왔던 길을 되돌아가려고 몸을 돌렸다. 혹시 있을지도 모르는 미행을 따돌리기 위해, 글루크만은 가장 먼 길로 돌아온 참이었다. 쇼넨바움은 시장을 가로지르는 지름길을 통해 집에 가기로 마음 먹었다.

좁은 골목길로 막 접어들었을 때, 그는 어떤 집 지하실의 환기창으로 새어나오는 아세틸렌등 불빛에 주의가 끌렸다. 그가 불빛을 향해 무심코 시선을 던진 순간, 글루크만의 모습이 눈에 들어왔다. 글루크만은 탁자 앞에 서서 바구니에서 음식을 꺼내 탁자 위에 늘어놓았다. 그 앞에 놓인 등받이 없는 의자에는 누군가 환기창 쪽을 등지고 앉아 있었다. 글루크만은 탁자 위에 소시지 하나, 맥주 한 병, 빨간 고추와 빵을 내려놓았다. 쇼넨바움이 여전히 얼굴을 볼 수 없는 사내가 무어라 말하자, 글루크만은 재빨리 바구니를 뒤져 시가 하나를 식탁보 위에 놓았다. 재봉사는 친구의 얼굴에서 시선을 뗄 수가 없었다. 친구의 얼굴이 겁에 질려 있었던 것이다. 글루크만은 웃고 있었지만, 휘둥그레진 채 고정된 이글거리는 두 눈 때문에 그 기묘하게 당당한 미소에 광기가 어려 있는 것처럼 보였다. 순간 사내가 고개를 돌렸다. 토렌베르크 수용소의 고문 기술자였던 나치 친위대원 슐체였다. 한순간 재봉사는 자신이 환각에 사로잡혔거나 잘못 본 것이리라는 희망을 품었다. 하지만 그가 도저히 잊을 수 없는 얼굴이 있다면, 바로 그 괴물의 얼굴이 아니던가. 그는 슐체가 전쟁 후 자취를 감췄다는 사실을 상기했다. 어떤 이들은 그가 죽었다고 했고, 또 어떤 이들은 남미에서 숨어 산다고도 했다. 그런데 그 얼굴이 눈앞에 있었다. 짧게 깎은 머리 아래 오만하고 둔중한 얼굴, 입가의 조소가. 하지만 거기에는 그 괴물의 존재보다 더 무시무시한 그 무엇이 있었다. 바로 글루크만이었다. 어떤 끔찍한 착란이 그로 하여금 자신을 단골 먹잇감으로 삼았던 사내, 일 년여 동안 그를 끔찍이도 괴롭혔던 사내 앞에 오게 한 것일까? 어떤 광기의 메커니즘이 그로 하여금 자신을 고문했던 자를 죽여버리거나 경찰에 넘기는 대신 매일 저녁 그렇게 먹을 것을 갖다주게 했단 말인가? 쇼넨바움은 머릿속이 혼란스러워지는 것을 느꼈다. 그가 보고 있는 장면은 견뎌낼 수 있는 공포의 한계를 넘어서는 것이었다. 그는 고함을 지르고, 도움을 청하고, 사람들을 불러모으려 했다. 하지만 고작 입을 벌리고 두 팔을 내저었을 뿐이었다. 그의 목소리는 그에게 복종하기를 거부했다. 맥주병을 따서 학살자의 잔을 채워주고 있는 희생자를 튀어나올 듯한 눈으로 바라보며, 그는 그 자리에 서 있었다. 그는 완벽한 무의식 속에 그렇게 한참을 서 있었다. 그의 눈앞에서 펼쳐지고 있는 어이없는 장면이 그에게서 현실감을 송두리째 앗아가버렸던 것이다. 이윽고 옆에서 나는 숨죽인 외마디 소리를 듣고서야 그는 정신을 차렸다. 달빛 아래 글루크만이 서 있었다. 두 사람은 잠시 서로를 바라보았다. 한 사람은 이해할 수 없다는 듯한 분개한 표정으로, 또 한 사람은 얼굴에 잔인하기까지 한 교활한 미소를 띠고 눈에는 타오르는 의기양양한 광기의 불꽃을 담은 채로. 이윽고 쇼넨바움은 자신이 이렇게 말하는 소리를 들었다. 그것이 자신의 목소리라는 것을 겨우 알아차렸다.

"저놈은 일 년 넘게 자넬 매일같이 고문한 자가 아닌가! 저놈은 자넬 괴롭히고 학대하지 않았나! 그런데 경찰을 부르는 대신 저 작자에게 매일 저녁 먹을 것을 갖다주다니? 그럴 수가 있나? 내가 꿈을 꾸고 있는 건가? 어떻게 그럴 수가 있나?"

희생자의 얼굴에 떠오른 꾀바른 표정이 뚜렷해졌다. 아득한 과거로부터 들려오는 아주 오래된 목소리에 재봉사의 머리카락은 쭈뼛 곤두서고, 가슴은 얼어붙었다.

"그가 다음번에는 잘해준다고 약속했다네!"

우리 고매한 선구자들에게
영광 있으라
우리 고매한 선구자들에게 영광 있으라

코네티컷주, 이스트햄프턴공항은 자유세계의 깃발들로 뒤덮여 있었다. 진정 최선을 다한 자의 기쁨과 자부심으로 떨리는 듯한, 하늘을 가로지르는 그 힘찬 펄럭임에 감동을 느끼지 않기란 어려웠다. 그 환영과 격려의 슬로건들은 애국적 열정과 신념에서 나온 명실상부한 절규로 대형 풍선들을 타고 공중에 띄워지고, 비행기들에 의해 하얀 연기 글자로 창공에 쓰였으며, 깃대 꼭대기에서 바람에 나부끼며, 인류의 영토를 새로 개척하려는 선구자들에게 뜨거운 격려를 보내고 있었다. 개선로를 따라, 아름다운 백사장 위에 세워진 연단 주위에는 특히 많은 깃발들이 밀집해 있었다. 거기에는 "우리 고매한 선구자들에게 영광 있으라" "자랑스러운 여러분" "새로운 평화적 정복을 향해 앞으로" "여러분을 뒤따르리" "과학이 우리의 걸음을 인도한다" "삶을 바꾸자" "인간에게 더이상 한계는 없다" 같은 글귀가 쓰여 있었다. 이 행사가 젊은이들이 대모험에 몸을 던지려는 때에 맞추어 국민들의 사기를 높이고 단합을 도모하려는 데 목적이 있는 공식 행사임을 알고 있다 해도, 이 어려운 시기에 그런 일체감과 낙관론으로 조국의 위대함을 피부로 느낄 수 있다는 것은 어쨌든 좋은 일이었다.

동이 트자마자 공항은 사람들로 북적거렸다. 도착이 지연되던 대통령 전용기가 이제 곧 착륙할 터였다. 생선 장수, 구더기 장수, 파리 장수들이 도처에 좌판을 벌여놓았고, 식장 주변에는 이동식 풀장이 설치되었다. 젊은 시절의 멋진 추억으로 남아 있는 마지막 야구 시합 이후, 호러스 맥클루어는 그렇게 많은 사람들이 모인 것을 본 적이 없었다. 연단 위에 서서 목을 길게 빼보았지만 군중의 끝은 보이지 않았다. 선구자들의 가족들은 물론 떠나는 이들을 출발 지점까지 배웅하고 싶어했지만, 아내 에드나는 집에 남아 있어야 했다. 그녀의 몸이 막 힘든 시련을 겪은 후여서 새로운 감정에 노출되는 것을 피하라는 의사의 충고가 있었던 것이다. 호러스 맥클루어는 한숨을 내쉬었다. 그는 심리적으로 아내에게 몹시 의지하고 있었다. 하지만 속도가 좀더 느릴 뿐—에드나는 언제나 좀 무기력했다—그녀 역시 자신과 같은 방향으로 동화되어가는 듯했다. 모든 징후들이 그들의 별거가 일시적일 뿐임을 말해주었다. 게다가 사태의 핵심은 영구 이주 문제가 아니었다. 행사는 그저 상징적인 것에 지나지 않았다. 일가가 매일 아침 물가에 모여 함께 기도하고 서로의 기운을 북돋우는 것을 적어도 가까운 장래에는 그 무엇도 막을 수 없었다. 국내에서 가장 진화가 빠른 이들로 구성된 개척단의 대표로 자신이 지명되었다는 소식을 들었을 때, 호러스 맥클루어는 몹시 상반되는 감정을 느꼈다. 물론 자부심도 있었지만 당혹감 또한 컸다. 개척자들의 심리적 적응을 도와주는 재교육센터에서 강도 높은 훈련을 받았음에도 불구하고, 그는 대부분의 시간을 끝없는 당혹감 같은 것에 빠져 지냈고, 그 사실을 감추려 하지도 않았다.

무척 더운 날씨였다. 호러스 맥클루어는 아들의 두 다리를 단단히 붙들었다. 아들은 보다 잘 보기 위해 아버지의 목말을 타고 있었다. 이제는 익숙해진 질식할 듯한 느낌과 동시에, 이내 공포로 바뀌곤 하는 고통이 다시 엄습했다. 호러스 맥클루어는 연단을 떠나 사람들을 헤치고 가장 가까운 이동식 풀장으로 갔다. 그는 아들 빌리와 함께 물에 몸을 담갔다. 이윽고 신경이 누그러지고 기분이 한결 좋아졌지만, 풀장의 규모에 비해 사람들이 너무 많았다. 사람들의 커져가는 욕구를 충족시킬 만큼 빠른 속도로 풀장들을 건설하지 못하고 있었던 것이다. 그렇다고 업자들이 최선을 다하고 있지 않은 것은 아니었다. 말 그대로 국가로서는 죽느냐 사느냐의 문제였으므로, 공장들은 밤낮으로 가동되었다. 하지만 사태는 예상보다 훨씬 빠르게 진행되었고—역사의 가속화된 진전 과정이 늘 그렇듯이—이제 따라잡기에는 상당히 뒤처져 있었다. 소문에 따르면, 러시아에는 그런 시설이 훨씬 잘 갖추어져 있고 시간 싸움인 이 경쟁에서 괄목할 만한 진전이 있었다고 했다. 러시아에는 이미 인구 오십 명당 하나꼴로 풀장이 있었다. 호러스 맥클루어는 때때로 진짜 심각한 불안에 휩싸이곤 했다. 그는 사람들이 과거의 잘못을 되풀이하지 않기를 바랐지만, 러시아는 이미 우주 공간을 선점했고 이제는 기본적인 생필품 생산에서도 자유세계를 앞지르고 있지 않은가. 대개 풀장에 몸을 담그면 그의 고통은 씻은 듯 가라앉고, 온갖 걱정을 말끔히 씻어주는 육체적 도취 상태와도 같은 평온이 자리잡곤 했다. 하지만 여기에도 문제가 있었다. 물속에 있을 수 있는 시간은 반시간뿐인데, 물 밖으로 나오면 다시 고통스럽고 숨이 막히기 시작했던 것이다. 그는 이제 자신의 상태가 정확히 어떤 것인지 알 수가 없었다. 생활이 기묘하게 복잡해진 것은 사실이었다. 하지만 자신이 국방장관직에서 물러나며 고별사에서 아랫사람들에게 말했던 대로, 회의나 실의에 빠지지 말고 꿋꿋하게 버텨야 했다. 예를 들어 그의 아들만 해도 벌써 물속에서 아주 편안해하고 있지 않은가. 실제로 집에서는 아이를 가족용 풀장에서 끌어낼 방법이 없었다. 호러스 맥클루어는 또다시 사람들을 헤치고 선구자들을 위해 마련된 풀장으로 갔다. 그는 그곳에서 이십 분간을 기분좋게 보냈다. 투덜거리는 빌리를 잡아끌며 그곳을 나오던 그는 온 가족과 함께 온 스탠리 젠킨스와 마주쳤다. 그는 젠킨스에게 다정한 손짓을 보낸 다음 가능한 한 빨리 그곳을 빠져나왔다. 젠킨스 일가는 그들의 이웃이었지만, 몹시 좋았던 두 가족 간의 관계는 얼마 전 깨지고 말았다. 바로 어제만 해도 호러스 맥클루어가 잔디밭에서 편안히 쉬고 있는 사이에 젠킨스 부인이 그의 아내를 물지 않았던가. 그 일은 물론 그 가엾은 부인의 잘못이 아니었고, 즉각 그녀의 남편이 와서 사과했다. 하지만 어쨌든 몹시 난처하고 서글픈 일이었다. 에드나의 몸이 허물을 벗는 중이었고, 그녀의 피부가 특히 예민했기 때문에 더욱 그랬다. 어쨌든 젠킨스 씨가 주의를 기울여 자기 아내를 더 잘 감시하든가 묶어두었어야 했다. 빌리에게는 그 집 아들과 놀지 말라는 금지령이 내려졌지만, 아이는 그 말을 전혀 귀담아 듣지 않았다. 젠킨스 주니어도 물론 그곳에 와 있었다. 자기 아버지에게 바짝 붙어 있는 그애를 보자마자 빌리는 조바심을 내기 시작했다.

"아빠, 날 내려놔줘. 가서 버드랑 놀래."

"그애랑 놀면 안 돼, 빌리. 몇 번을 더 말해야 알겠니."

"왜?"

"그애한테 독이 있다는 거 너도 잘 알잖아. 지난번 그애에게 물려서 일주일을 침대에 누워 있었으면서."

"그애가 일부러 그런 게 아니잖아."

"물론 그렇지만 조심해야 해. 너와 비슷한 놀이 친구를 찾아야……"

비행기 한 대가 착륙하고 있었다. 호러스 맥클루어는 서둘러 다시 연단 위로 올라갔다. 그가 다시 자리를 잡았을 때, 비행기는 이미 멈춰 서 있었고, 정부 관계자들이 개선로로 다가가고 있었다. 행렬의 선두에 선 미합중국 대통령의 모습을 보자, 호러스 맥클루어는 심장박동이 빨라지는 것을 느꼈다. 피가 뜨거워지는 듯했다. 이런 경우 불편하게도 늘 현기증이 났지만, 그런 흥분에는 감동적이기까지 한 고무적인 그 무엇이 있었다. 아직 젊은 대통령은 정견보다는 외모 덕택에 얼마 전 국민 과반수의 지지를 얻어 당선되었다. 그는 두 팔과 두 다리, 그리고 눈, 코, 입의 위치가 생물학적 침체 시대의 인류와 똑같은 얼굴을 하고 있었다. 하지만 사람들에게 향수어린 감동 같은 것을 불러일으켜 그의 당선을 확실하게 해준 것은 무엇보다도 그의 피부였다. 이윽고 연설이 시작되었다. 군악대가 국가를 연주하자 모두 일어섰다. 모자를 벗어 가슴에 대고 있던 호러스 맥클루어는 어렵사리 자리에서 일어섰다. 등에 진 무게가 백 킬로그램 이상이었던 것이다.

"아빠," 빌리가 소리쳤다. "저 사람은 누구야? 뭐라는 거야? 사람들은 왜 여기 와 있는 거야?”

호러스 맥클루어는 한숨을 내쉬었다. 요즘 아이들은 자기 나라의 역사에 대해 거의 전적인 무지 상태에서 자란 세대였다. ‘수족관’의 관장을 만나 그 점에 대해 한마디 해야겠다고 그는 마음먹었다. 젊은 세대들은 부모 세대가 겪었던 것과는 아주 다른 세계에서 살아야 했다. 따라서 그들에게 몇 가지 기본적인 개념들을 차근히 설명해줘야 했다. 그런 것들 없이는 인간의 삶에 걸맞은 생활을 할 수 없을 터였다.

“자, 빌리, 역사 교과서의 사진에서처럼 물렁한 얼굴과 두 팔을 갖고 두 다리로 서 있는 저 아저씨 보이지? 저 아저씨가 바로 우리 나라 대통령이란다. 옛날에는 사람들이 모두 저런 모습이었어. 그런데 과학자들이 일련의 중요한 발견을 했단다. 유익한 방사선으로 지표면과 대기가 비옥해진 덕택에 인류는 생물학적 침체기를 벗어나게 된 거란다. 그후 여러 차례 가속화된 진화를 겪게 되었지. 돌연변이라고 불리는 그런 진화로 인해 우리의 모습이 바뀌고 다양해지고 새로운 형태를 갖게……”

“아빠, 나 배고파.”

호러스 맥클루어는 우울하게도 자신이 하는 모든 말이 빌리에게는 아무런 의미도 없다는 것을 알고 있었다. 그것은 그애가 고작 열 살짜리 꼬마이고 ‘수족관’에서 배운 게 없어서이기도 하지만, 무엇보다도 너무 빨리 진화한 세대, 곧 가속화된 진화 과정에 속하는 세대이기에 의사소통이 어려웠기 때문이다.

“아빠, 나 배고프단 말이야!”

호러스 맥클루어는 주머니를 뒤져 아내가 싸준 날고기 꾸러미를 꺼냈다.

"난 파리가 먹고 싶어." 빌리가 말했다.

호러스 맥클루어는 한숨을 내쉬었다. 자기 아들이 파리를 양식으로 삼게 되리라고는 꿈에도 생각지 못했다. 사실 그것은 이제 전혀 이상할 게 없는 일이었지만, 스스로도 인정하는 것처럼 호러스 맥클루어에겐 떨쳐버릴 수 없는 몇 가지 고정관념과 편견이 있었다. 그래서 그는 예컨대 바지와 윗옷, 그리고 신발과 모자 같은 것들까지 아직도 고집스럽게 착용했다. 그것 때문에 몹시 거추장스럽고, 남의 눈에도 괴상하게 보이리라는 것을 그는 너무나 잘 알고 있었지만 바지를 입고 있으면 고통이 덜한 것도 사실이었다. 그의 정신과 주치의는 가능한 한 오랫동안 바지를 착용하라고 공식적으로 권했다. 적어도 그가 거울에 자신의 모습을 비춰 보는 일—여러 차례 그를 신경쇠약 직전까지 몰고 간, 의사도 끝내 치료하지 못한 고통스럽기 짝이 없는 병적인 습관—을 그만둘 수 있을 때까지. 그는 한 행상의 좌판으로 다가가 파리가 가득 담긴 콘 하나를 샀다. 빌리는 재빨리 그것을 낚아챘다. 어제부터 아무것도 먹지 않은 호러스도 배가 고파왔다. 하지만 그는 대중 앞에서 음식을 먹고 싶진 않았다. 숫기 없는 성격 탓이기도 했다. 그의 식이요법은 이제 상당히 복잡한 단계에 있었다. 한창 진화중인 기관을 갖는다는 것, 가속화된 생물학적 시대의 선두에 선다는 것은 불편한 일이었다. 그는 좋아하는 음식 몇 가지를 포기해야 했다. 그런 음식들을 더이상 소화시킬 수 없게 되었으면서도 그는 막연한 향수를 느끼곤 했다. 호러스 맥클루어는 엄밀히 말해 보수주의자는 아니었지만, 어쨌든 사태의 진행이 너무 빠르다는 것을 막연히 느끼고 있었다. 자신은 아직 행복한 편이었다. 연단에 올라와 있는 다른 선구자들이 무엇을 먹고 사는지를 떠올리자, 그는 몸에 소름이 돋았다. 과학의 혜택은 정말이지 비싼 대가를 요구했다. 하지만 그럴 만한 가치가 있었다. 무엇보다 비관론에 빠져들거나 부정적으로 생각하지 말아야 했다. 미국과 러시아가 과학적인 관점에서 모색을 계속하면서 백 메가톤급의 폭탄들을 폭발시키던 원자기紀 초기―겨우 두 세대 전이었다―만 해도, 인류가 단일화되거나 익명화될 가능성을 염려하지 않았던가. 하지만 예상은 전혀 빗나갔다. 그런 우려와는 반대로 놀라운 개별화가 일어났다. 더이상 똑같은 모습을 한 사람이 없을 정도였다. 새로운 세계를 눈앞에 둔 인류에게 얼마나 엄청난 다양성이 기다리고 있는지 보려면 연단 위의 다른 선구자들을 일별하는 것으로 충분하리라. 그들은 이제 곧 개통될 개선로를 향해 돌진하기에 앞서, 대통령의 연설을 주의깊게 듣고 있었다. 예를 들어 스탠리 쿠밸릭은 십 센티미터 정도 돌출된 항문과 멋진 분홍빛 집게발을, 빅퍼드 목사는 여섯 개의 팔과 노출된 소화관을, 매슈 월브포스는 스스로 더할 나위 없이 든든하게 여길 녹색 비늘을 지니고 있었다. 돌연변이가 십 년 주기로 계속된다면, 이미 쪼인 방사선 양만으로도 전통적인 인류로부터 물려받은 거라고는 버려진 옷가지들밖에 없는 상태가 될 것이다. 새로운 형태로 당당하게 싹을 틔운 인류는 머잖아 나무 위―진화가 빠른 이들이 이미 다른 세대를 기다리고 있는―로 올라가거나 공중으로 날아가거나 땅속이나 물속으로 들어가게 되리라는 주장도 있었다. 그렇게 되면 전통적인 군비가 완전히 쓸모없어질 것이므로 서구사회는 분명 위험한 상황에 직면할 터였다. 언론보도에 따르면 중국인들이 이미 자기네 군수품을 새로운 생물학적 형태에 맞추는 일에 전력을 기울이고 있었고, 개통 연설에서 대통령이 이 문제에 대해 언급하리라고 모두 기대하고 있었다. 호러스 맥클루어는 한숨을 내쉬었다. 그 모든 것이 몹시 난해했다. 국방장관으로 재직할 때 자신은 최선을 다해 그 문제를 정면으로 해결하려 했지만, 따가운 비판과 느리다는 비난이 빗발치지 않았던가. 하지만 그의 후임자가 그보다 낫다고 말할 수 있는 사람은 아무도 없었다. 실제로 미국에서는 진화가 빠른 속도로 진행되어 끔찍한 문제들을 야기했는데, 진화는 적응할 시간을 주지 않고 사람을 가차없이 앞으로 밀어붙였다. 이제는 분화가 사태를 복잡하게 만들어, 정말이지 때때로 정신을 차릴 수 없을 지경이었다. 진화에 의해 사용할 수 없게 된 생활 방식들을 보전하려 하는 것은 헛수고였지만 가족 구성원들이 조화롭게 같은 방향으로 진화한다면, 이러한 변화의 와중에도 미국의 본질적인 가치들은 수호될 터였다. 하지만 때로는 한 가족 내에서도 분화가 가차없이 일어난다는 것이 점차 명백해졌다. 불안을 조장하는 소문을 믿지 않더라도, 어떻게 해서든 인류의 절멸을 막고 진화를 통해 이 난관을 극복하기 위해, 규제에도 불구하고 정상적인 관계를 가질 수 없게 된 부부들이 정말이지 말도 안 되는 상대와 성관계를 갖는다는 것은 공공연한 비밀이었다. 호러스 맥클루어 자신도 사촌누이 베티의 집에서 부모와 자식들이 맞서는 비극적인 싸움을 목격한 적이 있었다. 그 집 아이들은 종종 몇 주가 지나도록 나무 위에서 내려오지 않았고, 진화에 떠밀려 진홍색이 된 몸의 부끄러운 부분을 가리기를 거부해 이웃 사람들의 빈축을 샀다. 기도서를 꼬리로 감아 갖고 다닌다는 이유로 목사는 그들을 교회에 오지 못하게 했는데, 그 일은 회중에게 충격

을 불러일으켰다. 그들이 나무 위에 올라갈 때 기도서를 가지고 가기
만 한다면, 무엇으로 운반하는가는 중요한 것이 아니라는 견해가 있기
는 했다. 공직생활 동안 호러스 맥클루어는 미국의 여론이 무사안일
속에 빠져 눈앞의 위험을 잊어버리지 않도록 하기 위해, 사람을 거짓
으로 안심시키는 떠도는 소문에 대해 경각심을 가지라고 국민들에게
호소했다. 예컨대 러시아에서는 진화 과정이 자유세계보다 더 빠르고,
러시아 군인의 삼분의 일이 이미 가재처럼 변해서 더이상 기존의 무기
를 사용할 수 없으며, 이런 변화를 고려한 새 무기들은 아직 제작되지
않았으므로, 자유 진영은 편안히 한숨 돌린 다음 새로운 생물학적 구
조에 맞춘 군비를 확충하면 된다는 소문이 나돌았던 것이다.

"아빠, 파리 더 먹고 싶어." 빌리가 말했다.

"실컷 먹었잖아. 그러다 병난다. 아빠 연설 좀 듣자. 중요한 거란다."

실제로 대통령은 그 연설에서 핵심적인 이야기를 하는 중이었다.
올해야말로 결정적인 시기가 될 거라고 그는 말하고 있었다. 물론 현
재 미국의 공격력은 여전히 막강하고, 러시아의 공격력에 전혀 뒤지
지 않았다. 하지만 가속화된 진화의 압력에 밀려 그런 장비가 무용지
물이 될 위험이 높다는 사실을 인정해야 했다. 인력이 빠른 속도로 무
용지물이 되어가고 있었던 것이다. 살상 수단은 유례를 찾아볼 수 없
는 완벽의 경지에 이르렀지만, 그것을 다루어야 할 사람들의 신체적
인 특징이 급속도로 돌변하는 바람에 국가 안전의 허용치가 거의 하루
가 다르게 낮아지고 있었다. 솔직히 말하자면 본질적인 부분에서 전
통적인 성격이 아직 남아 있는 동안, 다시 말해서 완벽한 성능의 엔
진을 조종할 수 있는 손과 그런 조작을 생각하고 시도하고 수행할 수

있는 지능이 사라지기 전에 적을 공격해야 한다는 견해도 있었다. 또한 손과 지능의 소멸이 전쟁 역시 소멸시킬 수 있을지도 모른다는 의견도 있었다. 호러스 맥클루어는 불현듯 이상한 감정을 느꼈다. 그 모든 것이 자신과 더이상 상관없는 것 같은 느낌이 들었던 것이다. 처음에는 그토록 명료하게 의미가 파악되고 자신의 우려와 정확하게 일치하는 것처럼 여겨지던 대통령의 연설이 이제는 일련의 익숙한 소음으로 녹아드는 것 같았다. 그는 더이상 연설의 정확한 맥을 잡을 수 없었다. 어쩌면 너무 오랫동안 대기 중에 나와 있어서 그런지도 몰랐다. 질식할 것 같은 느낌이 다시 몰려왔고, 그와 더불어 공포에 가까운 고통이 점차 심해졌다. 요컨대 지금 그가 원하는 것은 그저 자신을 내버려두는 것, 가족용 풀장 속에 가족과 함께 조용히 머물러 있게 해주는 것뿐이었다. 그 밖에 자유세계의 영역을 넓히는 것은 정부의 의무였고, 미국 젊은이들의 몸이 온통 비늘로 덮이기 전에 새로운 환경에서 민주주의 제도의 존립에 꼭 필요한 원리들을 체득하게 하는 것은 교육자의 임무였다. 호러스 맥클루어는 자신에게 맞는 환경이 정확히 어떤 것일까를 맥없이 자문했다. 그에게는 꽃과 빛과 조상들의 모습에 대한 특별한 애착이 남아 있는 한편, 복부 아래에 시원한 수렁이 있을 때에만 진정한 편안함을 느꼈고, 헤엄치는 것을 좋아하기도 했다. 정신과의사는 그의 적응을 돕기 위해 최선을 다했다. 하지만 그의 양면적인 성격은 끈질기게 지속되고 있는 듯해서, 그 자신도 어찌해야 좋을지 전혀 갈피를 잡을 수 없을 때가 있었다. 국방부의 수장이었던 그는 유전자에 대한 방사선의 영향과 관련한 연구에서 권위 있는 학자들에게 둘러싸여 있었다. 선구자들이 강도 높은 심리 훈련을 받고 있는 재교육센터로 종종 그를 찾아왔던 그의 옛 부하들은 한결같이 지금은 과도기이고, 이른바 '생물학적 적응기'를 벗어나기만 하면 새로운 환경에서 완벽한 편안함을 느끼게 될 거라고 주장했다. 하지만 그는 그런 확신을 가질 수가 없었다. 강제로 풀장에서 끌려나와 대기 중에 있게 될 때면 말 그대로 공포로 인한 발작을 일으켰고, 너무 오래 물속에 머무를 때에도 그에 못지않은 끔찍한 공포를 경험했다. 정신과의사나 친구들이 그의 외모가 전혀 혐오스럽지 않다고 안심시키는 말을 할 때면 그는 격렬한 분노를 느끼곤 했다. 자신의 모습이 어떤지 너무나 잘 알고 있었던 것이다. 주름진 머리와 움직이지 않는 둥근 눈이 수치스러워서, 그는 때때로 딱딱한 껍데기 속으로 머리를 집어넣고는 먹고 마시기를 거부하기도 했다. 무엇보다도 자신이 과학의 순교자라고 불리는 것이 끔찍했다. 그런데 지금 대통령이 자신을 바로 그렇게 부르고 있었다. "조국의 위대한 공복이자 친애하는 나의 친구인 호러스 맥클루어"라고 자신의 이름을 부르는 소리가 또렷이 들려왔다. 그가 그들에게 원하는 것은 자신의 존재를 잊어주는 것, 가만히 내버려두는 것, 관심을 보이지 않는 것뿐이었다. 처음에 그는 자신의 외모 때문에 반미 활동 조사위원회에 불려가지 않을까 하는 걱정까지 했다. 처음으로 자신에게서 그 얘기를 듣고 아내가 흐느껴 울면서 밤을 지새웠던 일, 다음 날 아침부터 난처한 일이 시작되었던 일이 고스란히 떠올랐다. 어쨌든 그는 즉각 장관직을 사임하고 싶었으므로 지체 없이 백악관에 대통령 면담을 요청했다. 그의 모습을 보고도 전혀 놀라지 않은 것을 보면, 대통령은 미리 연락을 받은 것이 분명했다. 호러스 맥클루어는 침착하고 품위 있게 상황을 설명했다. 몸의 진화 정도가 그런 상황에서는 더이상 정부에 몸담고 있을 수 없고, 미국 국민을 대표할 수 없으므로 사직서를 제출하고 싶다고 했다. 그는 그 어떤 정치 유언*도 남기고 싶지 않았다. 그는 후임자에게 부담을 주고 싶지 않았고, 대통령을 전적으로 신뢰했다. 하지만 전통적인 인력이 무서운 속도로 구시대의 유물로 변하고 있는 것을 고려할 때, 힘의 균형이 파국적이고 회복 불가능할 정도로 러시아 쪽으로 기울어지게 하고 싶지 않다면 신중한 조치를 취해야 한다고 그는 충고했다. 물론 러시아인들 역시 미국인들과 같은 방향으로 진화하고 있었지만, 그들은 얼마든지 기습 공격을 감행할 능력을 갖추고 있었다. 전통적인 인력이 아직 기존 무기에 적응할 수 있는 동안에…… 그는 자신이 의미하는 바가 제대로 전달되기를 간절히 바랐다. 예방 차원의 전쟁을 하자는 것이 아니라, 최악의 일을 가정하고 안보 조치를 최대한 강화하자는 것이었다. 우리의 손과 두뇌와 지능이 무용지물이 되기 전에…… 대통령은 무척 당황한 것 같았다. 그는 떨리는 손으로 수화기를 집어들어 아랫사람들을 불러들였다. 대통령은 그들에게 최대한 신중을 기해달라고 당부했고, 호러스 맥클루어에게 조금 전 자신에게 해준 말을 그들에게 다시 들려줄 것을 요청했다. 호러스 맥클루어가 아주 침착한 어조로 다시 한번 자신의 입장을 표명하자, 그들은 경악의 표정을 감추지 못한 채 그를 바라보며 말없이 그의 말을 경청했다.

"어쨌든," 호러스 맥클루어는 이렇게 말을 맺었다. "대통령 각하, 참으로 유감스럽지만 저는 지금 사직서를 제출할 수밖에 없습니다. 부디

---

* 정치가가 자리에서 물러나며 후계자에게 신념이나 정책을 전하는 것.

즉각 수리해주시기 바랍니다. 이런 모습으로는 역동적이고 과단성 있는 미국 국민의 대표로 일할 수 없습니다. 대통령 각하, 우리가 자유를 수호하고자 한다면, 군비경쟁에서 승리하기 위해 총력을 기울여야 하는 미국 역사상 이 유례없는 위기의 순간에, 거북―오! 진실을 회피하지 말아야 합니다―이 국방부의 수반 자리에 있어서는 안 됩니다. 끝으로 대통령 각하, 각하께서는 멋진 연두 연설에서 선구자들을 기다리고 있는 미국의 새로운 국경에 대해 말씀하셨습니다. 운명이 저를 그 선구자들 중 하나로 선택한 이상, 이 점을 분명히 말씀드리고 싶습니다. 앞으로 우리의 피부가 그 무엇―비늘이든 털이든 깃털이든―으로 덮이든 간에, 우리의 육해공군은 불굴의 각오로 우리의 모든 새로운 국경을 수호할 것입니다. 우리 미국이 러시아에 앞서 새로운 영토에 입성하는 것이 무엇보다도 중요합니다. 그들의 뒤를 쫓아 그들을 몰아내는 것이 아니라……"

대통령을 비롯해 그곳에 모인 사람들은 묵묵히 그의 말을 들었다. 그가 돌아가려고 일어서자 그들은 눈에 눈물이 그렁한 채 그를 둘러싸고 힘주어 악수를 건넸다. 그가 나라의 훌륭한 공복이자 위대한 미국인이었노라고 대통령이 그를 치하했다. 기운을 아끼고 과로하지 말고 걱정하지 말라고, 러시아 역시 커다란 어려움을 겪고 있기는 마찬가지라고……

그 말이 채 끝나기도 전, 호러스 맥클루어가 말을 이었다.

"알고 계시는지 모르겠습니다. 플로리다 먼바다 수킬로미터에 걸쳐 분홍 새우떼가 나타났다는 사실을 말입니다."

대통령은 당황한 듯했다. 아니, 아니. 그는 그런 사실을 모르고 있었다. 특수부에서 그에게 아무런 보고도 하지 않았던 것이다. 이제 알아볼 참……

그렇다면 어제 캘리포니아—그렇다, 미국 영해 내에서였다—에서 전에는 한 번도 본 적이 없는 특이한 종류의 물고기가 잡혔다는 사실은? 지체 없이 실상을 조사하겠소. FBI를 동원해……

문득 호러스 맥클루어는 자신이 지나치게 말이 많았다는 것을 깨달았다. 자신이 대통령을 정말로 당황하게 한 것 같았다. 대통령은 안색이 창백해질 대로 창백해져 있었다. 호러스 맥클루어는 고개를 꼿꼿이 들고 문을 향해 걸어갔다. 자신을 짓눌러대는 등의 무게—이제는 책임의 무게만이 아니었다—에도 불구하고, 그는 뒷발을 수직으로 세워 품위 있고 냉정한 자세로 퇴장하고 싶었다. 대통령은 그를 층계까지 배웅했고, 자신의 전용차로 그를 집까지 데려다주게 했다. 집에 온 그는 아내 에드나가 울고 있는 것을 보았다. 아내는 그런 상황에 적응하는 데 어려움을 겪었다. 그 이후 호러스 맥클루어는 한동안 특수 기관에서 미국의 새로운 국경을 개척하려는 선구자들을 위한 훈련을 받았다. 그리고 이제 다른 사람들과 함께 출발에 앞서 대통령의 연설을 듣고 있는 것이었다. 대통령은 다음과 같은 열정적인 말로 연설을 마무리하고 있었다.

"우리 조상들이 메이플라워호에서 내려 미대륙에 첫발을 내디뎠을 때, 그중 가장 대범하다는 사람조차도 인류 역사에 얼마나 놀라운 시기가 시작될 것인지, 그들 앞에 어떤 탐험과 정복의 시대가 펼쳐질 것인지 상상할 수 없었습니다. 지금 여러분을 기다리고 있는 모험은 그보다 더 위대한 것으로…… 물속에서 여러분은 우리 조상들이 물려준 정신적 도덕적 가치의 결정적인 승리를, 영속을, 불멸을 확고히 할 것입니다. 인류의 새로운 국경을 개척하는 영웅들이여, 앞으로! 우리 고매한 선구자들에게 영광 있으라!"

군중 속에서 열렬한 박수갈채가 터지고 국가가 울려퍼지는 가운데, 대통령은 한 걸음 앞으로 나가 개선로의 테이프를 끊었다. 전율이 선구자들을 휩쓸었다. 다리, 집게발, 더듬이, 촉수, 꼬리, 지느러미 들이 일제히 움직이기 시작했다. 사방에서 떼밀린 호러스 맥클루어는 우선 본능적으로 껍데기 속에 고개를 들이밀었다가, 이윽고 고개를 내밀고 빌리에게 마지막 당부를 했다.

"내 곁을 떠나지 말아라, 빌리. 물속에 들어가서는 너무 멀리 떨어지면 안 돼. 특히 진흙 속으로 들어가선 안 된다. 모래 있는 곳에서 벗어나지 말아라. '수족관'에서 배운 걸 잊어선 안 돼, 빌리. 조심해라, 처음에는 좀 어색할 거야."

"우리네 문명의 신념과 희망을 짊어진 여러분, 앞으로! 마음을 드높이! 의심하지 마십시오! 과학이 여러분의 걸음을 인도하리라는 것, 가혹한 시련에 처해 있긴 하지만 인간이라는 뛰어난 종족은 다시 한번 더 당당하게 극복하리라는 것, 바닷속에서 불멸의 확고한 가치들을 수호하고 있는 인류를 적들이 보게 되리라는 것을 잊지 마십시오! 앞으로, 새로운 대양의 정복을 향해! 우리 선구자들에게 영광 있으라!"

호러스 맥클루어는 뭔가에 머리를 세게 얻어맞고는 화가 나서 옆 사람 쪽으로 몸을 돌렸다.

"조심 좀 할 수 없나, 이 멍청한 친구야?" 자신에게 닥친 그 모든 일 앞에서 느꼈던 당혹감이 한순간에 터져나온 듯한, 오래 참았던 분노를 느끼며 그가 소리쳤다. "그런 꼴인 주제에 그 빌어먹을 골프채로 물속에서 뭘 하겠다는 건가, 이 딱하고 멍청한 친구야?"

집게발로 끈질기게 골프채를 끌고 오던 스탠리 쿠밸릭이 그에게 경멸의 시선을 던졌다.

"내 정신과 주치의의 충고에 따르면 새로운 환경이 너무 낯설게 느껴지지 않도록 적어도 처음에는 익숙한 물건을 가져가는 게 좋다네. 유감 있나? 혹시 내가 감상적인 이유에서 골프채를 가져간다고 치세. 어쨌든 방금 대통령은 전통적인 가치에 충실해야 한다고 강조하지 않았나? 확실한 그 무엇에 매달려야 한다고. 자네가 사람들의 길을 막고 있는 게 내 잘못은 아닌 것 같은데, 이 늙은 거북 같은 친구야!"

"여러분, 여러분, 우리 싸우지 맙시다!" 빅퍼드 목사가 절룩거리는 걸음으로 길을 가로질러 달려오며 외쳤다. 그의 양쪽 탈에는 플라스틱에 특수인쇄된 선구자용 성경책이 하나씩 들려 있었다. "단결합시다, 동지들. 단결하자고요! 우리는 모두 같은 두뇌를 갖고 있지 않습니까? 사지의 형태는 다르다 해도, 똑같이 손을 갖고 있지 않습니까? 우리에게 성대가 없습니까? 신의 섭리가 여전히 우리를 돌보주고 있다는 것을 믿는 데 이보다 더 명백한 증거가 어디 있습니까? 우리에겐 성취해야 할 신성한 사명이 있습니다. 그러니까……"

"목사 양반, 언제쯤 당신 소화관으로 내 눈을 쑤시는 일을 그만둘 거요!" 호러스 맥클루어가 투덜댔다.

"오! 죄송합니다."

"게다가 젊은이들에게서는 이미 손들―보다 정확히 말하자면 손가락들―이 사라지고 있지 않소." 호러스 맥클루어 옆에서 달리던 거미처럼 생긴 생물이 말했다. 호러스 맥클루어는 과거 자신의 과학 고문이었던 마이크 카프로비츠의 모습을 가까스로 알아볼 수 있었다.

"그건 불안을 조장하는 근거 없는 소문입니다!" 빅퍼드 목사가 소리쳤다. "근본적인 건 흠 없는 인간에 대한 우리의 믿음을 간직하는 건데…… 중요한 건 형태가 어떻든 간에 몸이 아니라 영혼입니다. 그 안에 깃든 신성한 숨결……"

"게다가 손과 지능이 사라진다고 해서 자유세계가 종말을 고한다는 건 말도 안 된다오." 집게발 사이에 에이브러햄 링컨의 스테인리스 초상화를 끼운 채 걷고 있던 분홍 게가 단언했다. 그는 옆 사람을 전혀 배려하지 않은 채 이 사람 저 사람 위를 기어오르면서 선구자들 사이를 헤치며 걷고 있었다. "그 정도는 대단한 게 아니잖소!"

호러스 맥클루어는 그에게 신랄한 말을 쏟아붙이려 했다. 하지만 그는 문득 복부 아래에 기분좋은 시원함을 느꼈다. 분노가 이내 가라앉았다. 물에 이르렀던 것이다. 잠시 동안 그는 느긋하게 헤엄을 쳤다. 빌리는 물론 사라지고 없었다. 호러스 맥클루어는 불안한 마음으로 주위를 둘러보았다. 거기에는 이미 수상쩍고 괴상한 형태의 생물이 상당수 자리잡고 있었던 것이다. 일찍 진화된 러시아인들이 아이를 유괴해 세뇌시키려 할 수도 있었다. 하지만 그들이 위험을 무릅쓰고 미국 해안에 그렇게 가까이 접근한다는 것은 어쨌든 그다지 가능성이 없는 일이었다. 그는 수면 위로 올라가 무심코 파리를 몇 마리 주워먹었다. 그의 머릿속이 기분좋은 진공상태가 되었다. 그는 천천히 개흙 속으로 들어갔고, 쾌적하고 안락한 마비 상태 속으로 빠져들었다.

"어쨌든 파리를 먹지 못하게 해요." 환자의 방을 나서며 의사가 말했다. "어떤 부작용이 생길지 모르니까. 물속에는 십 분 이상 있게 하지 말고. 그 시간을 넘기면 물속에서 영영 나오지 못하게 돼요. 백악관에서 전화가 오면 이렇게 보고해요. 환자는 아주 위험한 상태라고, 최종적으로 어떤 몸의 형태를 갖게 될지, 그때가 언제인지는 알 수 없다고⋯⋯."

"정말 훌륭한 분인데!" 간호사가 한숨을 내쉬며 말했다. "이 책임을 누가 질지⋯⋯ 부인한테는 뭐라고 해야 하죠?"

"몸에 큰 타격을 입었지만 아직 희망이 있다고 말해요. 환자의 몸 형태가 어떻게 될지는 보름 후에나 알 수 있을 거요. 이런 갑작스러운 돌연변이는 심리적 관점에서 보자면 거의 언제나 재난에 가깝소. 그건 그렇고, 스타인 박사께 오늘 시간을 좀 내달라고 해요. 내 왼쪽 옆구리에 비늘 같은 것이 새로 돋아났는데, 신중을 기해야 할 것 같소. 또 56호실 환자가 아주 힘든 허물 벗기를 하고 있다는 것도 말씀드려요. 지느러미가 비대칭적이고, 내 생각으로는 껍질이 너무 빨리 굳고 있어요. 아마도 수술을 해야 할 거요."

"무슨 이런 세상이 다 있담!" 간호사가 중얼거렸다.

"그래요, 아버지 시대의 인류는 이제 끝나버렸소." 의사가 말했다.

영원히 소설적인 것이 우리를 구원한다

로맹 가리 최고의 작품은 작가의 인생 그 자체라는 말이 있다. 그래서인지 로맹 가리의 문학적 성과를 낮잡거나 얕보는 경향이 없잖아 있다. 작가를 향한 스포트라이트와 그의 화려한 행보에 가려져 주목받지 못하거나 언급조차 되지 못한 작품들도 꽤 있는데, 『새들은 페루에 가서 죽다』에 수록된 몇몇 소설들이 그런 경우일 것이다. 여기서는 크게 회자되지 않았으나 의미심장한 메시지를 전달하는 소설들을 발췌하고 요약함으로써 미진하나마 그 가치에 걸맞은 빛을 비추어 해설을 대신하고자 한다.

진짜 '나'와 가짜 '나'

『새들은 페루에 가서 죽다』의 작가연보는 단순히 책에 딸린 부록이 아니라 반드시 습득해야 할 안내서와 같다. 작가의 삶이 작품과도 같은 까닭이다. 작가연보를 살펴보면 로맹 가리는 변신에 능하다는 것을 알 수 있다. 일반적으로 이름은 자기를 탐구하고 정체성을 규정하는 일차적인 요소다. 그러나 로맹 가리의 경우, 이름은 자기정체성의 발견이나 확립을 저해하는 요소다. 태어나면서 부여받은 로만 카체브에서 죽기 직전에 남긴 에밀 아자르까지 작가의 진짜 이름이 무엇인지는 누구도, 아마 작가 본인조차도 확언할 수 없을 것이다. 로맹 가리라는 이름마저 필명일 뿐이며, 문학계에서 이 이름이 인정받기까지도 수년간 숱한 시행착오가 있었다. 시행착오는 작가의 내면 깊은 데서도 일어났다. 그의 내부에는 "서로 싸우는 두 사람, 내가 아닌 인물과 내가 되고 싶지 않은 인물"(『가면의 생』)이 살고 있었다. 여기서 '내가 아닌 인물'은 '나 아닌 나', 즉 가짜 '나'를 지칭하며, '내가 되고 싶지 않은 인물'은 실제의 '나', 즉 진짜 '나'를 가리킨다. 중요한 점은 작가의 무의식에 자리잡은 자기분열의 문제가 단지 나르시시즘적 징후에 그치지 않고 창조적 행위로 승화되었다는 것이다. 로맹 가리가 꿈꾼 것은 완벽한 변신을 통해 '완전한 소설'을 완성하는 것이었다. '나'는 자신의 내면에서 '나 아닌 나'를 발굴하여 에밀 아자르, 포스코 시니발디, 샤탄 보가트 따위의 이름을 부여하고, 그 인물들로 하여금 작가로 활동하게 했다. 그렇게 작가는 진짜 '나'를 부정하고 가짜 '나'를 증식하면서 '나'의 지평을 실험하고 확장한다.

고매한 거짓과 혐오스러운 진실

이 책에는 아름다움에 대한 뒤틀린 욕망이 도사리고 있다. 그 욕망은 '믿고 싶은 가짜'와 '믿을 수 없는 진짜' 사이의 미적 도치 및 간극에 근거한 것이다. 「도대체 순수는 어디에」의 주인공 화자는 "문명과 그 거짓된 가치"에 대한 회의와 반발심으로 "무욕과 순수"의 세계인 외딴섬에 칩거중이다. 주인공은 어쩌다 수백만, 수천만 프랑의 값어치가 있는 그림을 어떤 '야만인'에게서 고작 수십만 프랑에 구입하고 뿌듯해한다. "아름다움이라는 가장 사적인 영역"을 보장받기 위해 그토록 끔찍하게 여기던 "천박한 물질주의와 비열한 상업주의"에 스스로를 판 것이다. 그러던 차에 그림이 모작이었음을 알게 되자 그는 망연자실한다. 그리하여 그가 품고 있던 "순수에 대한 끈질긴 욕구"는 인간에 대한 "깊은 혐오감"으로 일변한다.

책의 인물들은 흠결 없는 진짜에 대한 결벽증적 징후를 보인다. 「가짜」의 S가 예술작품에 들이대는 미적 잣대는 지독히도 철저해서 진위 여부를 가리는 데 거침없다. 그에게 "작품의 진위는 종교" 그 자체로, "가장 근본적인 욕구"를 건드려 "불순한 쾌감"을 불러일으킨다. 그런 그가 수집하는 예술품들 이상으로 "귀중하고 완벽한 걸작"은 아내 알피에라의 얼굴이다. S는 알피에라의 이목구비 하나하나를 귀한 작품처럼 여긴다. 그러다 알피에라의 얼굴이 가공되었다는 사실을 알게 된 S는 "진품만을 원하는 자신의 욕구"를 충족하기 위해 이혼을 감행하며 자신이 "콤플렉스 덩어리"였음을 스스로 입증한다.

「가짜」를 비롯한 몇몇 소설에서 일컬어지는 "고매한 선구자들"은

'완벽한 진짜'에 대한 로망을 드러내는 말로, 등장인물들의 정신세계를 지배하는 가상의 '신들'이며 대체적인 '아버지들'을 가리킨다. 신들과 아버지들은 "불안정한 영혼 속에서 절대적인 확실성만이 일깨울 수 있는" 존재들로 "우리에게 남은 유일한 확실성"이며, 그 외의 모든 것들은 '가짜'이다.

그러나 로맹 가리의 세계에서는 신의 전능도 아버지의 권능도 유효하지 않다. 따라서 독자는 이 책에서 누군가를 고매하다거나 고상하다거나 위대한 선구자라고 수차례씩 반복해 말해도 그 뜻을 곧이곧대로 받아들이지 않는다. 이 표현들은 이상화된 인간성을 가리키면서도 전혀 이상적이지 않은 인간을 비꼬아 이르는 반어적인 의미를 내포한다. 작가는 인간의 본성이 항상적으로 규정되는 게 아니라 가변적인 불가사의임을 꼬집는다. 「류트」에서 백작이 "좀벌레처럼 웅크리고 있는 혼란스러운 감각적 갈망"에 자기 자신을 맡겨버리자 집안에는 정적이 감돈다. 백작 부인은 그 정적의 의미를 감추기 위해 황급히 "관능적이고 부조화스러운 곡조"를 연주한다. 그리하여 그토록 미덥고 점잖은 백작 부부의 성품은 한순간에 하찮은 것으로 들통난다.

욕망의 문제에 있어 소설들 속의 인간은 치사하고 흉한데다가 행동도 경솔하고 경박하다. 인간의 자아가 쾌락을 추구하는 본능적 충동과 현실에 의거한 이성적 사고 사이에서 이율배반적으로 오락가락하는 탓이다. 「벽」의 인물은 자기 옆방에 살고 있는 "천사 같은 여자"가 비소 중독으로 고통스러워하며 뱉어낸 신음소리를 "추잡한 쾌락의 소리"로 오해한 나머지 그녀를 증오하면서 죽어간다. 이 짧은 소설은 인간이 타인뿐 아니라 자기 자신에 대해 품을 수 있는 "총체적인 혐오감"을 압축한다.

　「고상함과 위대함」은 고상한 리얼리즘*을 재현하는 촌극과도 같다. 이 소설에서 순박해 보이는 인물들로 하여금 "질서의 적"을 살해하도록 충동질하는 것은 "줄곧 더 높아지는 고상함과 위대함의 도상에서" "새로운 세상의 선구자들에게 영광과 구원이 있으라"는 이상향이다. 이 맹목적인 선전 문구가 "개가 짖고 있는" 소리로 오터랩 되면서 "굴뚝에 몸을 바짝 붙이고 혀를 내민 채로 오줌을 지리"는 파나이트는 내내 침을 흘리며 이를 드러내거나 짐승 같은 소리로 울부짖다가 죽음을 맞이한다. 또 다른 테러리스트인 코프 역시 스스로를 "멋진 스…… 승리 혹은 호쾌한 주…… 죽음"을 맞이할 영웅으로 여겼으나, 실제로는 비루하게 "새…… 생선 꼬…… 꼬…… 꼬리처럼 죽어간"다. 완벽하게 전체주의적인 체제 안에서 개나 생선꼬리로 전락한 인물들은 인간성이 박탈된 채 소외된다.

　로맹 가리는 본인의 변신을 궁리할 뿐만 아니라 작품 속에서도 변신 모티프를 즐겨 사용한다.「비둘기 시민」에서 미국인 사업가인 주인공과 그의 동료 라쿠센은 냉전 시대에 모스크바를 방문하여 비둘기 마부를 만난다. 미국의 "적들"은 "새로운 세상을 건설하는 중"으로, 비둘기는 그들의 "선구자"가 되어 인간을 "혐오어린 눈길로 바라본"다.「고상함과 위대함」에서와 달리, 이 소설에서 소외되는 대상은 인간성을 유지하고 있는 사람들이다. 변신 모티프의 핵심은 인간성에 대한 혐오에 있다. 다만 혐오의 주체와 대상은 일관되지 않다. 인간과 비

---

* 영웅적 이야기를 통해 사회주의적 이상향을 고무하는 문예사조.

인간을 가르는 기준은 모호하고, 인간과 비인간 사이의 우열을 가리는 것도 불가능하기 때문이다. 더군다나 인간과 비인간의 경계에 놓인 '인간 아닌 인간'의 경우, 혐오의 주체와 대상은 일치한다.

「우리 고매한 선구자들에게 영광 있으라」에서 인간성의 문제는 이중적으로 모순적이다. 이 소설에서 사람들은 인간으로서의 육체와 기억을 잃어간다. 인간 아닌 인간은 스스로를 혐오하고, 비슷한 처지의 타자를 혐오한다. 그러면서도 그들은 새로운 세상이 약속하는 "일체감과 낙관론"에 젖어서 자신들의 "진화"를 당연시하기도 하고 자랑스러워하기도 한다. 호러스 맥클루어 역시 "손과 지능이 사라지는" 변이를 거친 뒤 인간으로서의 종말을 앞두고 있다. 그는 "인간이라는 뛰어난 종족"을 존속시키고자 자신의 변신을 받아들이지만, 그 결과는 오히려 "인류는 이제 끝나버렸"다는 고통스러운 진실을 증명할 뿐이다. 이 소설에서 그려지는 세계는 위기를 극복하고 체제를 유지하기 위해 어떤 조치를 취해야만 하는 예외상태*를 완벽하게 재현한다. 예외상태에서는 신도 아버지도 없다. 거대 권력으로서의 국가만 있을 뿐이다. 국가는 적과의 대치 상황에서 "승리하기 위해 총력을 기울여야 하는 미국 역사상 유례없는 위기"에 직면해 있다. 호러스 맥클루어는 이 예외적인 상태에서 벌거벗겨 버려져야 할 '호모 사케르'**다. 그가 "인류로부터 물려받은 거라고는 버려진 옷가지들밖에 없"다. 인간됨과 인간

---

* 칼 슈미트의 개념에 따르면 주권자는 공동체가 처한 위기 상황을 '예외상태'로 규정하고 이를 타개하기 위해 초법적 권력을 행사한다.

** 고대 로마에서 널리 쓰이던 단어로, 신과 인간의 법질서 아래 보호받지 못한 이들을 일컫는다. 최근 이탈리아 철학자 조르주 아감벤이 호모 사케르를 생존만 하고 있을 뿐 살아 있지 못한 존재라고 명명하며 법 바깥에 있는 '예외상태'에 놓여 있다고 주장했다.

다움, 심지어 숨 쉴 권리조차 박탈당한 채 그는 세상 밖으로 추방된다. 그리고 "쾌적하고 안락한 마비 상태"에 스스로를 맡겨버린다. 그렇게 그는 "과학의 순교자"가 됨으로써 "고매한 선구자"로 거듭난다.

희생양과 박해자

이 책의 소설들은 인간에게 주어진 무엇(인간성)을 스스로 포기하는 상태(비인간성)를 통해 자가당착에 가까운 휴머니즘을 구현한다. 「세상에서 가장 오래된 이야기」는 가장 유구한 형태의 '희생양' 모델을 통해 비인간적인 인간성 혹은 인간적인 비인간성을 보여준다. 예외 상태에서 내던져지는 호모 사케르는 '희생위기' 앞에 놓인 희생양의 다른 이름이다.* 유대인인 글루크만은 게슈타포에게서 탈출해 오지에 은신했으나 전쟁이 끝난 지금까지도 공포에 떨면서 몸을 사린다. 나치 친위대원 슐체가 그를 세뇌하고 감시하고 있기 때문이다. 글루크만은 과거 자신을 학대하던 슐체의 손아귀에서 여전히 벗어나지 못했으며 벗어날 의지조차 없다. 진실이야 어떻든 슐체에게서 목숨과 편의를 약속받은 사실에 도리어 만족하기 때문이다("희생자의 얼굴에 떠오른 꾀바른 표정이 뚜렷해졌다"). 희생자는 박해자의 품 안에서 안도하고 안주하기로 한 것이다.

---

* 공동체가 위기에 처하면 주류 사회로부터 소외된 취약 계층을 '희생양'으로 삼아 제의적 희생물로서 그들에게 폭력을 가하고 추방하는 등 집단적 카타르시스를 통해 질서로 나아간다는 르네 지라르의 이론을 빌린 것이다.

이처럼 로맹 가리는 희생자와 박해자에 대한 양비론 및 양시론을 통해 인간성의 모순을 이야기한다. 「어떤 휴머니스트」에서 유대인인 칼은 전쟁을 피해 은신처에 지내면서 슈츠 부부를 통해 바깥소식을 전해 듣는다. 칼은 인간이 "타고난 본성은 어쩔 수 없"이 선량하다는 "고매한 선구자들"의 말을 신봉한다. 칼은 인간에 대해 품고 있는 신념을 지키기 위해 박해자(나치)의 비인간적인 행태에 눈과 귀를 막고 몰이해와 무감각으로 일관한다. 전쟁이 끝난 지 오래되었음에도 칼은 슈츠 부부가 전해주는 거짓 정보를 들으면서 박해자를 피해 숨어 지낸다. 칼이라는 희생양을 박해하는 자는 나치가 아니라 그를 가두고 있는 부부라고 볼 수도 있다. 달리 보면 칼이 은둔하는 이유는 나치 때문이 아니라 불편한 진실로부터 도피하기 위함이며, 그가 고립무원에 갇힌 것은 부부의 의도가 아니라 자신의 의지에 의한 것이다. 그렇다면 부부가 거짓말로 "친구이자 고용주인" 칼을 감금하는 것은 단지 그의 재산을 탐해서가 아니라, 칼이 "두 부부와 인류 전체에게 품어온 자신의 믿음"을 잃지 않도록 배려해서라고 볼 수도 있다. 인간성이라는 것은 타자를 규정하고 타자와 관계 맺는 과정을 통해 구현되기에 인간의 됨됨이는 대체로 지리멸렬하다. 구원자는 박해자가 되기도 하고, 박해자는 구원자가 되기도 한다. 그런 점에서 슈츠 부부는 선량하며 헌신적인 박해자에 가깝다고 해석할 여지도 있다. 칼은 그의 자폐적인 세계가 보장하는 "낙관론과 인간성에 대한 믿음"을 고스란히 간직한 채 "양손에 충직한 친구들의 손을 잡고 행복하게 죽어"간다. 칼은 박해자이자 구원자가 보장하는 안일하고도 안락한 거짓을 선택한 것이다.

박해자와 구원자의 모호한 경계는 「본능의 기쁨」에서 난쟁이가 거인에게 보이는 양가적 태도에서도 발견할 수 있다. 난쟁이는 동료이자 고용인인 거인을 "사람 같은 면이 전혀 없"는 "괴물 이상"의 무엇으로 취급하면서 박대한다. 그러면서도 "기린과 비슷"하게 아주 "연약한" 거인의 건강을 염려하면서 오지랖 넓은 보호자 역할을 한다. 난쟁이는 로맹 가리의 작품에서 발견할 수 있는 전형적인 박해자이자 구원자다. 박해당하는 원인은 주로 그저 인간이기 때문이며, 구원의 계기 역시 인간적인 속성에 있다. 난쟁이가 생각하는 인간이란 족속은 모조리 "기형적"이고 "아직 존재하지 않"는다. 그렇기에 난쟁이는 자신이 인간이라는 점을 의심하고 부정하고 싶어한다("선생님? 그렇다면 나는 인간입니까?"). 그러나 결국엔 인간적 속성에 기대어 인간으로서 자기 정체성을 확인하려 한다("이럴 땐 정말 내가 인간이라는 게 부끄럽다니까"). 난쟁이는 인간과 인간성에 대한 회의를 거인에게 투사하여 그를 구제하고자 한다. 그렇게 해서라도 자기혐오에서 벗어나 자신을 구원하고 싶은 것이다.

희생제의와 구원의식

이 책 전반에는 인간의 죽음과 구원의 모티프가 나타난다.「몰락」에서 마이크 사파티는 예술 행위에 가까운 살인으로 분쟁을 해결하던 "노조 독립의 선구자"였으나, 이제는 또 다른 "선구자들"의 예술에 심취해서 과거를 잊은 지 오래다. 옛 동료들은 그의 "몰락"(변절)을 목도하면서 그를 "구제"할 수 없다는 생각에 절망한 나머지 그를 살해하기로 한다. 그리하여 마이크 사파티는 과거 자신이 사람들을 죽였던 방식 그대로 동료들에 의해 예술적으로 "몰락"(죽음)을 맞이한다. 동료들은 박해자라기보다는 구원자로서, 몰락에 이른 그를 구하겠다는 고결한 의도에서 의식을 치른 셈이다.

「역사의 한 페이지」에서도 죽음은 의식으로 재현된다. 이 소설에 의하면 "인간이란 아직도 전신前身에 지나지 않"아서 인류를 구제하기 위해서는 "고매한 선구자들의 위업"을 계승하여 인간이 스스로를 희생하는 수밖에 없다. 세계는 목하 "질서의 적들"에 의해 "철십자가를 목에 건 영혼 하나가 짓밟힌 채 하수구에 던져지는" 묵시적 예외상태에 처해 있다. 이에 총독은 자살을 선택함으로써 "우리 영웅적인 선구자들"을 위한 희생양이 되기로 한다. 총독이 책상 위에서 제대로 목매달도록 "헌신적으로 그를 붙들고" 있는 모범군인 쉐바이크는 총독이 벌이는 비속한 행위에 추임새를 넣는 조력자이자 신성한 제단 위에 희생양을 바치는 제사장의 역할을 한다.

「새들은 페루에 가서 죽다」에 재현된 희생과 구원의 구도는 매우 단순하다. 이 작품 속의 여인은 남자들이 행사하는 폭력에 철저하게 짓밟히는 희생양의 전형으로, "언제나 밤에 죽어갔"던 새들처럼 시들어 간다. 여인은 자신을 구조한 남자를 도리어 원망하면서 집요하게 추궁한다("어째서 날 구해줬어요?"). 어째서 타자를 구해야 하는가?『새들은 페루에 가서 죽다』에 수록된 첫 소설에서 로맹 가리가 우리에게 던지는 질문이다. 작가는 「지상의 주민들」의 남자를 통해 이 질문에 답한다. 남자는 갈 길을 잃고 첩첩산중에 버려진 곤궁한 상황에서도 눈먼 아이의 손을 부여잡고 다시 길을 나선다. 걷다 보면 "모든 게 하얗고 새롭고 아주 깨끗한" 세상이 될 것이라 믿기 때문이다. 남자가 그 믿음을 잃지 않는 것은 "금간 유리처럼 연약"한 "어린것"을 지켜내고 구해야만 하기 때문이다.

『새들은 페루에 가서 죽다』는 소설이 개인적 해명이 아니라 인간의 비극에 대한 설명이어야 한다는 앙드레 말로의 전언을 구원의식을 통해 재현한다. 이 책의 소설들은 길을 잃은 사람들을 돌아보고 그들의 구조 요청에 귀 기울인다. 소설은 그들에게 응답하지 못하며 그들을 구하러 가지도 못한다. 누구든 희생될 수 있다는 현실을 고발하는 동시에 누군가에게서 구제될 수 있다는 희망을 전할 따름이다. "아무 흔적도 남기지 못하고 그저 누군가였다가 무와 먼지가 되어버린 사람들"을 기어코 기억하겠다는 결연한 다짐이 담겨 있기도 하다(『솔로몬왕의 고뇌』). 그러므로 영원히 소설적인 것이 우리를 구원한다.

이광진(문학평론가, 중앙대 프랑스어문학과 교수)

1914년	현現 리투아니아 빌뉴스에서 출생. 혹은 러시아 쿠르스크나 모스크바에서 태어나 3세 때 빌뉴스로 이주했다는 설도 있음. 어머니 미나 오브친스카야는 아시케나지 유대인으로 무명배우였고, 빌뉴스의 모피제조상이었던 아리엘-라이브 카체프와 결혼해 아들의 성을 카체프로 했으나 그가 생부인지는 확실치 않음. 1차세계대전 발발.
1925년	어머니 미나가 남편과 헤어지고 궁핍한 가운데 아들을 양육함. 어머니와 함께 폴란드로 이주.
1928년	어머니와 함께 프랑스 니스에 정착, 경제적 어려움과 사회적 소외를 겪으며 성장.
1932년	대학입학자격시험 합격.
1933년	엑상프로방스법과대학 입학.
1934년	파리법과대학 입학.
1935년	프랑스로 귀화. 로맹 카체프라는 이름으르 단편 「폭풍우 *L'orage*」가 주간지 〈그랭구아르〉에 게재됨.
1937년	로맹 카체프라는 이름으로 『죽은 자들의 포도주 *Le Vin Des Morts*』를 여러 군데 투고했으나 출판 거절됨.
1938년	법학 학사 자격 획득. 고등군사교육과정을 우수한 성적으로 마쳤으나 장교로 임관하지 못함.
1939년	로맹 가리가 자신의 아버지일 가능성을 암시한 러시아 무성영화 배우 이반 모주힌이 프랑스 뇌이의 요양소에서 사망.
1940년	로맹 가리 자신이 가장 사랑했던 여성이라고 암시했던, 그의

중요한 작품에 영감을 준 헝가리 여성 일로나 게시메이가 부다페스트로 돌아감. 이후 그녀는 정신병 발병으로 병원에 입원함. 2차세계대전 발발. 로맹 가리는 자유프랑스공군 소속으로 활동. 전쟁중 사용할 이름으로 '가리'(러시아어로 '태워라')를 택함. 비행중대로 발령받아 아프리카 근무.

1941년　샤를 드 골 장군과 첫 만남. 장티푸스로 다마스쿠스 전염병 병동에서 사투를 벌이다가 회복됨. 어머니가 암으로 사망했으나 가리는 전쟁이 끝난 후에야 알게 됨.

1943년　전투 비행중 복부에 심각한 부상을 입음.

1944년　열 살 연상의 영국인 편집자 레슬리 블랜치와 첫 만남. 샤를 드 골이 서명한 리베라시옹 훈장 수훈.

1945년　로맹 가리 드 카체프라는 이름으로 레슬리 블랜치와 결혼. 2차세계대전 종전. 레지옹 도뇌르 훈장 수훈. 프랑스 외무부 소속으로 외교관 경력 시작. 첫 장편 『유럽의 교육 *Éducation européenne*』으로 프랑스 비평가상 수상.

1946~1947년　불가리아에서 외교관으로 근무.

1946년　장편 『튤립 *Tulipe*』 출간.

1948~1949년　파리에서 외무부 소속으로 근무.

1949년　장편 『커다란 탈의실 *Grand Vestiaire*』 출간.

1950~1951년　스위스에서 외교관으로 근무.

1951년　법령에 따라 '가리'라는 성이 합법화됨. 프랑스 시민권 획득. 1954년까지 미국 워싱턴 주재 프랑스 대사관 언론담당홍보관직 수행.

1952년　장편 『낮의 색깔들 *Les Couleurs du Jour*』 출간.

1956년　장편 『하늘의 뿌리 *Les Racines du Ciel*』로 공쿠르상 수상. 전 작품에 대해 아카데미프랑세즈 뒤르숑루베상 수상. 볼리비아 라파스에서 근무하다가 미국 영사로 임명되어 로스앤

젤레스로 이주.

1958년　포스코 시니발디라는 필명으로 장편 『비둘기를 안은 남자 *L'Homme à la colombe*』 출간. 『하늘의 뿌리』가 영화화됨.

1959년　미국 영화배우이자 흑인운동가 진 세버그와 첫 만남. 『낮의 색깔들』이 〈여자를 이해한 남자〉로 영화화됨.

1960년　자신의 삶과 어머니와의 관계를 담아낸 자전소설 『새벽의 약속 *La Promesse de l'aube*』 출간, 대중적인 성공을 거둠.

1961년　미국 주재 영사직 사임. 『비둘기를 안은 남자』를 희곡 「조니 쾨르」로 개작.

1962년　단편집 『우리 고매한 선구자들에게 영광 있으라 *Gloire à nos illustres pionniers*』 출간. 〈지상 최대의 작전 The longest day〉 의 시나리오 작업에 참여. 칸영화제에 심사위원으로 참가.

1963년　장편 『레이디 L *Lady L*』을 영어로 써서 출간. 몇 달 후 프랑 스어판도 출간. 첫 아내 레슬리 블랜치와 이혼. 진 세버그와 결혼. 아들 디에고 가리 태어남.

1964년　단편 「새들은 페루에 가서 죽다 *Les oiseaux vont mourir au Pérou*」로 미국에서 최우수단편소설상 수상.

1965년　가리 스스로 '로망 토탈'이라 칭한, 에세이와 소설과 희곡 을 아우른 작품 『스가나렐을 위하여 *Pour Sganarelle*』 출간. 『레이디 L』 영화화됨. 영어로 쓴 장편 『스키광 *The Ski Bum*』 출간.

1966년　『별을 먹는 사람들 *Les Mangeurs d'étoiles*』 출간.

1967년　장편 『징기스 콘의 춤 *La Danse de Gengis Cohn*』 출간.

1967~1968년　프랑스 정보부 장관 비서실 근무.

1968년　영화 〈새들은 페루에 가서 죽다〉의 시나리오를 쓰고 감독함. 장편 『범죄인의 머리 *La Tête coupable*』 출간.

1969년　『스키광』의 프랑스어판 『게리 쿠퍼여 안녕 *Adieu Gary*

Cooper』 출간.

1970년   자전소설 『흰 개*Chien blanc*』 출간. 진 세버그와 이혼. 그녀
            와의 사이에서 낳은 미숙아 니나 하르트 가리 사망.

1971년   장편 『홍해의 보물*Les Trésors de la mer Rouge*』 출간. 멕시
            코, 나이로비 등지 여행.

1972년   『유로파*Europa*』 출간. 영화 〈킬!〉의 시나리오를 쓰고 연출.
            싱가포르, 시애틀, 케냐, 인도, 말레이시아 등지 여행.

1973년   장편 『마법사들*Enchanteurs*』 출간.

1974년   가상 인터뷰집 『밤은 고요하리라*La nuit sera calme*』 출간.
            샤탄 보가트라는 이름으로 장편 『스테파니의 얼굴들*Les têtes
            de Stéphanie*』 출간. 에밀 아자르라는 이름으로 『그로칼랭
            Gros-Câlin』 출간.

1975년   장편 『이 경계를 지나면 당신의 승차권은 유효하지 않다*Au-
            delà de cette limite votre ticket n'est plus valable*』 출간. 에
            밀 아자르라는 이름으로 장편 『자기 앞의 생*La vie devant
            soi*』을 발표해 공쿠르상 수상. 단편집 『우리 고매한 선구자
            들에게 영광 있으라』를 『새들은 페루에 가서 죽다』라는 새
            제목으로 출간.

1976년   에밀 아자르라는 이름으로 장편 『가짜*Pseudo*』 출간.

1977년   장편 『여인의 빛*Clair de femme*』 『마음의 짐*Charge d'âme*』
            출간.

1978년   『자기 앞의 생』을 시나리오로 각색. 마지막 동반자 레일라
            셀라비와 첫 만남.

1979년   희곡 「선한 반쪽*La Bonne Moitié*」 출간. 『낮의 색깔들』의 개
            정판인 『서정적인 광대들*Les Clowns lyriques*』 출간. 에밀
            아자르라는 이름으로 장편 『솔로몬 왕의 고뇌*L'Angoisse du
            roi Salomo*』 출간. 『그로칼랭』 영화화됨. 베를린영화제에 심

사위원으로 참가. 진 세버그가 실종 8일 만에 시신으로 발견됨. 사인은 약물중독이었으나 가리는 FBI 개입을 주장.

1980년　아카데미프랑세즈의 폴모랑상 거절. 마지막 장편 『연 *Les Cerfs-volants*』 출간. 파리에서 권총자살로 삶을 마감하고 유서로 자신이 에밀 아자르였음을 밝힘. 페르 라셰즈 묘지에서 화장되어 유언에 따라 유해가 지중해에 뿌려짐.

1981년　가리의 유서가 『에밀 아자르의 삶과 죽음』으로 출간됨.

1984년　『비둘기를 안은 남자』 개정판 출간됨.

2005년　미완성 단편집 『마지막 숨결 *L'orage*』 출간됨.

2006년　파리 15구의 한 광장과 니스 도서관, 예루살렘의 프랑스문화원에 로맹 가리라는 이름이 붙음.

2007년　소설에서 개작한 희곡 「튤립 혹은 항의문」 출간. 리투아니아 빌뉴스에 9세 소년의 모습으로 청동상이 세워짐.

2014년　『죽은 자들의 포도주』 출간됨. 대담집 『내 삶의 의미 *Le sens de ma vie*』 출간됨.

2019년　가리의 작품이 플레이아드 총서 2권으로 출간됨.

2023년　모나코의 로크브륀캅마르탱에 청동 흉상이 세워짐.

세계문학전집 272

새들은 페루에 가서 죽다

1판 1쇄 2001년 11월 10일 | 1판 16쇄 2007년 1월 15일
2판 1쇄 2007년 10월 31일 | 2판 31쇄 2024년 12월 23일
3판 1쇄 2026년 1월 19일

지은이 로맹 가리 | 옮긴이 김남주

책임편집 백지선 | **편집** 신선영 김한솔 오동규
디자인 최윤미 이원경 | **저작권** 박지영 형소진 주은수 오서영 조경은
마케팅 정민호 서지화 한민아 이민경 왕지경 정유진 한경화 정경주 김혜원 김예진 이서진
브랜딩 함유지 박민재 이송이 박다솔 조다현 김하연 이준희
제작 강신은 김동욱 이순호 | **제작처** 영신사

펴낸곳 (주)문학동네 | **펴낸이** 김소영
출판등록 1993년 10월 22일 제2003-000045호
주소 10881 경기도 파주시 회동길 210
전자우편 editor@munhak.com
대표전화 031) 955-8888 | **팩스** 031) 955-8855
문학동네카페 http://cafe.naver.com/mhdn
인스타그램 @munhakdongne | **트위터** @munhakdongne
북클럽문학동네 http://bookclubmunhak.com

ISBN 979-11-416-1490-4 04860
　　　 978-89-546-0901-2 (세트)

잘못된 책은 구입하신 서점에서 교환해드립니다.
기타 교환 문의 031) 955-2661, 3580

www.munhak.com

1, 2, 3 안나 카레니나 레프 톨스토이 | 박형규 옮김

4 판탈레온과 특별봉사대 마리오 바르가스 요사 | 송병선 옮김

5 황금 물고기 J. M. G. 르 클레지오 | 최수철 옮김

6 템페스트 윌리엄 셰익스피어 | 이경식 옮김

7 위대한 개츠비 F. 스콧 피츠제럴드 | 김영하 옮김

8 아름다운 애너벨 리 싸늘하게 죽다 오에 겐자부로 | 박유하 옮김

9, 10 파우스트 요한 볼프강 폰 괴테 | 이인웅 옮김

11 가면의 고백 미시마 유키오 | 양윤옥 옮김

12 킴 러디어드 키플링 | 하창수 옮김

13 나귀 가죽 오노레 드 발자크 | 이철의 옮김

14 피아노 치는 여자 엘프리데 옐리네크 | 이병애 옮김

15 1984 조지 오웰 | 김기혁 옮김

16 벤야멘타 하인학교 - 야콥 폰 군텐 이야기 로베르트 발저 | 홍길표 옮김

17, 18 적과 흑 스탕달 | 이규식 옮김

19, 20 휴먼 스테인 필립 로스 | 박범수 옮김

21 체스 이야기·낯선 여인의 편지 슈테판 츠바이크 | 김연수 옮김

22 왼손잡이 니콜라이 레스코프 | 이상훈 옮김

23 소송 프란츠 카프카 | 권혁준 옮김

24 마크롤 가비에로의 모험 알바로 무티스 | 송병선 옮김

25 파계 시마자키 도손 | 노영희 옮김

26 내 생명 앗아가주오 앙헬레스 마스트레타 | 강성식 옮김

27 여명 시도니가브리엘 콜레트 | 송기정 옮김

28 한때 흑인이었던 남자의 자서전 제임스 웰든 존슨 | 천승걸 옮김

29 슬픈 짐승 모니카 마론 | 김미선 옮김

30 피로 물든 방 앤절라 카터 | 이귀우 옮김

31 숨그네 헤르타 뮐러 | 박경희 옮김

32 우리 시대의 영웅 미하일 레르몬토프 | 김연경 옮김

33, 34 실낙원 존 밀턴 | 조신권 옮김

35 복낙원 존 밀턴 | 조신권 옮김

36 포로기 오오카 쇼헤이 | 허호 옮김

37 동물농장·파리와 런던의 따라지 인생 조지 오웰 | 김기혁 옮김

38 루이 랑베르 오노레 드 발자크 | 송기정 옮김

39 코틀로반 안드레이 플라토노프 | 김철균 옮김

40 어두운 상점들의 거리 파트릭 모디아노 | 김화영 옮김

41 순교자 김은국 | 도정일 옮김

42 젊은 베르테르의 슬픔 요한 볼프강 폰 괴테 | 안장혁 옮김

43 더블린 사람들 제임스 조이스 | 진선주 옮김

44 설득 제인 오스틴 | 원영선, 전신화 옮김

45 인공호흡 리카르도 피글리아 | 엄지영 옮김

46 정글북 러디어드 키플링 | 손향숙 옮김

47 외로운 남자 외젠 이오네스코 | 이재룡 옮김

48 에피 브리스트 테오도어 폰타네 | 한미희 옮김

49 둔황 이노우에 야스시 | 임용택 옮김

50 미크로메가스·캉디드 혹은 낙관주의 볼테르 | 이병애 옮김

51, 52 염소의 축제 마리오 바르가스 요사 | 송병선 옮김

53 고야산 스님·초롱불 노래 이즈미 교카 | 임태균 옮김

54 다니엘서 E. L. 닥터로 | 정상준 옮김

55 이날을 위한 우산 빌헬름 게나치노 | 박교진 옮김

56 톰 소여의 모험 마크 트웨인 | 강미경 옮김

57 카사노바의 귀향·꿈의 노벨레 아르투어 슈니츨러 | 모명숙 옮김

58 바보들을 위한 학교 사샤 소콜로프 | 권정임 옮김

59 어느 어릿광대의 견해 하인리히 뵐 | 신동도 옮김

60 웃는 늑대 쓰시마 유코 | 김훈아 옮김

61 팔코너 존 치버 | 박영원 옮김

62 한눈팔기 나쓰메 소세키 | 조영석 옮김

63, 64 톰 아저씨의 오두막 해리엇 비처 스토 | 이종인 옮김

65 아버지와 아들 이반 투르게네프 | 이항재 옮김

66 베니스의 상인 윌리엄 셰익스피어 | 이경식 옮김

67 해부학자 페데리코 안다아시 | 조구호 옮김

68 긴 이별을 위한 짧은 편지 페터 한트케 | 안장혁 옮김

69 호텔 뒤락 애니타 브루크너 | 김정 옮김

70 잔해 쥘리앵 그린 | 김종우 옮김

71 절망 블라디미르 나보코프 | 최종술 옮김

72 더버빌가의 테스 토머스 하디 | 유명숙 옮김

73 감상소설 미하일 조셴코 | 백용식 옮김

74 빙하와 어둠의 공포 크리스토프 란스마이어 | 진일상 옮김

75 쓰가루·석별·옛날이야기 다자이 오사무 | 서재곤 옮김

76 이인 알베르 카뮈 | 이기언 옮김

77 달려라, 토끼 존 업다이크 | 정영목 옮김

78 몰락하는 자 토마스 베른하르트 | 박인원 옮김

79, 80 한밤의 아이들 살만 루슈디 | 김진준 옮김

81 죽은 군대의 장군 이스마일 카다레 | 이창실 옮김

82 페레이라가 주장하다 안토니오 타부키 | 이승수 옮김

83, 84 목로주점 에밀 졸라 | 박명숙 옮김

85 아베 일족 모리 오가이 | 권태민 옮김

86 폭풍의 언덕 에밀리 브론테 | 김정아 옮김

87, 88 늦여름 아달베르트 슈티프터 | 박종대 옮김

89 클레브 공작부인 라파예트 부인 | 류재화 옮김

90 P세대 빅토르 펠레빈 | 박혜경 옮김

91 노인과 바다 어니스트 헤밍웨이 | 이인규 옮김

92 물방울 메도루마 슌 | 유은경 옮김

93 도깨비불 피에르 드리외라로셸 | 이재룡 옮김

94 프랑켄슈타인 메리 셸리 | 김선형 옮김

95 래그타임 E. L. 닥터로 | 최용준 옮김

96 캔터빌의 유령 오스카 와일드 | 김미나 옮김

97 만(卍) · 시게모토 소장의 어머니 다니자키 준이치로 | 김춘미, 이호철 옮김

98 맨해튼 트랜스퍼 존 더스패서스 | 박경희 옮김

99 단순한 열정 아니 에르노 | 최정수 옮김

100 열세 걸음 모옌 | 임홍빈 옮김

101 데미안 헤르만 헤세 | 안인희 옮김

102 수레바퀴 아래서 헤르만 헤세 | 한미희 옮김

103 소리와 분노 윌리엄 포크너 | 공진호 옮김

104 곰 윌리엄 포크너 | 민은영 옮김

105 롤리타 블라디미르 나보코프 | 김진준 옮김

106, 107 부활 레프 톨스토이 | 박형규 옮김

108, 109 모래그릇 마쓰모토 세이초 | 이병진 옮김

110 은둔자 막심 고리키 | 이강은 옮김

111 불타버린 지도 아베 고보 | 이영미 옮김

112 말라볼리아가의 사람들 조반니 베르가 | 김운찬 옮김

113 디어 라이프 앨리스 먼로 | 정연희 옮김

114 돈 카를로스 프리드리히 실러 | 안인희 옮김

115 인간 짐승 에밀 졸라 | 이철의 옮김

116 빌러비드 토니 모리슨 | 최인자 옮김

117, 118 미국의 목가 필립 로스 | 정영목 옮김

119 대성당 레이먼드 카버 | 김연수 옮김

120 나나 에밀 졸라 | 김치수 옮김

121, 122 제르미날 에밀 졸라 | 박명숙 옮김

123 현기증. 감정들 W. G. 제발트 | 배수아 옮김

124 강 동쪽의 기담 나가이 가후 | 정병호 옮김

125 붉은 밤의 도시들 윌리엄 버로스 | 박인찬 옮김

126 수고양이 무어의 인생관 E. T. A. 호프만 | 박은경 옮김

127 맘브루 R. H. 모레노 두란 | 송병선 옮김

128 익사 오에 겐자부로 | 박유하 옮김

129 땅의 혜택 크누트 함순 | 안미란 옮김

130 불안의 책 페르난두 페소아 | 오진영 옮김

131, 132 사랑과 어둠의 이야기 아모스 오즈 | 최창모 옮김

133 페스트 알베르 카뮈 | 유호식 옮김

134 다마세누 몬테이루의 잃어버린 머리 안토니오 타부키 | 이현경 옮김

135 작은 것들의 신 아룬다티 로이 | 박찬원 옮김

136 시스터 캐리 시어도어 드라이저 | 송은주 옮김

137 고독한 산책자의 몽상 장자크 루소 | 문경자 옮김

138 용의자의 야간열차 다와다 요코 | 이영미 옮김

139 세기아의 고백 알프레드 드 뮈세 | 김미성 옮김

140 햄릿 윌리엄 셰익스피어 | 이경식 옮김

141 카산드라 크리스타 볼프 | 한미희 옮김

142 이 글을 읽는 사람에게 영원한 저주를 마누엘 푸익 | 송병선 옮김

143 마음 나쓰메 소세키 | 유은경 옮김

144 바다 존 밴빌 | 정영목 옮김

145, 146, 147, 148 전쟁과 평화 레프 톨스토이 | 박형규 옮김

149 세 가지 이야기 귀스타브 플로베르 | 고봉만 옮김

150 제5도살장 커트 보니것 | 정영목 옮김

151 알렉시·은총의 일격 마르그리트 유르스나르 | 윤진 옮김

152 말라 온다 알베르토 푸겟 | 엄지영 옮김

153 아르세니예프의 인생 이반 부닌 | 이항재 옮김

154 오만과 편견 제인 오스틴 | 류경희 옮김

155 돈 에밀 졸라 | 유기환 옮김

156 젊은 예술가의 초상 제임스 조이스 | 진선주 옮김

157, 158, 159 카라마조프가의 형제들 표도르 도스토옙스키 | 김희숙 옮김

160 진 브로디 선생의 전성기 뮤리얼 스파크 | 서정은 옮김

161 13인당 이야기 오노레 드 발자크 | 송기정 옮김

162 하지 무라트 레프 톨스토이 | 박형규 옮김

163 희망 앙드레 말로 | 김웅권 옮김

164 임멘 호수·백마의 기사·프시케 테오도어 슈토름 | 배정희 옮김

165 밤은 부드러워라 F. 스콧 피츠제럴드 | 정영목 옮김

166 야간비행 앙투안 드 생텍쥐페리 | 용경식 옮김

167 나이트우드 주나 반스 | 이예원 옮김

168 소년들 앙리 드 몽테를랑 | 유정애 옮김

169, 170 독립기념일 리처드 포드 | 박영원 옮김

171, 172 닥터 지바고 보리스 파스테르나크 | 박형규 옮김

173 싯다르타 헤르만 헤세 | 권혁준 옮김

174 야만인을 기다리며 J. M. 쿳시 | 왕은철 옮김

175 철학편지 볼테르 | 이봉지 옮김

176 거지 소녀 앨리스 먼로 | 민은영 옮김

177 창백한 불꽃 블라디미르 나보코프 | 김윤아 옮김

178 슈틸러 막스 프리슈 | 김인순 옮김

179 시핑 뉴스 애니 프루 | 민승남 옮김

180 이 세상의 왕국 알레호 카르펜티에르 | 조구호 옮김

181 철의 시대 J. M. 쿳시 | 왕은철 옮김

182 카시지 조이스 캐럴 오츠 | 공경희 옮김

183, 184 모비 딕 허먼 멜빌 | 황유원 옮김

185 솔로몬의 노래 토니 모리슨 | 김선형 옮김

186 무기여 잘 있거라 어니스트 헤밍웨이 | 권진아 옮김

187 컬러 퍼플 앨리스 워커 | 고정아 옮김

188, 189 죄와 벌 표도르 도스토옙스키 | 이문영 옮김

190 사랑 광기 그리고 죽음의 이야기 오라시오 키로가 | 엄지영 옮김

191 빅 슬립 레이먼드 챈들러 | 김진준 옮김

192 시간은 밤 류드밀라 페트루솁스카야 | 김혜란 옮김

193 타타르인의 사막 디노 부차티 | 한리나 옮김

194 고양이와 쥐 귄터 그라스 | 박경희 옮김

195 펠리시아의 여정 윌리엄 트레버 | 박찬원 옮김

196 마이클 K의 삶과 시대 J. M. 쿳시 | 왕은철 옮김

197, 198 오스카와 루신다 피터 케리 | 김시현 옮김

199 패싱 넬라 라슨 | 박경희 옮김

200 마담 보바리 귀스타브 플로베르 | 김남주 옮김

201 패주 에밀 졸라 | 유기환 옮김

202 도시와 개들 마리오 바르가스 요사 | 송병선 옮김

203 루시 저메이카 킨케이드 | 정소영 옮김

204 대지 에밀 졸라 | 조성애 옮김

205, 206 백치 표도르 도스토옙스키 | 김희숙 옮김

207 백야 표도르 도스토옙스키 | 박은정 옮김

208 순수의 시대 이디스 워턴 | 손영미 옮김

209 단순한 이야기 엘리자베스 인치볼드 | 이혜수 옮김

210 바닷가에서 압둘라자크 구르나 | 황유원 옮김

211 낙원 압둘라자크 구르나 | 왕은철 옮김

212 피라미드 이스마일 카다레 | 이창실 옮김

213 애니 존 저메이카 킨케이드 | 정소영 옮김

214 지고 말 것을 가와바타 야스나리 | 박혜성 옮김

215 부서진 사월 이스마일 카다레 | 유정희 옮김

216 사람은 무엇으로 사는가 레프 톨스토이 | 이항재 옮김

217, 218 악마의 시 살만 루슈디 | 김진준 옮김

219 오늘을 잡아라 솔 벨로 | 김진준 옮김

220 배반 압둘라자크 구르나 | 황가한 옮김

221 어두운 밤 나는 적막한 집을 나섰다 페터 한트케 | 윤시향 옮김

222 무어의 마지막 한숨 살만 루슈디 | 김진준 옮김

223 속죄 이언 매큐언 | 한정아 옮김

224 암스테르담 이언 매큐언 | 박경희 옮김

225, 226, 227 특성 없는 남자 로베르트 무질 | 박종대 옮김

228 앨프리드와 에밀리 도리스 레싱 | 민은영 옮김

229 북과 남 엘리자베스 개스켈 | 민승남 옮김

230 마지막 이야기들 윌리엄 트레버 | 민승남 옮김

231 벤저민 프랭클린 자서전 벤저민 프랭클린 | 이종인 옮김

232 만년양식집 오에 겐자부로 | 박유하 옮김

233 이상한 나라의 앨리스 루이스 캐럴 | 존 테니얼 그림 | 김희진 옮김

234 소네치카·스페이드의 여왕 류드밀라 울리츠카야 | 박종소 옮김

235 메데야와 그녀의 아이들 류드밀라 울리츠카야 | 최종술 옮김

236 실종자 프란츠 카프카 | 이재황 옮김

237 진 알랭 로브그리예 | 성귀수 옮김

238 말테의 수기 라이너 마리아 릴케 | 홍사현 옮김

239, 240 율리시스 제임스 조이스 | 이종일 옮김

241 지도와 영토 미셸 우엘벡 | 장소미 옮김

242 사막 J. M. G. 르 클레지오 | 홍상희 옮김

243 사냥꾼의 수기 이반 투르게네프 | 이종현 옮김

244 험볼트의 선물 솔 벨로 | 전수용 옮김

245 바베트의 만찬 이자크 디네센 | 추미옥 옮김

246 나르치스와 골드문트 헤르만 헤세 | 안인희 옮김

247 변신·단식 광대 프란츠 카프카 | 이재황 옮김

248 상자 속의 사나이 안톤 체호프 | 박현섭 옮김

249 가장 파란 눈 토니 모리슨 | 정소영 옮김

250 꽃피는 노트르담 장 주네 | 성귀수 옮김

251, 252 울프 홀 힐러리 맨틀 | 강아름 옮김

253 시체들을 끌어내라 힐러리 맨틀 | 김선형 옮김

254 샌프란시스코에서 온 신사 이반 부닌 | 최진희 옮김

255 포화 앙리 바르뷔스 | 김웅권 옮김

256 추락 J. M. 쿳시 | 왕은철 옮김

257 킬리만자로의 눈 어니스트 헤밍웨이 | 정영목 옮김

258 오래된 빛 존 밴빌 | 정영목 옮김

259 고리오 영감 오노레 드 발자크 | 이철의 옮김

260 동네 공원 마르그리트 뒤라스 | 김정아 옮김

261 앨리스 B. 토클러스의 자서전 거트루드 스타인 | 윤희기 옮김

262 댈러웨이 부인 버지니아 울프 | 민은영 옮김

263 인간 실격 다자이 오사무 | 홍은주 옮김

264 감정의 혼란 슈테판 츠바이크 | 황종민 옮김

265 돌아온 토끼 존 업다이크 | 정영목 옮김

266 토끼는 부자다 존 업다이크 | 김승욱 옮김

267 토끼 잠들다 존 업다이크 | 김승욱 옮김

268 노인을 위한 나라는 없다 코맥 매카시 | 황유원 옮김

269 허조그 솔 벨로 | 김진준 옮김

270 보스턴 사람들 헨리 제임스 | 윤조원 옮김

271 추억을 완성하기 위하여 파트릭 모디아노 | 김화영 옮김

272 새들은 페루에 가서 죽다 로맹 가리 | 김남주 옮김

● 문학동네 세계문학전집은 계속 출간됩니다